PRECISO SABER

KAREN CLEVELAND

PRECISO SABER

Tradução
Maryanne Linz

Planeta

Título original: *Need to Know*

Preparação: Luiza del Monaco
Revisão: Olívia Tavares e Opus Editorial
Diagramação: Departamento de criação da Editora Planeta do Brasil
Capa: Filipa Pinto e Eduardo Foresti
Imagens de capa: Black Salmon/Shutterstock
*finwal*89/Shutterstock

DADOS INTERNACIONAIS DE CATALOGAÇÃO NA PUBLICAÇÃO (CIP)
ANGÉLICA ILACQUA CRB-8/7057

Cleveland, Karen
Preciso saber / Karen Cleveland; tradução de Maryanne Linz. - São Paulo: Planeta do Brasil, 2018.
304 p.

ISBN: 978-85-422-1241-9
Título original: Need to know

1. Ficção norte-americana I. Título II. Linz, Maryanne

18-0067 CDD 813.6

2018
Todos os direitos desta edição reservados à
EDITORA PLANETA DO BRASIL LTDA.
Rua Padre João Manuel, 100 – 21º andar
Ed. Horsa II – Cerqueira César
01411-000 – São Paulo-SP
www.planetadelivros.com.br
atendimento@editoraplaneta.com.br

Para B. J. W.

Quando alguém está apaixonado,
começa por enganar-se a si mesmo e
acaba por enganar os outros. É o que o
mundo chama romance.

Oscar Wilde

Estou parada na porta do quarto dos gêmeos e os observo dormir, em paz e inocentes, através das grades dos berços que me fazem lembrar uma prisão.

Uma luz noturna toma conta do ambiente, preenchido por um brilho laranja suave. O espaço, que é tão pequeno, está abarrotado de móveis: berços, um antigo e um novo; um trocador e pilhas de fraldas ainda na embalagem. A estante de livros que Matt e eu montamos juntos, séculos atrás, com as prateleiras agora cedendo com o peso, estão lotadas de exemplares que eu poderia narrar de cor para os dois mais velhos, as histórias que venho jurando ler com mais frequência para os gêmeos se eu conseguisse um pouquinho de tempo para isso.

Escuto os passos de Matt na escada e aperto o pendrive na mão. Aperto firme, como se fosse forte o bastante para que ele desaparecesse. Tudo vai voltar a ser como antes. Os últimos dois dias vão ser apagados, não vão passar de um pesadelo. Mas, por enquanto, tudo continua como está: intenso, incontestável e real.

O piso do corredor range no mesmo lugar de sempre. Eu não me viro. Ele se aproxima das minhas costas, perto o bastante para que eu sinta o aroma de seu sabonete, de seu xampu, aquele cheiro *dele* que sempre foi estranhamente reconfortante e que agora, de uma forma inexplicável, faz de Matt um desconhecido. Posso sentir que ele está hesitante.

— A gente pode conversar? — ele pergunta finalmente.

As palavras são silenciosas, mas o som é alto o suficiente para agitar Chase. Ele suspira dormindo e em seguida se acalma, com o corpo ainda todo em caracol, como se estivesse protegendo a si próprio. Sempre o achei tão parecido com o pai, os olhos sérios, absorvendo tudo. Agora me pergunto se algum dia vou conhecê-lo de verdade, se ele também vai guardar segredos tão pesados capazes de esmagar qualquer um que estiver ao seu lado.

— O que é que ainda precisa ser dito?

Matt chega mais perto e coloca a mão no meu braço. Eu me afasto o bastante para me livrar do seu toque. Sua mão paira no ar, mas logo depois se abaixa.

— O que você vai fazer?

Olho para o outro berço onde está Caleb, de barriga para cima com seu macacão com pezinho, cachos loiros angelicais e os braços e as pernas abertos como se fosse uma estrela-do-mar. As mãos e os lábios rosados também estão abertos. Ele não faz ideia do quanto está vulnerável, do quanto o mundo pode ser cruel.

Eu sempre disse que iria protegê-lo. Eu daria a ele a força que ele não tem, garantiria que tivesse todas as oportunidades, manteria a vida dele o mais normal possível. Mas como poderei fazer isso se não estiver por perto?

Eu faria qualquer coisa pelos meus filhos. *Qualquer coisa*. Abro os dedos e olho para o pendrive, aquele pequeno retângulo de aparência tão comum. Tão pequeno, mas tão cheio de poder. Poder de consertar, poder de destruir. Exatamente como uma mentira, se você pensar bem a respeito.

— Você sabe que eu não tenho escolha — digo, e me forço a olhar para ele, meu marido. O homem que conheço tão bem, mas que ao mesmo tempo é um completo desconhecido.

1

DOIS DIAS ANTES

— Más notícias, Viv.

Escuto a voz de Matt dizendo essas palavras que qualquer um temeria, mas num tom tranquilizador, leve, como se estivesse justificando. Ele está prestes a dizer algo ruim, com certeza, mas administrável. Se fosse algo totalmente péssimo, sua voz estaria mais pesada. Ele usaria uma frase completa, um nome completo. *Tenho más notícias, Vivian.*

Seguro o celular no ouvido com um ombro erguido, giro a cadeira para o outro lado da mesa em L, ficando de frente para o computador centralizado debaixo dos escaninhos cinza na parede. Vou com o mouse até o ícone em forma de coruja na tela e clico duas vezes. Se for o que acho que é — o que sei que é —, então o meu tempo naquela mesa está prestes a se esgotar.

— É a Ella? — pergunto.

Meu olhar se desvia para um dos desenhos com giz de cera pregado com tachinhas na divisória da baia, um estouro de cor nesse mar de cinza.

— Mais de trinta e oito de febre.

Fecho os olhos e respiro fundo. Estávamos esperando por isso. Metade da turma dela já tinha ficado doente. Os coleguinhas estavam sendo derrubados como pecinhas de dominó, era só uma questão de tempo. Um grupo de crianças de quatro anos de idade não é exatamente a coisa mais higiênica do mundo. Mas hoje? Tinha que ser hoje?

— Mais alguma coisa além disso?

— Só a febre. — Ele faz uma pausa. — Desculpa, Viv. Ela parecia bem quando a deixei na escola.

Consigo engolir, apesar de sentir a minha garganta se fechando, e concordo com a cabeça, embora ele não possa me ver. Se fosse qualquer outro dia, ele conseguiria buscá-la. Ele pode trabalhar de casa, pelo menos na teoria. Mas eu não posso, e já gastei toda a minha licença quando os gêmeos nasceram. Entretanto, hoje ele está levando o Caleb à cidade para a última série de consultas médicas. Faz semanas que tenho me sentido culpada por não poder acompanhá-lo; agora vou perder as consultas e, *ainda por cima*, usar tempo de licença que não tenho.

— Chego lá em uma hora — informo.

As regras do trabalho dizem que temos uma hora a partir do momento em que nos ligam. Considerando o tempo que vou gastar dirigindo e a caminhada até o carro, que está nos limites mais distantes dos imensos estacionamentos de Langley, sobram quinze minutos, que pretendo usar para finalizar o trabalho de todo o dia antes de sair. Quinze minutos a menos de licença para acrescentar ao meu balanço já negativo.

Dou uma olhada no relógio no canto da tela, dez e sete da manhã, e logo depois meus olhos seguem para o copo da Starbucks ao lado do meu cotovelo direito, com fumaça saindo pelo buraco da tampa de plástico. Eu me dei esse luxo, uma ostentação em comemoração ao dia tão aguardado, um combustível para as horas tediosas que viriam pela frente. Os minutos preciosos desperdiçados naquela fila poderiam ter sido gastos fuçando arquivos digitais. Eu deveria ter optado pelo de sempre: a cafeteira barulhenta que deixa o pó de café flutuando na parte de cima da caneca.

— Foi o que eu disse para a escola — declara Matt.

Na verdade, nós chamamos de "escola" a creche na qual nossos três filhos mais novos passam o dia. É assim que nos referimos a ela desde que Luke tinha três meses. Eu li que isso poderia ajudar a amenizar a transição, diminuir a culpa por ficarmos longe de nosso bebê por oito, dez horas por dia. No fim das contas não ajudou em nada, mas acho que é difícil deixar os velhos hábitos de lado.

O telefonema tem outra pausa e então escuto o Caleb balbuciando ao fundo. Presto atenção, e sei que Matt está fazendo o mesmo. É como se, a essa altura, estivéssemos condicionados a fazer isso. Mas são apenas sons de vogais. Nada de consoantes ainda.

— Eu sei que hoje era para ser um grande dia... — diz Matt, enfim, e sua voz então morre.

Estou acostumada com vozes morrendo, com conversas evasivas na minha linha aberta. Sempre presumo que tem alguém me escutando. Os russos. Os chineses. Por isso, Matt é o primeiro para quem a escola liga quando há um problema. Prefiro que ele filtre alguns dos detalhes pessoais dos nossos filhos para que não cheguem aos ouvidos dos nossos inimigos.

Pode me chamar de paranoica, ou então simplesmente de uma analista de contrainteligência da CIA.

E isso é tudo o que o Matt sabe. Ele não faz ideia de que eu venho tentando, em vão, descobrir uma rede de agentes adormecidos russos. Ou que desenvolvi uma metodologia para identificar pessoas envolvidas nesse programa altamente secreto. O fato é que esperei meses por este dia, e estou prestes a descobrir se dois anos de trabalho árduo serão finalmente recompensados. E se tenho uma chance de receber aquela promoção da qual precisamos desesperadamente.

— É, bom... — digo, mexendo o mouse para lá e para cá, esperando que o programa que eu abri carregue. — A consulta do Caleb é a coisa mais importante do dia.

Meus olhos se voltam para a divisória da baia, para os desenhos de giz de cera luminosos. O de Ella é um quadro da nossa família, corpinhos de palito sustentando seis caras redondas e felizes. O de Luke é um pouco mais sofisticado, uma única pessoa, rabiscos coloridos espessos e irregulares no lugar do cabelo, roupas e sapatos. No topo da página está escrito "MAMÃE", em grandes letras de forma. É de sua fase de super-herói. Sou eu, de capa, com as mãos no quadril e um "S" na camiseta. Supermamãe.

Há uma sensação familiar no meu peito, uma pressão, uma vontade quase incontrolável de chorar. *Respire fundo, Viv. Respire fundo.*

— Maldivas? — diz Matt, e então eu sinto um sorrisinho surgir em meus lábios.

Ele sempre faz isso, sempre encontra um jeito de me fazer sorrir quando mais preciso. Dou uma olhada na foto de nós dois no canto da mesa, é a minha preferida do nosso casamento, quase uma década atrás. Nós dois tão felizes, tão *jovens*. Sempre falamos sobre ir a um lugar exótico no nosso aniversário de dez anos de casamento. Isso certamente está fora de cogitação agora, mas é divertido sonhar. Divertido e deprimente ao mesmo tempo.

— Bora Bora — sugiro.

— É, dá pro gasto.

Ele hesita e, nesse intervalo, ouço o Caleb de novo. Mais sons de vogais. *Aah-aah-aah*. Na minha cabeça, estou calculando há quantos meses Chase já está fazendo sons de vogais. Eu sei que não deveria, todos os médicos dizem que eu não deveria, mas é exatamente isso que estou fazendo agora.

— Bora Bora? — escuto uma voz atrás de mim, num tom de falsa incredulidade. Coloco a mão no bocal do telefone e me viro. É Omar, meu equivalente no FBI, com uma expressão divertida no rosto. — Isso aí vai ser difícil de justificar, até mesmo para a Agência.

Ele abre um sorriso contagiante. E, como sempre, leva um sorriso ao meu rosto também.

— O que você está fazendo aqui? — pergunto, com a mão ainda cobrindo o bocal.

Posso ouvir o Caleb balbuciando no meu ouvido. "Os", dessa vez. *Ooh-ooh-ooh*.

— Eu tinha uma reunião com o Peter — ele dá um passo à frente e se empoleira no canto da minha mesa. Dá para ver o contorno do coldre no quadril, sob a camiseta. — O *timing* pode ter sido ou não uma coincidência. — Ele olha para a minha tela e o sorriso desaparece ligeiramente. — Era hoje, né? Às dez da manhã?

Também olho para a minha tela e aquela ampulheta continua girando.

— Sim, era hoje. — A balbuciação no meu ouvido cessou. Rodo a minha cadeira para ficar um pouco de costas para Omar e tiro a mão do bocal. — Amor, preciso desligar. O Omar está aqui.

— Mande um oi pra ele — pede Matt.

— Vou mandar.

— Te amo.

— Também te amo. — Coloco o telefone na base e me volto novamente para Omar, que ainda está apoiado na minha mesa, as pernas que vestem jeans estão esticadas e os pés, cruzados nos tornozelos. — O Matt mandou um oi — digo a ele.

— Aaah, então *ele* é a conexão Bora Bora. Planejando umas férias? — O sorriso está de volta, com força total.

— Na teoria — comento, com uma risada desanimada que soa ridícula o bastante para que meu rosto fique rosado de vergonha.

Ele olha para mim por mais um instante e então, felizmente, para o próprio punho.

— Certo, são dez e dez. — Ele descruza os tornozelos e então os cruza novamente, trocando a posição de suas pernas. Depois se inclina à frente, sem conseguir disfarçar a empolgação no rosto. — O que você tem aí para mim?

Omar já faz isso há mais tempo do que eu. Uma década, no mínimo. Ele está procurando pelos verdadeiros agentes adormecidos nos Estados Unidos ao mesmo tempo em que eu estou tentando descobrir os que comandam a célula. Nenhum de nós dois foi bem-sucedido. Sempre fico admirada com o quanto ele ainda está entusiasmado.

— Nada ainda. Na verdade, ainda nem dei uma olhada.

Faço um gesto com a cabeça na direção da tela. O programa ainda está carregando, e, então, dou uma olhada na foto em preto e branco grudada na parede da minha baia, bem ao lado dos desenhos das crianças. Yury Yakov. Rosto gorducho, expressão dura. Mais alguns cliques e estarei no computador dele. Então vou poder ver tudo o que ele vê, navegar por tudo o que ele navega e fuçar os seus arquivos. Se tiver sorte, vou conseguir provar que ele é um espião russo.

— Quem é você e o que você fez com a minha amiga Vivian? — pergunta Omar com um sorriso.

Ele está certo. Se não fosse pela fila na Starbucks, eu teria me conectado ao programa às dez em ponto e teria tido alguns minutos para dar uma olhada, pelo menos. Dou de ombros e faço um gesto para a tela.

— Estou tentando. — Aceno com a cabeça na direção do telefone. — Mas, de qualquer jeito, isso vai ter que esperar. A Ella está doente. Preciso ir buscá-la.

Ele expira de forma dramática e diz:

— Filhos. Eles sempre têm o pior *timing*.

Um movimento na tela chama a minha atenção, e logo aproximo a cadeira da mesa. O Athena, enfim, está acabando de carregar. Há *banners* vermelhos por todos os lados, uma porção de palavras, cada uma significando um controle diferente, uma seção diferente. Quanto mais longa a sequência de texto, mais confidencial. E essa é bem longa.

Passo por uma tela, depois por outra. Cada clique equivale a uma autorização. Sim, eu sei que estou acessando informação restrita. Sim, eu sei que não posso divulgá-la ou então passarei um bom tempo atrás das grades. Sim, sim, sim. Só me leve logo à informação de que preciso.

— É isso — declara Omar. Eu me lembro de que ele está ali e o olho com o canto do olho. Ele está olhando para o nada, evitando a tela deliberadamente na intenção de me dar alguma privacidade. — Eu sinto.

— Espero que sim — murmuro.

E espero mesmo. Mas estou nervosa. Essa metodologia é uma aposta, e das grandes. Eu montei um perfil para suspeitos de serem contatos. Listei instituições de ensino, cursos, centros bancários, viagens para a Rússia e para o exterior. Cheguei a um algoritmo que identificou os cinco indivíduos que melhor preenchiam o padrão. Meus prováveis candidatos.

Como os quatro primeiros se revelaram pistas falsas, agora o programa está correndo o risco de ser cortado. Ainda assim, toda a expectativa recai sobre Yury. O número cinco. O computador mais difícil de invadir e aquele em quem, desde o início, eu tinha mais convicção.

— E se não for — comenta Omar —, ainda assim você fez algo de que ninguém mais foi capaz. Você chegou perto.

Mirar nos contatos é uma nova abordagem. Por anos, o Bureau vem tentando identificar os agentes adormecidos em si, mas eles já estão tão bem incorporados ao sistema que é quase impossível. A célula é projetada para que os agentes adormecidos não se relacionem diretamente com mais ninguém a não ser seu contato, e mesmo essa comunicação é mínima. E a Agência tem focado nos líderes, os caras que supervisionam os contatos, aqueles que estão em Moscou com laços diretos com o SVR, o Serviço de Inteligência Estrangeiro da Rússia.

— Chegar perto é a mesma coisa que nada — digo baixinho. — Você sabe disso melhor do que ninguém.

Na época em que comecei nessa conta, Omar era um agente novato muito determinado. Ele tinha proposto uma iniciativa inovadora, convidando agentes adormecidos entrincheirados a "saírem do lado frio" e se entregarem em troca de anistia. O raciocínio dele? Tinha que haver no mínimo alguns agentes adormecidos que quisessem tornar seus disfarces realidade, e com os traidores poderíamos aprender o suficiente para penetrar na rede como um todo.

O plano foi colocado em prática silenciosamente e, em uma semana, já tínhamos um vira-casaca, um homem chamado Dmitri. Ele disse que era um contato de nível mediano e nos deu informações sobre o programa que confirmavam aquilo que já sabíamos: cada contato do nível dele era responsável por cinco agentes adormecidos e ele respondia a um líder que era responsável por outros quatro contatos além dele. Uma célula totalmente autônoma. É claro que isso chamou a nossa atenção. Mas depois disso vieram as reivindicações ultrajantes, uma informação que era inconsistente com tudo o que sabíamos ser verdade, e então ele desapareceu. Passamos a chamá-lo de Dmitri, o Oferecido.

Esse foi o fim do programa. A ideia de admitir publicamente que havia agentes adormecidos nos Estados Unidos e, ainda por cima, reconhecer nossa incapacidade de encontrá-los não agradava nem um pouco aos superiores do Bureau. Entre isso e o potencial de o projeto nos fazer acabar caindo em uma manipulação russa, oferecendo agentes duplos com pistas falsas, o plano do Omar foi severamente criticado, e em seguida rejeitado. "Seremos inundados por outros Dmitris", afirmaram. E, com isso, a carreira a princípio promissora de Omar ficou estagnada. Ele caiu na obscuridade e foi se afastando, dia após dia, em alguma tarefa ingrata, frustrante e impossível.

A tela muda, e então um pequeno ícone com o nome do Yury aparece. Sempre sinto uma emoção ao ver o nome dos meus alvos no programa Athena, ao saber que temos uma janela para a vida digital deles e acesso a todas as informações que eles acham que é particular. Como se aproveitasse a deixa, Omar se levanta. Ele sabe que estamos fazendo de tudo para pegar o Yury. Omar é um dos poucos agentes cientes do programa, e também o que mais torce por ele. Ele acredita no algoritmo, e em mim, mais do que qualquer outra pessoa. Mas, ainda assim, não pode acessar o programa diretamente.

— Me liga amanhã, tá? — ele me pede.

— Pode deixar — respondo.

Omar se vira e, assim que se afasta, foco a minha atenção na tela. Dou dois cliques no ícone e aparece uma imagem entre bordas vermelhas, mostrando o conteúdo do notebook de Yury. Estou livre para vasculhá-lo, mas só tenho alguns minutos até ter que sair, tempo suficiente para uma boa espiada.

O plano de fundo é azul-escuro, salpicado de bolhas em tons diferentes de azul. Em um lado da tela há ícones alinhados em quatro fileiras, metade deles são pastas. Todos os nomes de arquivos estão em alfabeto cirílico, letras que reconheço, mas que não sou capaz de ler, pelo menos não com muita clareza. Comecei a fazer russo anos atrás, mas com a chegada de Luke tive de abandonar as aulas. Sei algumas frases básicas, compreendo algumas palavras, mas isso é tudo. Para o resto, conto com linguistas ou programas de tradução.

Abro algumas das pastas, depois os documentos de texto dentro delas. São páginas e páginas de texto denso em alfabeto cirílico. Sinto uma onda de decepção, que sei que é despropositada. Não é de se esperar que um cara russo sentado em seu computador, em Moscou, escreva em inglês. Sabia que não encontraria ali algum arquivo com o nome "Lista de agentes de infiltração profunda nos Estados Unidos". Tenho consciência de que o que estou procurando está criptografado. Só tenho esperanças de encontrar algum tipo de pista, algum tipo de arquivo protegido, algo com uma criptografia óbvia.

As invasões de alto nível ao longo dos anos nos mostraram que as identidades dos agentes adormecidos são conhecidas apenas pelos contatos, que os nomes são todos guardados eletronicamente e de forma local. Essa informação não chega a Moscou porque o SVR teme agentes infiltrados dentro da organização. O medo de que isso aconteça é tão grande que eles preferem arriscar a perda de agentes adormecidos a manter os nomes na Rússia. E nós sabemos que, se algo acontecesse a um contato, o líder acessaria os arquivos eletrônicos e contataria Moscou pedindo uma chave de decodificação, uma das etapas de um protocolo de criptografia que possui várias camadas. Nós temos o código de Moscou, porém nunca tivemos nada para decodificar.

O programa é invulnerável. Não conseguimos invadir. Não sabemos sequer seu verdadeiro propósito, se é que existe um. Podia ser apenas uma coleta passiva, ou algo mais sinistro. Mas, como sabemos que o cabeça do programa se reporta ao próprio Putin, minha tendência é pensar na última opção, e é isso que me tira o sono.

Continuo examinando com cuidado os arquivos, meus olhos vagueiam por cada um, embora eu não saiba exatamente o que estou procurando. E aí vejo uma palavra em cirílico que reconheço. Друзья. *Amigos*. O último ícone da última fileira, uma pasta de documentos. Dou dois cliques e a pasta se abre numa lista de cinco imagens em JPEG, e isso é tudo. Meus batimentos cardíacos começam a se acelerar. Cinco. Existem cinco agentes adormecidos para cada contato; sabemos disso por várias fontes. E essa pasta se chama "Amigos".

Abro a primeira imagem. É a foto do rosto de um homem de meia-idade, de aparência comum, com óculos redondos. Sinto um formigamento de empolgação. Os agentes adormecidos estão muito bem incorporados. Na realidade, são membros invisíveis da sociedade. E o homem da foto com certeza poderia ser um deles.

Minha experiência me avisa que não devo ficar muito animada; toda a nossa inteligência diz que os arquivos sobre os agentes adormecidos são criptografados. Mas meu instinto me diz que essa pasta tem algo de especial.

Abro a segunda foto. Uma mulher, cabelo laranja, olhos azul-claros, sorriso largo. Outra foto de rosto, outro agente adormecido em potencial. Olho fixamente para ela. Estou tentando ignorar meu pensamento, mas não consigo. São apenas fotos. Não há nada sobre a identidade deles, nada que o líder pudesse usar para entrar em contato com aquelas pessoas.

Mas, ainda assim, "amigos" e fotos de rosto. Talvez Yury não seja o agente adormecido esquivo que eu esperava revelar, aquele ao qual a Agência destinou recursos para ser encontrado. Mas será que ele poderia ser um recrutador? E essas cinco pessoas: elas devem ser, de alguma forma, importantes. Alvos, talvez?

Clico duas vezes na terceira imagem e um rosto aparece na minha tela. Um novo semblante, um novo *close*. Tão familiar, mas tão fora de contexto, num lugar ao qual definitivamente não pertence. Eu pisco sem tirar os olhos da tela, uma vez, duas vezes, minha cabeça luta para fazer uma ponte entre a foto e o significado que ela pode ter. Acabo perdendo totalmente a noção do tempo. Eu sinto como se dedos gélidos se fechassem ao redor do meu coração e o apertassem, e tudo que consigo escutar são meus batimentos disparados.

Estou olhando para o rosto do meu marido.

2

Passos se aproximam. Posso ouvi-los mesmo através das batidas aceleradas do meu coração. Todas as dúvidas que eu tinha na cabeça se convertem, num instante, em um único comando. *Esconda isso*. Clico no X no canto superior direito da foto e então, rapidamente, o rosto de Matt desaparece.

Eu me viro na direção do som. É Peter quem se aproxima. Será que ele viu a foto? Olho de volta para a tela. Nada de fotos, apenas a pasta aberta no explorador de arquivos, com cinco linhas de texto. Será que fechei a tempo?

Uma vozinha na minha cabeça me pergunta por que senti a necessidade de esconder aquela imagem. É o rosto de Matt. Meu marido. Eu não deveria estar correndo para o Departamento de Segurança para perguntar por que os russos possuem uma foto dele? Uma onda de náusea começa a se agitar nas profundezas do meu estômago.

— Reunião? — diz Peter. Uma de suas sobrancelhas está erguida acima dos aros grossos dos óculos. Ele está parado à minha frente, de mocassins, calça social cáqui e uma camisa social que está abotoada quase até o pescoço. Peter é o analista sênior da conta na qual eu trabalho, um remanescente da União Soviética e meu mentor pelos últimos oito anos. Não há ninguém mais informado sobre a contrainteligência russa do que ele. Com seu jeito calmo e reservado, é impossível não o respeitar.

Nesse instante não há nada esquisito em sua expressão. Ele apenas espera que eu responda se vou ou não comparecer à reunião da manhã. Acho que ele não viu nada.

— Não vou conseguir — respondo, e minha voz soa estranhamente aguda. Tento abaixar o tom, afastar o tremor dela. — A Ella está doente. Tenho que buscá-la na escola.

Ele assente. Seu movimento é mais uma inclinação de cabeça do que qualquer outra coisa. A expressão em seu rosto parece inalterada, imperturbada.

— Espero que ela fique bem — Peter deseja e segue para a sala de reuniões, um cubo de paredes de vidro que ficaria muito melhor numa *startup* de tecnologia do que no centro de operações da CIA.

Giro de volta para o meu computador, para a tela que agora está vazia. Minhas pernas ainda estão fracas e minha respiração acelerada. O rosto do Matt, no computador do Yury. E o meu primeiro instinto: *esconder isso*. Por quê?

Ouço meus outros colegas de trabalho indo a passos lentos para a sala de reuniões. A minha baia é a mais próxima do local, aquela por onde todos têm de passar para chegar à sala. Normalmente o meu espaço é silencioso, o recanto mais distante do mar de baias, a não ser nos momentos em que as pessoas estão se dirigindo à sala de reuniões ou à sala de Acesso Restrito, que fica logo depois, onde os analistas podem se isolar, ver os mais delicados dos arquivos delicados, aqueles com informações tão valiosas, tão difíceis de conseguir, que os russos certamente rastreariam e matariam a fonte se soubessem que estavam em nossas mãos.

Respiro com dificuldade uma vez, e depois outra. Eu me viro para o corredor conforme os passos vão se aproximando. Marta é a primeira. Trey e Helen vêm em seguida, lado a lado, numa conversa baixinha. Depois Rafael e logo Bert, nosso chefe da sucursal, que faz pouco mais do que editar documentos. O chefe de verdade é o Peter, e todo mundo tem plena consciência disso.

Nós sete formamos a equipe dos agentes adormecidos. Um grupo estranho, na verdade, porque temos muito pouco em comum com as outras equipes da Divisão Russa do Centro de Contrainteligência. Eles têm mais informação do que conseguem lidar, e nós temos praticamente nada.

— Você vem? — pergunta Marta, passando pela minha baia, apoiando uma das mãos numa das divisórias. O cheiro de menta e enxaguante bucal se espalha quando ela fala. Há bolsas sob seus olhos, disfarçadas por uma camada grossa de corretivo. Pelo jeito, a noite passada foi animada. Marta é uma ex-oficial de operações, gosta igualmente de uísque e de reviver seus dias de glória em campo. Uma vez ela me ensinou a abrir uma fechadura com um cartão de crédito e um grampo que encontrei no fundo da bolsa, o mesmo que mantém o cabelo de Ella preso num coque durante as aulas de balé.

Balanço a cabeça em negativa.

— Filha doente.

— Feras cheias de germes.

Ela deixa a mão cair e continua em frente. Ofereço um sorriso aos outros quando passam. *Está tudo normal por aqui*. Quando todos estão no aquário e Bert fecha a porta, viro de novo para a tela. Os arquivos, a confusão de letras em alfabeto cirílico. Estou tremendo. Olho para o relógio no canto da tela e me dou conta de que eu deveria ter saído há três minutos.

O nó no meu estômago está retorcido de forma tensa. Na realidade, eu não deveria ir embora agora, mas não tenho escolha. Se eu me atrasar para buscar Ella, levaremos a segunda advertência. Com três, estamos fora; a escola tem listas de espera para todas as turmas e não pensaria duas vezes em nos expulsar. Além disso, o que eu poderia fazer se ficasse?

Existe uma forma de eu ter certeza de por que a foto do Matt está aqui, e não é vasculhando mais arquivos. Engulo em seco, me sentindo enjoada, fecho o Athena e desligo o computador. Então, pego minha bolsa e meu casaco e sigo em direção à porta.

★

Ele está na mira como alvo.

Quando chego ao carro, com os dedos congelados, vapor saindo da minha boca, tenho certeza disso.

Ele não seria o primeiro. Os russos têm sido mais agressivos do que nunca neste último ano. Primeiro aconteceu com a Marta. Uma mulher com sotaque do leste europeu ficou amiga dela na academia e tomaram uns drinks juntas no O'Neills. Depois de algumas doses, a mulher perguntou abertamente se Marta estaria interessada em continuar a "amizade" delas com uma conversa sobre trabalho. Marta se recusou, saiu logo do bar e nunca mais a viu.

Com Trey foi diferente. Quando ainda estava no armário, ele sempre ia para o trabalho com seu "colega de apartamento", Sebastian. Um dia eu o vi, pálido e tremendo de nervoso, a caminho do Departamento de Segurança. Mais tarde, no mesmo dia, ouvi pela rádio-fofoca que ele tinha recebido um pacote pelo correio com fotos deles dois em posições comprometedoras. Era uma chantagem. Junto com o pacote, havia uma ameaça: ou ele concordava com uma reunião, ou os pais dele receberiam aquelas fotos.

Sendo assim, não é um delírio pensar que os russos sabem quem eu sou. E se eles têm conhecimento disso, descobrir a identidade do Matt seria moleza. Identificar onde somos vulneráveis, também.

Viro a chave na ignição e o Corolla faz o seu barulho engasgado de sempre.

— Não me deixe na mão — murmuro, virando a chave de novo e escutando o motor ofegar até finalmente ligar. Na sequência, uma rajada de vento congelante me atinge. Eu ajusto rapidamente o ar para o mais quente possível, esfrego as mãos e saio de ré. Eu deveria deixar o carro esquentar, mas não há tempo. Nunca há tempo suficiente.

O Corolla é o carro do Matt, o mesmo desde que a gente se conheceu. Se dissesse que está nas últimas estaria sendo simpática. Trocamos o meu antigo carro quando eu estava grávida dos gêmeos e então compramos uma minivan, usada. O Matt a dirige, como carro de família, porque ele leva e busca as crianças na escola mais vezes.

Estou dirigindo no automático, como se estivesse num estado letárgico. Quanto mais eu ando, mais o nó no estômago se aperta. Não é o fato de estarem mirando no Matt que me preocupa. É aquela palavra: amigos. Isso não sugere algum nível de cumplicidade?

Matt é um desenvolvedor de software. Ele não sabe o quanto os russos são sofisticados. Como podem ser implacáveis. Como se agarrariam à menor das aberturas, ao menor sinal de que ele estaria disposto a trabalhar com eles, para então tirarem dele tudo aquilo que quisessem.

Chego à escola com dois minutos de antecedência. Sou recebida por uma rajada de ar quente. A diretora, uma mulher de traços duros e uma carranca permanente, olha propositalmente para o relógio e me lança um olhar severo. Não tenho certeza se é um "Por que você demorou tanto?" ou "Precisava mesmo buscá-la tão cedo? Ela obviamente já estava doente quando a deixou aqui". Ofereço um sorriso indiferente de desculpas enquanto passo por ela, embora por dentro eu esteja histérica. Pelo amor de Deus, o que quer que a Ella tenha, ela com certeza pegou aqui.

Sigo pelo corredor com trabalhos de arte dos alunos enfileirados – desenhos de ursos polares feitos a partir da impressão das mãos das crianças, flocos de neve de glitter e pinturas com aquarela –, mas a minha cabeça está em outro lugar. *Amigos*. Será que Matt fez alguma coisa para que os russos achassem que ele está disposto a trabalhar com eles? Tudo que precisariam seria de um sinal mínimo. A menor das brechas já seria o suficiente.

Acho o caminho para a sala de aula de Ella, cadeiras minúsculas, pequenas estantes, cestos de brinquedos e uma explosão de cores primárias. Ela está no canto mais distante da sala, sozinha num sofazinho de criança vermelho vivo, com um livro de capa dura aberto no colo. Pelo jeito, foi afastada das outras crianças. Ela está vestida com uma calça legging roxa que não reconheço, mas me lembro vagamente de Matt comentar que ia levá-la para fazer compras. É claro que ele fez isso. No ritmo em que está crescendo, ela perde as roupas a todo momento.

Vou até a minha filha com os braços estendidos e com um sorriso exagerado.

— Cadê o papai?

Eu me encolho por dentro, mas mantenho o sorriso pregado na cara.

— O papai está levando o Caleb ao médico. Eu vim te buscar hoje.

Ela fecha o livro e o coloca de volta na estante.

— Tá.

— Posso ganhar um abraço? — Os meus braços ainda estão estendidos, embora se abaixando. Ela olha para eles por um instante e então se entrega ao meu abraço. Eu a agarro com força, enterrando meu rosto em seu cabelo macio. — Sinto muito que você não esteja se sentindo bem, meu amor.

— Eu tô bem, mãe.

Mãe? Minha respiração fica presa na garganta. Ainda nesta manhã eu era *mamãe*. Por favor, que ela não pare de me chamar de mamãe. Não estou pronta para isso. Pelo menos, não hoje.

Eu a encaro e estampo outro sorriso na cara.

— Vamos pegar o seu irmão.

Ella se senta no banco do lado de fora do berçário enquanto eu vou buscar Chase. Aquela sala me deixa tão deprimida hoje em dia quanto me deixou sete anos atrás, quando deixei Luke ali pela primeira vez. O lugar da troca de fraldas, a fileira de berços, a fileira de cadeirões.

Chase está no chão quando entro. Uma das professoras, a mais novinha, pega-o no colo antes que eu chegue até ele, abraça-o e enche a bochecha do meu filho de beijos.

— Ele é um menino tão meigo — declara ela, sorrindo para mim.

Observo aquela cena com uma pontada de ciúmes. Essa é a mulher que viu os primeiros passos dele, aquela para cujos braços estendidos ele andou de modo vacilante pela primeira vez, enquanto eu estava no trabalho. Ela parece tão natural com ele, tão confortável. Mas é claro que parece. Eles passam o dia inteiro juntos.

— É. Ele é, sim — digo, e as palavras soam estranhas.

Embrulho as duas crianças em casacos fofinhos e com gorros na cabeça – está um frio fora de época para março – e as coloco em suas cadeirinhas no carro, que são desconfortáveis e estreitas o bastante para que caibam três no banco traseiro do Corolla. As boas, as seguras, estão na minivan.

— Como foi a sua manhã, meu amor? — pergunto, dando uma olhada para Ella pelo espelho retrovisor enquanto saio de ré da vaga.

Ela fica em silêncio por um instante.

— Eu sou a única menina que não foi pro ioga.

— Sinto muito — comento, e logo que as palavras saem da minha boca sei que não são as adequadas, que eu deveria ter dito outra coisa. O silêncio que se segue parece pesado. Estendo a mão até o botão do rádio e ligo a música das crianças.

Lanço um olhar rápido de novo pelo espelho retrovisor, e vejo Ella olhando pela janela, em silêncio. Eu sei que deveria fazer outra pergunta, engajá-la numa conversa sobre seu dia, mas acabo não dizendo nada. Não consigo tirar a foto da minha cabeça. O rosto do Matt. Era uma foto recente, acho. Do último ano ou algo assim. Há quanto tempo eles estão observando meu marido, observando toda a nossa família?

O caminho da escola para casa é curto, passando por um bairro que ilustra perfeitamente a palavra contradição: enormes casas modernas e de gosto duvidoso misturadas com casas mais antigas como a nossa, um lar muito pequeno para seis e velha o suficiente para ter abrigado a infância de meus pais. Os subúrbios de Washington são absurdamente caros, e Bethesda é uma das piores regiões nesse quesito. Mas muitas das escolas da região estão entre as melhores do país.

Estacionamos na nossa casa. As paredes são claras e o formato é como o de uma caixa de fósforo. Temos uma garagem para dois carros e o proprietário anterior acrescentou uma pequena varanda que não tem muito a ver com o restante da casa, e que não usamos nem perto do que achei que usaríamos. Compramos o imóvel quando eu estava grávida de Luke, na época em que as escolas fizeram o preço exorbitante parecer valer a pena.

Olho para a bandeira americana pendurada perto da porta. Foi Matt quem a pendurou ali. Substituiu a última quando ficou desbotada. Ele não concordaria em trabalhar contra o nosso país. Eu sei que não concordaria. Mas será que ele deu alguma brecha? Será que fez o bastante para que os russos achassem que ele poderia?

Tem uma coisa da qual tenho certeza. Ele só estava naquele computador por minha causa. Por causa do meu trabalho. E foi por isso que escondi a foto, não foi? Se ele estiver em apuros, a culpa é toda minha. E preciso fazer o que for possível para livrá-lo disso.

★

Eu deixo Ella assistir a desenhos deitada no sofá, um após o outro. Normalmente, nós limitamos a um único episódio, só como um agrado depois do jantar, mas hoje ela está doente e não consigo me concentrar em mais nada a não ser na foto do Matt no computador do Yury. Enquanto Chase tira uma soneca e ela está hipnotizada na frente da TV, eu limpo a cozinha. Limpo as bancadas azuis que substituiríamos se tivéssemos dinheiro. Esfrego em volta das três bocas do fogão que ainda funcionam, tentando tirar as manchas de gordura. Organizo o armário cheio de potes plásticos, combinando as tampas com os potes e empilhando os que se encaixam.

De tarde, agasalho bem as crianças e andamos até o ponto de ônibus para buscar Luke. Assim que ele me vê, diz o mesmo que Ella:

— Cadê o papai?

— O papai foi levar o Caleb ao médico.

Faço um lanche para ele e o ajudo com o dever de casa. São exercícios de matemática, somas com números de dois dígitos. Eu não sabia que eles já estavam prontos para dois dígitos. É Matt quem normalmente o ajuda.

Ella escuta a chave de Matt na fechadura antes de mim e dispara do sofá em direção à porta.

— Papai! — grita ela enquanto ele abre a porta, segurando Caleb em um em um braço e uma sacola de compras no outro. De algum jeito, Matt ainda consegue se agachar e dar um abraço em Ella, perguntar como ela está se sentindo, ao mesmo tempo que está tirando o casaco do Caleb. O sorriso no rosto de Matt parece sincero, é sincero.

Ele se levanta, vem até mim e me dá um beijo nos lábios.

— Oi, amor — diz ele.

Ele está de calça jeans e com um suéter que dei no Natal passado, marrom e com zíper na parte de cima, e uma jaqueta. Coloca a sacola de compras na bancada e ajusta as perninhas de Caleb no quadril. Ella está grudada em uma das pernas dele enquanto ele descansa a mão livre na cabeça dela, acariciando seus cabelos.

— Como é que foi no médico? — pego Caleb e quase me surpreendo quando ele aceita vir para o meu colo sem resmungar. Inspiro o doce cheiro de xampu de bebê.

— Foi ótimo, na verdade — responde Matt, tirando a jaqueta e apoiando-a na bancada. Ele anda até Luke e bagunça o cabelo dele. — E aí, moleque?

Luke olha para cima, sorrindo e mostrando a janela que tem nos dentes. O dente que caiu foi para baixo do travesseiro dele antes que eu chegasse do trabalho.

— E aí, papai? Vamos jogar bola no quintal? — pergunta Luke.

— Daqui a pouco. Eu tenho que conversar com a mamãe primeiro. Você já fez o seu projeto de ciências?

Ele tem um projeto de ciências?

— Já — responde Luke, e aí seus olhos vão na minha direção, como se ele tivesse esquecido que estou ali.

— Diga a verdade — peço com a voz mais severa do que eu pretendia. Meus olhos encontram os de Matt, e vejo suas sobrancelhas se erguerem levemente. Mas ele não fala nada.

— Eu pensei no projeto de ciências — escuto Luke sussurrar.

Matt volta e se apoia na bancada.

— A doutora Misrati está muito feliz com o progresso. Os resultados da ressonância e do eletrocardiograma foram bons. Ela quer nos ver de novo em três meses.

Aperto Caleb de novo. Enfim, boas notícias. Matt começa a tirar as compras da sacola. Um galão de leite, uma embalagem de peitos de frango, um saco de legumes congelados. Cookies, aqueles que eu sempre peço a ele para não comprar, pois podemos fazê-los nós mesmos por uma fração do preço. Ele está cantarolando sozinho, alguma melodia que não reconheço. Está feliz. Ele cantarola quando está feliz.

Ele se abaixa, pega uma panela e uma frigideira da prateleira de baixo e as coloca sobre o fogão. Dou outro beijo em Caleb enquanto o observo. Como ele é tão bom nisso tudo? Como ele consegue fazer todo esse malabarismo sem deixar que nada desmorone?

Eu me viro na direção de Ella, que está de volta no sofá, e pergunto:

— Está tudo bem por aí, meu amor?

— Tá, mãe.

Escuto Matt parar com os movimentos congelados.

— Mãe? — diz ele suavemente. Eu me viro, vejo a preocupação gravada no seu rosto.

Dou de ombros, mas tenho certeza que ele pode ver a mágoa nos meus olhos.

— Acho que esse dia chegou.

Ele larga a caixinha de arroz que está segurando e me envolve num abraço. De repente, a parede de emoções que está se erguendo dentro de mim ameaça se desfazer. Escuto as batidas do coração dele e sinto o calor de seu corpo. *O que aconteceu?* Quero perguntar. *Por que você não me contou?*

Engulo em seco, respiro fundo e me afasto.

— Posso ajudar com o jantar?

— Eu cuido disso, pode deixar — ele se vira, ajusta o botão do fogão e se estica para pegar uma garrafa de vinho em cima do balcão. Observo enquanto ele a abre e depois pega uma taça no armário. Enche-a até a metade, cuidadosamente, e a passa para mim. — Tome um pouquinho de vinho.

Se você soubesse o quanto eu preciso de uma tacinha... Ofereço um sorrisinho a ele e tomo um gole.

Levo as crianças para lavar as mãos e prendo os bebês nos cadeirões, um em cada ponta da mesa. Matt prepara as porções de comida nos pratos e distribui para cada um de nós à mesa. Ele está conversando com Luke sobre uma coisa qualquer e eu estou manifestando as expressões certas, como se fizesse parte da conversa, mas minha cabeça está em outro lugar. Ele parece tão feliz hoje. Aliás, acho que ele tem estado mais feliz do que o normal ultimamente.

Na minha cabeça, vejo a foto. Relembro o nome da pasta. *Amigos*. Ele não teria concordado em fazer nada, ou teria? Mas estamos falando dos russos. Tudo que ele precisava fazer era dar a eles uma mínima abertura, uma mínima indicação de que *consideraria a proposta*. E então, eles cairiam em cima.

Sinto uma espécie de adrenalina correndo por mim. Sinto como se eu o estivesse traindo. Eu não deveria sequer cogitar essa hipótese, mas estou. E, claro, nós precisamos do dinheiro. E se ele achasse que estava nos fazendo um favor ao conseguir outra fonte de renda? Tento me lembrar da última vez que discutimos por causa de dinheiro. Na ocasião, ele voltou para casa no dia seguinte com um bilhete da loteria, grudou-o com um ímã na geladeira e escreveu "Me desculpe" no quadro magnético, com uma carinha sorrindo ao lado.

E se eles tiverem feito um discurso para convencê-lo e, em sua cabeça, isso tudo fosse como ganhar na loteria? E se Matt nem souber que caiu na lábia dos russos? E se estiverem o enganando, se ele estiver pensando que arranjou um emprego paralelo perfeitamente legítimo, algo para nos ajudar a equilibrar o orçamento?

Meu Deus, no fim tudo se resume ao dinheiro. Como eu odeio que tudo se resuma a dinheiro.

Se eu soubesse, teria dito a ele para ser paciente. As coisas vão melhorar. Eu sei que estamos no vermelho agora, mas Ella já está quase no jardim de infância e logo os gêmeos vão sair do berçário. Com isso, vamos economizar um pouco na creche. No ano que vem a nossa situação estará melhor. Bem melhor. É só um ano difícil. E nós sabíamos que seria um ano difícil.

Agora ele está falando com a Ella e a vozinha doce dela atravessa o nevoeiro na minha cabeça.

— Eu sou a única menina que não foi pro ioga — comenta ela, a mesma coisa que me disse no carro.

Matt coloca uma garfada de comida na boca e mastiga com cuidado, observando-a o tempo todo. Seguro a respiração e espero pela resposta dele. Ele, enfim, engole.

— E como você se sentiu com isso?

Ela inclina a cabeça para o lado, apenas um pouquinho e diz:

— Está tudo bem. Consegui sentar na frente na hora da história.

Eu olho para ela, com o meu garfo no meio do caminho. Ela não deu a mínima para o ioga. Ela não precisava de um pedido de desculpas. Como é possível que Matt sempre encontre as palavras certas? Por que ele sempre sabe exatamente o que dizer?

Chase está jogando os restos do jantar dele no chão com suas mãos gordinhas e sujas de comida, e Caleb começa a rir, batendo as próprias mãos na bandeja e mandando molho para todo lado. Matt e eu afastamos as cadeiras ao mesmo tempo para pegar papel toalha e começar a limpar rostos e mãos cobertos de molho e pedaços de comida. A força-tarefa da limpeza é uma rotina já muito bem ensaiada a essa altura.

Luke e Ella são dispensados da mesa e disparam para a sala de estar. Quando os gêmeos estão limpos, também os levamos para a sala e começamos a arrumar a cozinha. Faço uma pausa na limpeza para encher de novo a minha taça de vinho. Matt dá uma olhada e me lança um olhar engraçado enquanto passa um pano na mesa da cozinha.

— Teve um dia difícil?

— Um pouco — respondo, tentando pensar em como teria respondido à pergunta ontem. O quanto mais eu teria dito? É claro que eu não disse a Matt algo confidencial, mas talvez tenha falado sobre alguma piadinha do escritório. Sugerindo coisas, rodeando assuntos, como a grande informação de hoje. Mas são sempre apenas fragmentos. Nada que os russos de fato se importassem. Nenhuma informação pela qual estariam dispostos a pagar.

Quando a cozinha finalmente parece estar limpa, jogo meu último papel toalha no lixo e sento novamente à mesa. Olho para a parede vazia. Há quantos anos já estamos neste lugar e ela ainda não está decorada. Escuto o barulho da televisão vindo da sala, o filme *Monster Trucks*, de que o Luke gosta, e a melodia fraca de um dos brinquedos dos gêmeos.

Matt se aproxima, puxa a cadeira dele e também se senta à mesa. Ele está me observando, com preocupação no rosto, esperando que eu fale alguma coisa. Preciso dizer algo. Preciso saber. Outra opção é ir direto a Peter, à segurança e contar a eles o que achei. Deixar que eles comecem a investigar meu marido.

Deve haver uma explicação inocente para tudo isso. Talvez ele ainda não tenha sido abordado. Ou foi, mas não faz ideia em que está envolvido. Ele não concordou com nada. Ele certamente não concordou com nada. Tomo o restante do meu vinho e percebo que minha mão está tremendo quando coloco a taça de volta sobre a mesa.

Olho fixo para ele, sem ideia do que vou dizer. Nessas horas todas, eu já deveria ter inventado algo.

A expressão dele parece totalmente aberta. Ele deve saber que eu tenho uma coisa importante para dizer. Tenho certeza de que ele consegue ler isso no meu rosto. Mas ele não parece nervoso. Não tem nada de diferente em sua expressão. É simplesmente o mesmo Matt de sempre.

— Há quanto tempo você trabalha para os russos? — indago. As palavras simplesmente escapam da minha boca, sem que eu possa processá-las antes. Bem, agora já foi. Observo atentamente seu rosto, e a expressão dele importa bem mais para mim do que as palavras. Vai haver uma confusão sincera? Indignação? Vergonha?

Não há nada. Absolutamente nenhuma emoção passa pelo seu rosto. Ele não muda. E sou atravessada por um dardo de medo.

Matt olha para mim calmamente. Ele espera um pouco para responder, mas não muito:

— Vinte e dois anos.

3

Sinto como se o chão tivesse desaparecido embaixo de mim. Como se eu estivesse caindo, flutuando, suspensa num espaço de onde observo a mim mesma, de onde vejo essa situação toda acontecer. É como se eu não fizesse parte disso, simplesmente porque não é real. Há uma campainha no meu ouvido, um estranho grito de metal.

Eu não esperava um sim. Ao dizer aquelas palavras, acusando-o da pior transgressão possível, achei que ele poderia admitir algo menor. *Eu me reuni com uma pessoa uma vez,* ele diria. *Mas eu juro, Viv, não estou trabalhando para eles.*

Ou apenas uma indignação virtuosa. *Como você pôde pensar algo assim?*

Eu nunca esperei um sim.

Vinte e dois anos. Foco no número porque é algo tangível, algo concreto. Trinta e sete menos vinte e dois. Ele teria quinze anos na época. Estava no ensino médio, em Seattle.

Isso não faz nenhum sentido.

Com quinze anos ele jogava beisebol na equipe juvenil. Tocava trompa na banda da escola. Cortava grama na vizinhança para ganhar um dinheirinho.

Eu não entendo.

Vinte e dois anos.

Levo minhas mãos às têmporas. A campainha na minha cabeça não para. É como se houvesse algo ali, como se a minha ficha finalmente tivesse caído, só que é tão horrível que não consigo assimilar o que acabei de ouvir, não consigo admitir que é real porque todo o meu mundo está prestes a desabar.

Vinte e dois anos.

Meu algoritmo deveria me levar a um agente russo cuidando de agentes adormecidos nos Estados Unidos.

Vinte e dois anos.

E então a frase de um antigo relatório da inteligência passa pela minha cabeça. Um informante da inteligência russa familiarizado com o programa. *Eles recrutam garotos muito novos, de quinze anos.*

Fecho os olhos e aperto as têmporas com mais força.

Matt não é quem ele diz que é.

Meu marido é um agente secreto russo.

★

Uma coincidência. Foi isso o que eu sempre achei sobre a maneira como nos conhecemos. Como se fosse algo de filme.

Nos conhecemos no dia em que me mudei para Washington. Numa manhã de segunda-feira, em julho. Eu tinha saído de Charlottesville de madrugada com todas as minhas coisas entulhadas no carro. Estava parada em fila dupla, com o pisca-alerta ligado, em frente a um velho edifício de tijolos rodeado de escadas de emergência, perto o bastante do jardim zoológico para sentir o cheiro impregnado no ar. Aquele era meu novo apartamento. Eu estava na minha terceira viagem do carro à porta, equilibrando nos braços uma caixa de papelão enorme, quando bati em alguma coisa.

Era Matt. Ele estava de calça jeans e camisa azul-clara com as mangas enroladas até os cotovelos, e eu tinha acabado de derramar nele todo o seu copo de café.

— Ah, meu Deus — falei, colocando a caixa apressadamente no chão. Ele estava segurando o copo de café todo sujo em uma das mãos, a tampa plástica agora no chão, e sacudindo a outra, espirrando gotinhas da bebida pelo ar. Estava fazendo uma careta, como se estivesse com dor. A camisa estava toda manchada de marrom. — Sinto muito.

Fiquei parada, sem ação, com as mãos estendidas em sua direção, como se de alguma forma minhas mãos vazias pudessem ajudá-lo de algum modo.

Ele sacudiu o braço mais algumas vezes, depois olhou para mim e então sorriu, um sorriso completamente irresistível, e juro que o meu coração parou. Aqueles dentes brancos perfeitos, os olhos castanhos intensos e cheios de brilho.

— Não se preocupe.

— Eu posso arrumar papel toalha. Tem numa caixa em algum lugar...

— Tudo bem.

— Ou uma camisa nova? Devo ter uma camiseta que sirva em você.

Ele olhou para a camisa e ficou em silêncio por um instante, como se estivesse considerando a minha proposta.

— Tá tudo bem, sério. Mas, obrigado.

Ele me lançou outro sorriso e continuou seu caminho. Eu fiquei parada no meio da calçada e o observei ir embora. Esperei para ver se ele viraria para trás e mudaria de ideia, e senti uma decepção esmagadora quando percebi que isso não aconteceria. Fui tomada por uma vontade alucinante de falar com ele novamente, pelo menos por mais um tempinho.

Amor à primeira vista, eu diria mais tarde.

Pelo resto daquela manhã eu não consegui tirá-lo da cabeça. Aqueles olhos, aquele sorriso. Mais tarde, naquele mesmo dia, com meus pertences já em segurança no apartamento, eu saí para explorar a nova vizinhança e então o vi, folheando livros num estande do lado de fora de uma pequena livraria. O mesmo cara, uma nova camisa, branca dessa vez. Totalmente absorto naqueles livros. É difícil descrever o sentimento que correu por mim: empolgação, adrenalina e uma estranha sensação de alívio. Afinal, eu teria outra chance. Respirei fundo, andei até ele e fiquei parada ao seu lado.

— Oi — falei com um sorriso.

Ele olhou para mim, com a expressão vazia no início, mas logo me reconheceu. Ele sorriu de volta, revelando aqueles dentes brancos perfeitos.

— Olá!

— Sem caixas dessa vez — assim que falei isso, quis desaparecer. *Isso foi o melhor que eu pude dizer?*

O sorriso ainda estava no rosto dele. Limpei a garganta. Eu nunca tinha feito nada parecido antes. Fiz um gesto com a cabeça na direção da cafeteria ao lado.

— Posso te pagar um café? Acho que te devo um.

Ele olhou para o toldo da cafeteria, depois de volta para mim. Sua expressão estava cuidadosa. *Ai, meu Deus, ele tem namorada*, pensei. *Eu nunca deveria ter feito esse convite. Que constrangedor.*

— Ou uma camisa? Acho que também te devo uma — sorri e mantive minha voz leve, como se estivesse apenas brincando. *Boa ideia, Viv. Você acabou de dar a ele uma saída. Ele pode rir e recusar o convite.*

Para minha surpresa, ele inclinou a cabeça e disse algumas palavras que me encheram de alívio, expectativa e um pouquinho de tontura.

— Um café está ótimo.

Nós nos sentamos na parte de trás da cafeteria e ali ficamos até o anoitecer. A conversa fluiu com uma facilidade incrível, sem silêncios constrangedores. Nós tínhamos tanto em comum: éramos filhos únicos, católicos não praticantes, apolíticos numa cidade política. Tínhamos viajado pela Europa sozinhos, com orçamento apertado. Nossas mães eram professoras, os dois tivemos um labrador quando crianças. As semelhanças eram quase assustadoras. Parecia mesmo que o destino tinha se encarregado desse nosso encontro. Ele era engraçado, charmoso, inteligente e educado — e incrivelmente lindo.

Então, com as xícaras de café vazias já há algum tempo e um empregado limpando as mesas ao nosso redor, ele olhou para mim, com um nervosismo descontrolado no rosto, e me perguntou se podia me levar para jantar.

Fomos a um restaurante italiano virando a esquina, comemos porções gigantescas de massa caseira, tomamos uma garrafa de vinho e pedimos uma sobremesa para a qual nenhum dos dois tinha espaço, mas de que fizemos questão mesmo assim, como uma desculpa para ficarmos mais tempo ali. Em nenhum momento ficamos sem ter o que dizer.

Conversamos até o restaurante fechar, aí ele me levou andando para casa, segurando a minha mão, e eu nunca me senti tão confortável, tão leve, tão feliz. Ele me deu um beijo de boa-noite na calçada em frente ao meu prédio, no mesmo lugar onde nos trombamos naquele mesmo dia. E quando fui me deitar para dormir naquela noite, sabia que tinha conhecido o homem com quem ia me casar.

★

— Viv.

Eu pisco, e a lembrança desaparece num instante. Ouço a melodia da música do *Monster Trucks* vindo da sala. Uma fala ininteligível. Um brinquedo batendo no outro, plástico no plástico.

— Viv, olhe pra mim.

Agora eu vejo o medo. O rosto dele não está mais inexpressivo. A testa enrugada, as linhas onduladas que aparecem quando ele está preocupado estão mais profundas do que nunca.

Ele se inclina para a frente, coloca uma das mãos sobre a minha, mas eu me afasto. Ele parece verdadeiramente assustado.

— Eu te amo.

Não consigo olhá-lo nesse momento, não suporto ver a intensidade em seus olhos. Olho para a mesa. Há uma pequena mancha de tinta deixada por uma canetinha vermelha. Olho fixamente para ela. Está infiltrada na veia da madeira, uma cicatriz de alguma tentativa de projeto de arte, feita há muito tempo. Por que nunca reparei nisso?

— Nada muda o meu sentimento por você. Eu juro por Deus, Viv. Você e as crianças são tudo para mim.

As crianças. Ah, meu Deus, as crianças. O que vou dizer a elas? Levanto a cabeça e olho na direção da sala, mesmo que não consiga vê-los daqui. Escuto os gêmeos brincando. Os outros dois estão quietos, sem dúvida hipnotizados pela televisão.

— Quem é você? — sussurro. Não tenho a intenção de sussurrar, mas é o que sai. Sinto como se não conseguisse fazer a minha voz funcionar.

— Sou eu, Viv. Juro por Deus. Você me conhece.

— Quem é você? — digo de novo, minha voz agora está falhando.

Ele olha para mim com os olhos arregalados e a testa enrugada. Eu o encaro, tento ler a expressão nos olhos dele, mas não acho que sou capaz. Será que algum dia vou ser?

— Eu nasci em Volgograd — ele fala baixinho, com calma. — Meu nome era Alexander Lenkov.

Alexander Lenkov. Isso não pode ser real. Deve ser algum tipo de sonho. É um filme, uma ficção. Não a minha vida. Volto a olhar para a mesa. Em uma das beiradas há uma constelação de pequenas marcas que uma das crianças fez batendo com o garfo.

— Os meus pais eram Mikhail e Natalia.

Mikhail e Natalia? Não eram Gary e Barb? Meus sogros, as pessoas que os meus filhos chamam de vovó e vovô. Olho fixo para as craterinhas na mesa.

— Eles morreram num acidente de carro quando eu tinha treze anos. Eu fiquei sozinho, não tinha mais ninguém. Fui colocado numa instituição do governo e me mudei alguns meses depois para Moscou. Na época, não percebi o que estava acontecendo, mas havia sido colocado num programa do SVR.

Sinto uma pontada de empatia, pensando em Matt como um garoto órfão e solitário. Mas ela é rapidamente substituída por uma sensação opressora de traição. Aperto minhas mãos com força.

— Eu fiz uma imersão na língua inglesa por dois anos, e quando completei quinze anos estava oficialmente recrutado e com uma nova identidade.

— Matthew Miller. — De novo, um sussurro.

Ele concorda com a cabeça e então se estica ainda mais para a frente, com o olhar intenso.

— Eu não tive escolha, Viv.

Olho para os anéis na minha mão esquerda. Penso naquelas primeiras conversas. Na descoberta de que tínhamos tanto em comum.

Parecia tão real, mas era tudo mentira. Ele criou uma infância que nunca existiu.

De repente, toda a minha vida não passa de uma mentira.

— Minha identidade não era real, mas todo o resto foi — afirma ele, quase como se pudesse ler meus pensamentos. — E os meus sentimentos são cem por cento reais. Juro que são.

O diamante na minha mão esquerda reflete a luz do ambiente; olho para todas as facetas, uma a uma. Estou vagamente ciente dos sons vindos da sala. Agora ouço algo diferente, vozes mais altas. Luke e Ella estão discutindo. Olho para cima, para longe do anel, e Matt está me observando, mas ele está com o pescoço estendido o suficiente para eu saber que ele também está atento às crianças.

— Resolvam isso aí, vocês dois — pede ele sem tirar os olhos de mim.

Nós nos encaramos, nós dois estamos ouvindo a briga. A discussão fica mais intensa, então Matt se afasta da mesa e vai até lá interferir. Escuto fragmentos, Luke e Ella tentando argumentar com Matt e as repreensões dele para que as crianças façam as pazes. Minha cabeça está confusa. O vinho também não deve estar ajudando.

Matt volta com Caleb no colo e se senta. Caleb sorri para mim e enfia um punho babado na boca. Não consigo forçar um sorriso no rosto, então só olho de volta para Matt.

— Quem é o verdadeiro Matt Miller? — pergunto. Penso na certidão de nascimento enterrada no nosso cofre à prova de fogo, no cartão do seguro social, no passaporte.

— Não sei.

— E quanto a Barb e Gary? — digo. Visualizo os dois. A mulher com jeito de matrona, as blusas em tons pastéis que sempre me lembram de algo que a minha avó teria usado. O homem cuja barriga se projeta por cima do cinto, a camisa sempre enfiada para dentro da calça, as meias sempre brancas.

— Também são como eu — responde ele.

Chase começa a chorar, uma distração estranhamente bem-vinda. Levanto-me da mesa e vou até a sala. Ele está no chão perto do sofá onde Luke e Ella estão sentados, e posso ver o contorno de uma bola azul presa ali embaixo. Estendo a mão para alcançá-la, depois o pego no colo e o apoio no meu quadril. Com a bola nas mãos ele fica mais calmo, restando um pequeno choramingo.

Meus pensamentos estão muito confusos. Como pude ser tão facilmente enganada? Especialmente em relação a Barb e Gary. Com certeza havia alertas vermelhos. Eu não os conheci até o casamento. Fomos a Seattle apenas uma vez e eles nunca nos visitaram. Sempre havia motivos, é claro. Razões que fizeram sentido na época, mas que agora parecem tão ridículas. Barb tem medo de avião. A gente não tinha dias de férias suficientes. Tivemos um filho atrás do outro, e quem quer se arriscar com um bebê chorando num voo que cruza o país?

Eu inclusive me sentia culpada com essa situação. Nós víamos meus pais com tanta frequência e os dele quase nunca. Eu chegava a pedir desculpas. "A vida também não facilita", dizia Matt com um sorriso. Um sorriso meio triste, claro, mas ele nunca parecia muito incomodado com aquilo. Eu sugeria conversas em vídeo, mas eles não se sentiam confortáveis com tecnologia, ficavam felizes apenas conversando ao telefone a cada duas semanas. E Matt também parecia satisfeito com isso.

Eu nunca forcei a barra. Será que não forcei porque no fundo estava feliz? Feliz de não termos que alternar Natais, de não termos que ir à falência bancando passagens para a família toda atravessar o país com certa frequência, de eu não precisar aturar meus sogros mais que o necessário. Talvez também estivesse feliz por não ter de dividir a atenção do meu marido. Feliz por ele estar totalmente focado nas crianças e em mim.

Volto à cozinha e me sento à mesa com Chase no colo.

— E todas aquelas pessoas no nosso casamento?

Havia pelo menos umas duas dúzias de outros parentes lá. Tias, tios, primos.

— A mesma coisa.

Impossível. Balanço a cabeça, como se isso pudesse, de certa forma, colocar todos esses fatos aleatórios em ordem. Como se algo nessa história fizesse sentido. Já conheci mais de vinte e cinco agentes adormecidos. Quantos deles os russos têm aqui? Bem mais do que pensávamos.

Dmitri, o Oferecido. De repente ele é tudo em que consigo pensar. Ele falou que havia dúzias de células adormecidas nos Estados Unidos. Ele nos contou tanta coisa que não fazia sentido que nos fez ter certeza de que ele era apenas uma distração. Dmitri nos disse que os contatos carregavam as identidades dos agentes adormecidos com eles mesmos, o tempo todo, quando sabíamos que eram armazenadas eletronicamente. O código de descriptografia que nos ofereceu não batia com o que tínhamos de outras fontes. Sem contar as alegações infames que garantiam que agentes adormecidos tinham se infiltrado no governo e que estavam ascendendo lentamente. E que havia dúzias de células enterradas nos Estados Unidos, quando já estávamos certos de que eram muito poucas.

Bem, no fim das contas, ele não foi tão exagerado, não é? E, então, a minha ficha finalmente cai.

— Você é um espião — falo baixinho. Fiquei tão focada na mentira, no fato de que ele não era quem afirmava ser, que não me dei conta do óbvio.

— Eu não quero ser. Não quero nada além de ser Matt Miller de Seattle. Quero me libertar das mãos deles.

Uma sensação pesada aperta o meu peito e eu fico com dificuldade para respirar.

— Mas eu estou preso a eles.

Ele parece tão sincero, tão lamentoso. É claro que ele está preso. Não é como se ele pudesse simplesmente desistir. Eles investiram muito nele.

Chase está se remexendo no meu colo, lutando para se libertar. Eu o coloco no chão e ele logo fica de quatro e começa a engatinhar para longe, soltando gritinhos felizes.

— Você mentiu pra mim.

— Eu não tinha escolha. De todas as pessoas, você é quem deveria entender...

— Não se *atreva* — afirmo, porque sei aonde ele quer chegar.

Visualizo nós dois, tanto tempo atrás, a mesinha no canto da cafeteria, xícaras enormes na nossa frente.

★

— Onde você trabalha? — perguntou ele.

— Terminei a faculdade agora — respondi, esperando que fosse o suficiente, mas sabendo que não seria.

— Mas você tem algum emprego engatilhado?

Assenti. Tomei um gole de café e tentei me esquivar.

— E você faz o quê nesse emprego? — pressionou ele.

Olhei para a minha xícara, para a fumaça que saía dela.

— Consultoria. É uma empresa pequena — comentei, a mentira com gosto amargo. Mas ele era um desconhecido, e eu não estava a fim de contar para um desconhecido que tinha sido contratada pela CIA. — E você? — eu quis saber e, felizmente, a conversa tomou outro rumo: desenvolvimento de softwares.

★

— Não é a mesma coisa, de jeito nenhum — digo agora. — Você teve dez anos. Dez *anos*.

— Eu sei — afirma ele, arrependido.

Agora Caleb também está se remexendo e sorrindo para mim, sem dúvida se perguntando por que eu não sorrio de volta. Ele estica os braços na minha direção e Matt o passa por cima da mesa ao mesmo tempo que estendo os braços para pegá-lo. Ele se aninha no meu colo, calmo.

— Você faz esse tipo de coisa? Finge que é parente de alguém? — pergunto. Não sei por que isso importa. Por que isso, de tantas coisas, é o que eu mais quero saber? Ele balança a cabeça negativamente.

— Eles não iam querer que eu corresse um risco desses.

É claro que não. Ele é valioso demais para isso, não? Afinal de contas, é casado comigo, e eu trabalho para a CIA.

Meu Deus, os russos realmente marcaram muitos pontos com ele. Devem se orgulhar muito disso. Um espião com infiltrado casado com uma analista de contrainteligência da CIA.

E então um choque frio, como se fosse eletricidade, corre por todo o meu corpo.

Vejo nós dois, no meu apartamento algumas semanas depois de nos conhecermos. Sentados de frente um para o outro, à mesa dobrável no canto do estúdio, com pizza em pratos descartáveis na nossa frente.

— Eu não fui totalmente honesta com você — declarei, torcendo as mãos, preocupada com a reação dele à minha confissão de deslealdade, mas ao mesmo tempo aliviada por contar a verdade, por finalmente poder parar de mentir para ele. — Eu trabalho para a CIA. — Eu me lembro do rosto dele claramente, inexpressivo, no início, como se a notícia não o surpreendesse. E então algo tremulou em seus olhos, e pensei que a informação só tinha levado certo tempo para ser processada.

Mas não levou, certo? Na realidade, ele sempre soube.

Meu peito está apertado. Fecho os olhos e me vejo no auditório da escola de graduação, na apresentação do recrutador da CIA. O momento em que eu descobri que *isso* era o que eu queria fazer da minha vida, uma forma de fazer alguma diferença no mundo, de servir o meu país, de encher minha família de orgulho. O tempo se acelera, eu relembro o processo de candidatura, a investigação da minha vida, a bateria de avaliações. Até que chegou o dia – um ano mais tarde, depois de eu ter passado por tudo sem cogitar desistir – em que recebi a carta pelo correio, com um endereço genérico do governo como remetente. Papel branco simples, sem cabeçalho. Só uma data de início, salário e algumas orientações, além da definição do escritório para o qual eu havia sido designada: o Centro de Contrainteligência.

Isso foi apenas duas semanas antes de eu me mudar para Washington e conhecer Matt.

Agora minha respiração está acelerada. Na minha cabeça, estou de volta àquela cafeteria, sentada naquele canto, revivendo nossa primeira conversa, aquela em que descobrimos como éramos parecidos. Ele não apenas jogou o jogo, Matt criou um personagem enquanto conversava comigo. Ele foi o primeiro a dizer que a família era muito católica, que a mãe era professora e que teve um labrador quando criança. Ele disse aquilo porque já tinha todas aquelas informações sobre mim.

Levo a mão até a boca e tenho a vaga consciência de que ela está tremendo.

Os russos não tiveram sorte. Eles foram perfeitos. Foi tudo planejado. Nada nessa história foi uma coincidência.

Eu era o alvo de Matt.

4

Matt se inclina para a frente de novo com a testa ainda mais enrugada e os olhos mais arregalados. Estou convencida de que ele consegue ler os meus pensamentos, de que ele sabe a verdade que acabou de ficar evidente para mim.

— Eu juro que tudo o que sinto por você e pelas crianças é real. Eu juro por Deus, Viv.

Eu fiz aulas para detectar mentiras e meu conhecimento atesta o fato de que ele não está demonstrando nenhum dos sinais. Ele está falando a verdade.

Mas será que ele também já não recebeu esse mesmo treinamento? Provavelmente, sim.

Ele com certeza sabe como mentir de forma convincente. Não vem fazendo isso há vinte e dois anos?

Caleb está mastigando o meu dedo, dentinhos afiados mordiscando a minha pele. A dor é estranhamente bem-vinda, e eu não o detenho porque é a única coisa que parece real nesse momento.

— O dia em que a gente se conheceu... — digo. E não consigo continuar. Não consigo me obrigar a terminar o pensamento, a perguntar o que quero perguntar, o que lá no fundo eu já sei. Não sei se consigo suportar.

Ele leva um instante para responder.

— Eu tinha observado você durante toda a manhã. Quanto te vi com aquela caixa, entrei bem na sua frente. — Eu consigo perceber que ele se sente culpado ao dizer isso. Bem, ao menos parece culpado.

Penso em quantas vezes contei a história do nosso primeiro encontro. E em quantas vezes ele mesmo a contou. Em como cada um de nós deu risada nos momentos certos, interrompendo para contar cada um a sua versão.

E era tudo uma mentira.

— Você era o meu alvo — afirma ele, e fico com a respiração presa na garganta. O fato de ele dizer isso é prova de que está sendo sincero. Essa é a confirmação. Mas esse é o meu lado esposa falando, não é? A minha parte analista de contrainteligência diz que ele está me falando tudo aquilo que já sei. O mais antigo dos truques, uma maneira de se fazer mais confiável do que realmente é.

— Mas aí eu me apaixonei por você — declara ele. — Eu me apaixonei perdidamente por você.

Ele parece, mais uma vez, sincero. E é claro que ele me ama. Uma pessoa não passa uma década casada com alguém que não ama. Eu balanço a cabeça. Não sei mais no que acreditar. E a ideia de que ele possa de fato *não* me amar vai muito além daquilo que eu consigo assimilar.

— No início eu não conseguia acreditar em como tinha sido sortudo. Só bastante tempo depois percebi o quanto era terrível o nosso relacionamento ser construído em cima de uma mentira. Uma mentira que não podia compartilhar porque, se o fizesse, tudo iria desmoronar...

Ele para de forma abrupta e foca a atenção num ponto atrás de mim. Eu me viro e vejo Luke parado em silêncio na porta. Eu me pergunto há quanto tempo está ali e o que ouviu. Ele olha para Matt e depois para mim, com os olhos sérios. Um olhar que lembra muito o do pai.

— Vocês estão brigando? — pergunta ele numa voz baixinha.

— Não, meu amor — respondo. E meu coração fica em pedacinhos por ele, embora minha cabeça não consiga processar exatamente o porquê. — Só estamos tendo uma conversa de adultos.

Luke não fala nada, apenas nos observa e, pela primeira vez, percebo que não consigo decifrar sua expressão, não consigo saber o que ele está pensando. Ele é filho do Matt, sempre vai ser filho do Matt. Talvez eu nunca saiba o que ele está pensando, se está ou não me dizendo a verdade. Tenho uma sensação inquietante de que a minha vida inteira está escorregando pelos meus dedos e não tenho poder para deter isso.

— Pai, a gente pode brincar no quintal agora? — pergunta ele.

— Agora não, amigão. Estou conversando com a mamãe.

— Mas você prometeu.

— Filho, eu...

— Vá com ele — digo, interrompendo-o. É disso o que preciso no momento. Preciso ficar longe do Matt e de um tempo para pensar. Eu o encaro calmamente, e então acrescento em voz baixa: — Você não vai querer mentir pra ele, vai?

Uma expressão magoada passa pelo seu rosto. Mas era isso que eu pretendia, certo? Machucá-lo. Mas isso não é nada comparado à mágoa que estou sentindo.

Eu o encaro mais uma vez com calma, e de repente sou tomada por um sentimento de raiva. Muita raiva. Ele traiu a minha confiança. Mentiu para mim por uma década.

Matt parece estar prestes a dizer algo, mas se detém. Ele ainda está com a expressão magoada no rosto. Então, levanta-se sem dizer nada e dá a volta na mesa até o lugar onde estou sentada. Continuo a olhar fixamente para a frente, agora para a parede. Ele hesita ao meu lado, e depois coloca a mão sobre o meu ombro. Sinto um calafrio quando ele me toca.

— Vamos conversar sobre tudo isso — comenta.

A mão dele fica no meu ombro por mais um instante e então ele a deixa cair, seguindo Luke para fora da cozinha. Permaneço à mesa, olhando fixamente para a frente, e os escuto colocando os casacos, pegando as luvas e uma bola e saindo. Espero até a porta se fechar e então me levanto, ajeito Caleb no meu colo e vou até a pia. Eu os observo pela janela. Pai e filho, jogando uma bola de beisebol um para o outro no quintal, com o sol se pondo atrás deles. Uma imagem perfeita da família americana. Só que um dos dois é russo.

E então eu me dou conta do que está acontecendo, fico tão desnorteada que preciso agarrar o canto da pia para me sustentar. Isso não se trata de uma simples traição. Isso não é algo que vai ser resolvido com uma briga, uma conversa ou algo do tipo. Simplesmente não tem solução. Eu preciso entregá-lo. Meu marido é um espião russo e eu preciso entregá-lo. O sentimento de raiva parece derreter e se transformar num rio de desespero.

Meu olhar se desvia para o meu telefone, na bancada. O celular que guarda uma série infinita de troca de mensagens de texto com Matt, incontáveis fotos da nossa família, nossa vida juntos. Eu deveria pegá-lo. Eu deveria ligar para a segurança da Agência nesse exato instante. Para o FBI. Para Omar.

Olho para fora de novo. Ele está sorrindo para Luke enquanto leva os braços para trás, lentamente, e lança a bola. Tão relaxado, tão confortável. E isso está errado. Essa cena está completamente errada. Quando são descobertos, os adormecidos fogem. Eles tentam embarcar em aviões de volta para casa antes que as autoridades possam detê-los.

Mas Matt não está fugindo. Ele não está indo a lugar nenhum.

Caleb boceja e eu o ajeito em meus braços para que ele possa recostar a cabeça em meu peito. Ele se aconchega e solta um pequeno suspiro.

Continuo a observar Matt pela janela. Vejo-o mostrar a Luke como ele deve se posicionar para fazer o lançamento enquanto parece totalmente normal.

Ele enfim lança um olhar de volta para a casa, para a janela da cozinha, diretamente para mim, como se soubesse que eu estaria ali. Encontro o olhar dele e não desvio o meu, até que ele se vira e volta para o jogo. Olho de novo para o meu celular. Ele sabe que estou aqui, sozinha, com um telefone ao meu lado. Um agente adormecido não ia deixar isso acontecer. Um agente adormecido ia se proteger. Está aí mais uma prova de que esse é Matt. Meu marido, o homem que amo. Alguém que jamais fugiria.

"Vamos conversar sobre tudo isso." As palavras dele ressoam na minha cabeça. É o que eu preciso, não é? Preciso ouvir o que ele tem a dizer. E depois preciso entregá-lo.

Eu paro de encarar o telefone. Não posso pegá-lo. Pelo menos, não agora. Não até ter conversado com ele.

E ele sabe disso, não sabe?

Um pensamento chega sem ser convidado e se instala na minha cabeça: Matt me conhece. Ele me conhece melhor do que ninguém. E se ele não está fugindo é porque sabe que eu não seria capaz de entregá-lo?

Eu me sinto anestesiada. Isso não pode estar acontecendo.

Chacoalho a cabeça e saio da cozinha, para longe da janela, para longe do celular. Vou até a sala e encontro Ella afundada no sofá com um livro de colorir, gizes de cera espalhados pelas almofadas. Coloco Caleb no chão, ao lado dos brinquedos dele, e me jogo no sofá ao lado de Ella. Levo as mãos à testa dela e percebo que está mais quente agora. Ela afasta a minha mão e eu enrosco os braços ao redor dela.

— Para, mãe. — Ela me afasta de modo indiferente, mas então hesita e me aceita, com o giz de cera suspenso no ar.

Dou um beijo no topo de sua cabeça, no cabelo que cheira a xampu de bebê. As palavras que ela disse mais cedo estão ecoando na minha cabeça. "Cadê o papai?" E depois ouço outra frase, que ela nunca pronunciou, mas que mesmo assim consigo imaginá-la dizendo. *Por que o papai foi embora?*

Caleb está brincando no chão, batendo um brinquedo no outro num ritmo constante. Chase engatinhou até lá e está mordendo umas peças de plástico. Eles são muito novos para sequer se lembrarem disso, não são? Da normalidade das nossas vidas nesse momento. Observo Ella rabiscar, agarrando firme os gizes grossos, com uma expressão que indica estar muito concentrada, e então lágrimas começam a arder nas minhas pálpebras. Meu Deus, como eu gostaria de poder protegê-los de tudo isso.

Escuto a porta dos fundos se abrir e em seguida as vozes de Matt e Luke. Eles falam algo sobre a Liga Infantil. Matt vai ser técnico esse ano. *Ia* ser técnico. Eu me levanto antes que as lágrimas comecem a escorrer.

— Oi — diz ele para mim quando entra na sala. Ele está com um ar hesitante, incerto.

— Vou dar banho nos gêmeos — comento, evitando seu olhar. Pego os dois, um em cada braço, dando as costas a Matt. Subo com eles até o banheiro, abro a torneira, derramo o sabonete líquido e deixo a banheira encher enquanto tiro as roupas e as fraldas das crianças. Coloco Chase na água, depois Caleb, passo a toalhinha de banho distraidamente pela pele macia deles, pelas coxas e bumbuns cheios de dobrinhas, pelas bochechas gordinhas e pelos queixos duplos. Parece que ainda ontem eram os bebês recém-nascidos, pré-maturos e tão pequenininhos que levávamos ao pediatra para verificar o peso. Onde o tempo foi parar?

Ouço a voz de Matt na sala. Uma história, que sei que já li para as crianças, mas agora não consigo lembrar exatamente qual é. Escuto Ella dar risadinhas.

Eu me agacho nos calcanhares e assisto aos gêmeos brincarem. Chase está agarrando o canto da banheira, se erguendo e gargalhando com alegria. Caleb está sentado quietinho, hipnotizado, maravilhado com a água espirrando quando as mãozinhas batem repetidamente na superfície. Só damos banho neles quando nós dois estamos em casa, quando um de nós pode focar nos bebês e o outro nas crianças mais velhas. Seria muito mais difícil sem Matt.

Tudo seria tão mais difícil.

Enxugo os gêmeos, coloco os pijamas e ouço Matt colocando Ella para dormir no quarto ao lado.

— E o meu banho? — quer saber ela.

— Sem banho hoje, princesa — responde ele.

— Mas eu quero um banho.

Quando é que ela passou a gostar de banho?

— Amanhã à noite — diz ele.

Amanhã à noite. Será que ele vai estar por aqui amanhã à noite? Tento me imaginar dando banho em todas as crianças sozinha, distraindo os gêmeos de alguma forma enquanto lavo Ella, colocando todos para deitar, sem a ajuda de ninguém. A ideia parece sufocante.

Coloco Caleb em um dos berços e Chase no outro, beijo as bochechas e inspiro o cheiro doce deles. Acendo a luz noturna, apago a luz normal e entro no quarto de Ella, que ia ter o Sol como tema. Eu tinha grandes planos para um mural, um ventilador de teto pintado e outros elementos de decoração. Mas aí o trabalho ficou enrolado e eu não consegui terminar. Agora é apenas um quarto amarelo com paredes amarelas sem nada e um pequeno tapete amarelo. Foi o mais longe que consegui chegar.

Ela está na cama com Matt empoleirado ao seu lado, segurando um livro de capa dura num ângulo em que ela possa ver as ilustrações. É aquele sobre a princesa bombeira, o mesmo que ela escolheu todas as noites pela última semana e meia.

Ela se vira para olhar para mim com as pálpebras pesadas. Lanço um sorriso e fico parada na porta, observando-os. Matt está fazendo as vozes que ele sempre faz, e Ella ri, aquela risadinha aguda. Tudo parece tão normal. Eu sinto uma dor profunda ao assistir àquela cena. Ela não faz ideia. Não faz ideia de que tudo está prestes a mudar.

Matt termina o livro, dá um beijo de boa-noite e me lança um longo olhar enquanto se levanta. Eu vou até a cama dela e me agacho. Beijo sua testa, sua pele tão quente contra os meus lábios.

— Durma bem, meu amor.

Seus bracinhos se enroscam em volta do meu pescoço, levando-me para mais perto dela.

— Eu te amo, mamãe.

Mamãe. Eu sinto como se pudesse derreter, como se a emoção que mal estou conseguindo conter estivesse prestes a irromper.

— Eu também te amo, meu amorzinho.

Apago a luz e saio para o corredor. Matt está lá, perto da porta do quarto de Luke.

— Eu dei meia hora extra para ele ler caso fosse cedo para a cama — diz ele, baixinho. — Imaginei que a gente pudesse usar esse tempo para conversar.

Concordo com a cabeça e passo por ele para entrar no quarto de Luke, todo cheio de azul, de beisebol e de futebol americano. Ele está sentado na cama com uma pilha de livros ao lado. Ele parece tão crescido nesse momento. Vai ser mais difícil para ele, não vai? De todas as crianças, ele vai ser o que mais vai sofrer.

Eu desço para a sala. A casa está tomada por aquele silêncio estranho, de quando o caos dá lugar à calma tão rapidamente. Matt está na cozinha, lavando os pratos. Começo a recolher os brinquedos coloridos, organizando-os e colocando-os de volta nas caixas, guardando um a um os trilhos e o trenzinho de Ella. Agora que estamos só nós dois, podemos conversar.

Mas de que isso importa? Eu tenho que entregá-lo, independentemente do que ele disser. No fundo, eu sei disso. Mas tem uma parte de mim que não quer aceitar, que acredita que eu posso encontrar outra saída.

Olho para ele, ainda lidando com a louça, agora secando uma frigideira com um pano de prato. Deixo os brinquedos de lado e sento nos calcanhares. Percebo que não sei nem por onde começar.

— Que tipo de informação você dá a eles? — enfim, pergunto.

Ele está com as mãos imóveis, e então olha para cima.

— Nada demais. Como está o clima por aqui. Se você está estressada no trabalho, se está feliz. Esse tipo de coisa.

— Você deve contar mais do que isso a eles. — Tento me lembrar do que posso ter dito ao longo dos anos que não deveria, e logo penso em meus colegas de trabalho. Sinto um aperto dolorido no peito. — Ah, meu Deus. A Marta. O Trey. Foi por sua causa que eles foram abordados, né? Foi por *nossa* causa que eles foram abordados.

O rosto dele indica surpresa, depois confusão.

— Não.

Estou revirando freneticamente na minha cabeça o que disse para ele. Mencionei que Marta é sempre a primeira a sugerir uma *happy hour* no escritório, aqueles eventos constrangedores em que uma dúzia de pessoas se senta na sala de reuniões à tarde, por mais ou menos meia hora, com sacos de salgadinhos, às vezes um prato de *cookies* e algumas garrafas de vinho. Disse que ela normalmente leva duas garrafas, que sempre acabam vazias no fim do dia, mesmo que metade do escritório não beba e Marta seja a única que sempre reabastece seu copinho de plástico. Falei também da garrafa de uísque na gaveta da mesa dela e da vez em que eu a vi colocar um pouco no café.

E quanto a Trey. Lembro muito bem de uma conversa, anos atrás:

— Ele chama o Sebastian de "colega de apartamento" — contei ao Matt, fazendo um gesto de aspas com as mãos e revirando os olhos. — Por que ele não admite a verdade de uma vez? Até parece que algum de nós iria ligar.

— Eu contei essas coisas a você em segredo — eu falo sussurrando, preenchida por um sentimento opressor de traição.

— Viv, eu juro. Eu nunca deixei nada disso escapar.

— Eles foram abordados, Matt. E você quer que eu acredite que tudo isso não passa de *coincidência*?

— Olha, eu não sei de nada disso. Mas eu juro que nunca falei nada a respeito deles.

Eu o encaro. Ele parece sincero, mas já não sei mais em que acreditar. Balanço a cabeça, olho para os brinquedos e continuo a organizá-los. Escuto-o voltar a secar os pratos e guardá-los no armário.

Ficamos em silêncio por alguns minutos, até que ele fala de novo:

— Estou falando a verdade, Viv. Eu não informei nada de útil a eles, e isso não parece incomodá-los. Acho que já sou considerado um bom investimento.

— Pelo simples fato de você ser casado comigo.

— Sim. — Ele parece desconcertado.

Jogo o último brinquedo na caixa e fecho a tampa, então eu a levo para junto da parede. É assim que nossa sala fica arrumada, com várias caixas de brinquedos amontoadas contra uma parede.

— Você é leal à... Rússia? — As palavras soam tão estranhas saindo da minha boca.

— Sou leal a você.

Penso na bandeira americana pendurada do lado de fora, nas paradas de Quatro de Julho e nos fogos de artifício. Me lembro de Matt tirando o boné e levando a mão ao coração enquanto balbuciava a letra do hino nacional em jogos de beisebol. Penso no momento em que o ouvi dizendo a Luke como éramos sortudos por morarmos no melhor país do mundo.

— Rússia ou Estados Unidos?

— Estados Unidos. É claro que Estados Unidos. Você me conhece, Viv. Você sabe no que eu acredito.

— Sei?

— Eu era uma criança. Sozinho, sem pai nem mãe. Eu simplesmente não tinha escolha.

— Sempre existe uma escolha.

— Não na Rússia.

Estou em silêncio.

— A sua lealdade. Ela já foi da Rússia.

— Claro. No início eu acreditava no que estava fazendo. Eu era russo e tinha sofrido lavagem cerebral. Mas quando vim morar aqui... Quando comecei a enxergar a verdade...

Vejo uma mamadeira caída atrás da cozinha de brinquedo de Ella e então vou até lá pegá-la.

— E por que você não me contou?

— Como eu podia fazer isso?

— Você teve dez anos. Era só dizer "Viv, preciso confessar algo", e então abrir o jogo.

Ele vem até mim e se senta no braço do sofá. O pano de prato está pendurado no ombro.

— Eu quis muito fazer isso. Meu Deus, Viv, você acha que eu não queria contar tudo a você? Eu cheguei perto muitas vezes, mas então... então eu via o seu olhar, esse que estou vendo agora. Traído, magoado e desconfiado. Era exatamente isso que eu temia. Eu estava apavorado. E também tinha medo do que você poderia fazer. Você poderia muito bem pegar as crianças e ir embora. Eu não aguentaria perder você. Eu não suportaria perder as crianças. Você e as crianças — a voz dele falha — são tudo pra mim. *Tudo*.

Não digo nada.

Enfim, ele fala de novo:

— Eu te amo, Vivian.

Eu olho fixamente para Matt, para a expressão em seu rosto que parece tão sincera, e então a minha cabeça viaja no tempo de novo, para dez anos atrás. Para um mês depois de termos nos conhecido, um mês nos vendo praticamente todos os dias. Ele estava me acompanhando a pé até em casa logo depois de escurecer; consigo ver a gente na rua do lado de fora do meu apartamento, as árvores dos dois lados farfalhando na brisa, as luzes dos postes emitindo um brilho suave. O braço dele estava ao redor da minha cintura, nossos passos lentos e em sincronia. Ele estava rindo de algo que falei, algo que já esqueci faz tempo. "Eu te amo, Viv", declarou ele, e aí ficamos em silêncio. Nós dois ficamos. De repente, o mundo parou ao nosso redor. Eu o vi enrubescer. Ele não pretendia dizer aquilo, mas acabou escapando. E isso só fez aquele gesto ainda mais carinhoso, porque foi sem filtro, e deve ter sido realmente de verdade. Tive quase certeza de que ele tentaria disfarçar com alguma coisa como: *Eu amo suas piadas, Viv. Amo ficar na sua companhia*. Mas não. Ele parou, me encarou e me puxou para mais perto. "Eu te amo, Vivian. Amo de verdade."

Agora eu olho para baixo. Estou segurando a mamadeira com tanta força que os nós dos meus dedos ficam brancos. Mal consigo pronunciar as palavras seguintes.

— Como você pôde meter as crianças nisso?

— Eu queria construir uma vida com você. Eu queria que você tivesse tudo o que tinha sonhado em ter um dia.

— Mas você certamente sabia que uma hora ou outra...

— Não — interrompe ele. A voz dele está firme. — Eu não sabia. Eu acreditava de verdade que daria para continuar com isso até que nós dois nos aposentássemos. E então eu finalmente poderia me libertar deles.

Eu fico silêncio. Ele fica em silêncio. A casa inteira fica desesperadoramente em silêncio.

— Eles poderiam ter me deixado ficar — afirma ele, baixinho. — Já aconteceu antes. Eu poderia ter vivido o resto da vida, morrido e ninguém nunca ficaria sabendo.

Poderia. Ficaria. O tempo verbal que ele usa me deixa cada vez mais irritada. Ele sabe que não podemos simplesmente fingir que isso não aconteceu, que eu não descobri. Ele sabe que tenho que entregá-lo.

Ele me lança um sorriso fraco.

— Se pelo menos você não fosse tão boa no seu trabalho.

Essas palavras embrulham meu estômago. Se eu não tivesse feito pressão para desenvolvermos aquele algoritmo, nada disso teria acontecido. Levo a mamadeira até a cozinha, tiro a tampa e coloco as duas partes na lava-louça. Ele está me observando, calado. Fecho a máquina e me apoio na bancada.

Ele entra na cozinha e fica atrás de mim. Só para ver o que acontece, como se não tivesse certeza do que vou fazer, de como vou reagir. Eu também não sei com certeza. Mas não me mexo. Deixo que ele chegue mais perto, coloque as mãos nos meus ombros, escorregue-as para o meu quadril e finalmente me abrace. Meu corpo relaxa no abraço familiar, e quando aperto os olhos, deixo que escape uma lágrima.

Na minha cabeça, estou de volta à rua do meu primeiro apartamento em Washington. Inclinando-me para o beijo dele, apertando-me contra ele, querendo mais. Tropeçamos para dentro do prédio e subimos as escadas. Eu sinto seu toque e reparo no desejo que arde em seus olhos. Logo depois, estamos deitados juntos num emaranhado de lençóis, nossos corpos enroscados. Mais tarde, eu acordo nos braços dele, observo enquanto seus olhos se abrem e ele nota minha presença; o sorriso lento que se espalha pelo rosto dele. Tudo aquilo foi real. Não tinha como não ser.

— O que eu vou fazer agora? — digo, baixinho. Uma pergunta retórica, na verdade. Feita ao meu melhor amigo, aquele a quem sempre recorri, com quem sempre contei. Meu parceiro. Meu porto seguro.

Ou talvez seja uma corda de segurança. *Alguém me tire daqui. Alguém me diga o que fazer para tudo isso desaparecer.*

— Só tem uma coisa que você pode fazer. — Ele afunda a cabeça entre meu pescoço e meu ombro e eu sinto sua barba arranhar a minha pele. Um calafrio percorre o meu corpo. — Me entregar.

5

Num primeiro momento, as palavras não parecem reais. Ele deveria estar tentando me convencer a não o entregar. Mas, em vez disso, só há silêncio, um buraco vazio no lugar em que essa conversa deveria estar. E eu sinto como se estivesse à beira de um precipício, prestes a perder tudo.

E então tudo muda dentro de mim. Como se um interruptor fosse acionado. Eu viro o corpo para encará-lo. Ele não recua, continua bem perto de mim, perto o suficiente para que eu possa inspirar seu cheiro e sentir seu calor.

— Tem que haver outra saída — declaro. Ele não deveria estar admitindo a derrota, jogando a toalha assim tão facilmente.

Matt se afasta e eu sinto um calafrio. Ele anda até o armário, pega uma taça de vinho e a coloca ao lado da minha. Eu o observo, minha cabeça continua tentando assimilar tudo o que está acontecendo. Ele serve vinho para nós dois e estende a minha taça.

— Não há.

— Mas sempre existe uma alternativa...

— Não nesse caso, Viv. Acredite em mim. Eu já pensei muito em tudo. — Ele pega sua taça e dá um longo gole. — Eu tive muito tempo para pensar sobre isso. Sobre o que fazer caso esse dia chegasse.

Eu olho para a minha própria taça. Eu não deveria beber isso. Preciso estar o mais lúcida possível neste momento. Mas, ao mesmo tempo, a ideia de beber o bastante para fazer tudo isso desaparecer é estranhamente atraente.

— O que mais você quer saber? — indaga Matt, baixinho. Ele já está seguindo em frente. Na cabeça dele, a decisão já foi tomada. Eu devo entregá-lo. Ele não tem nenhum plano, nenhuma maneira de nos tirar disso.

Mas na minha mente, não tem nada decidido. Longe disso. Balanço a cabeça com insistência e então considero a pergunta dele. O que mais eu quero saber? *Quero saber se você está sendo totalmente sincero comigo. Se posso confiar cem por cento em você. Se estamos de fato no mesmo time.* Olho para cima e encontro os olhos dele.

— Preciso saber de tudo.

Ele assente, como se essa fosse exatamente a resposta que ele esperava. Gira a taça com vinho, coloca-a na bancada e apoia ali o corpo.

— Eu tenho um contato. O nome dele é Yury Yakov.

Mantenho o rosto impassível.

— Certo. Me fale sobre ele.

— Ele divide seu tempo entre a Rússia e os Estados Unidos. É a única pessoa que eu conheço envolvida nisso. Tudo é muito bem dividido...

— Como vocês se comunicam?

— Deixando mensagens ou itens específicos num local combinado.

— Onde?

— Na nossa antiga vizinhança, a noroeste daqui.

— Onde exatamente?

— Sabe aquele banco de esquina, com o telhado abobadado? Tem um pequeno pátio atrás dele, com dois bancos de praça. Utilizamos o da direita, o que fica de frente para a porta. O lugar específico para deixar objetos é debaixo do banco, do lado direito.

Isso é tremendamente detalhado. E não é nada de que eu já tivesse conhecimento. Totalmente novo para mim. E uma informação muito valiosa.

— Com que frequência vocês se encontram?

— Sempre que um de nós dois emite um sinal.

— Em média.

— Uma vez a cada dois ou três meses.

A cada dois ou três meses? Engulo essas palavras com um nó na garganta. Sempre presumimos que os contatos passavam a maior parte do tempo na Rússia, encontrando os agentes adormecidos nos

Estados Unidos com pouca frequência, a cada um ou dois anos, ou mesmo em outros países. Yury tem poucos registros de viagens aos Estados Unidos, sempre viagens curtas. Isso significa que ele está aqui com uma identidade falsa, certo?

— Como vocês emitem os sinais? — pergunto.

— Giz no banco. Exatamente como nos filmes. — Ele esboça um sorriso fraco.

Eu podia insistir no assunto. Podia descobrir se existe um giz especial, onde exatamente a marca é feita e em que formato. E isso seria informação suficiente para atrair Yury para lá, encontrá-lo e prendê-lo.

Ou, diz a analista de contrainteligência em mim, *ele me enganaria e me daria instruções de como sinalizar que tinha sido descoberto, garantindo que Yury desaparecesse em segurança*. Minha garganta se estreita.

— O que você deixa? O que recolhe?

— Pendrives criptografados.

— Como você decodifica?

— Sabe o depósito que fica atrás da nossa escada? Tem um piso de madeira falso ali dentro, onde eu guardo um notebook.

As respostas estão vindo rápidas demais, sem nenhum sinal de mentira. Tento ignorar o fato de que o notebook está escondido em nossa casa e penso no que posso perguntar em seguida.

— E você não conta nada para ele do que eu conto a você?

Ele balança a cabeça negativamente.

— Eu juro, Viv, não conto.

— E você nunca mencionou a Marta ou o Trey?

— Nunca.

Olho para o meu vinho. Eu acredito nele. Mesmo. Mas não sei se isso faz sentido. Olho para cima de novo.

— Me conte o que você sabe sobre o programa.

— Provavelmente você sabe mais do que eu, sério. A hierarquia é rígida, e tudo é muito discreto. Eu só conheço o Yury. Além disso, não faço ideia.

Giro o vinho na minha taça e o observo escorrer nas laterais do vidro. Eu me imagino na minha mesa, com todas as lacunas de informação preenchidas, com todas as coisas que eu sempre quis saber. Então olho para cima de novo.

— Como você entra em contato com Moscou? Tipo, se algo acontecesse com o Yury, quem você contataria? E como?

— Eu não contataria ninguém. Pelo menos, não por um ano. Temos instruções estritas para não fazer isso. Para nossa própria segurança. Espiões do SVR ou o que for. Devo aguentar firme, esperar em silêncio até alguém entrar no lugar do Yury e fazer contato comigo.

Era isso que eu temia: um esquema que torna quase impossível encontrar os contatos e os líderes. Mas tem um detalhe que fica martelando na minha cabeça. Algo novo. *Um ano.*

— O que acontece depois de um ano?

— Devo voltar a entrar em contato.

— Como?

— Existe um endereço de e-mail. Eu teria de ir a outro Estado e criar uma nova conta... Há toda uma lista de procedimentos.

O que ele está dizendo faz sentido. Eu sempre me perguntei o que aconteceria caso um contato substituto não conseguisse acessar o nome dos cinco agentes. Mas, por fim, descubro que são os próprios agentes adormecidos quem voltariam a entrar em contato.

— Desculpe por não ter mais informações. Mas acho que isso é intencional. Assim, se um dos agentes for pego, o programa pode continuar intacto... — Ele se afasta e dá de ombros, com uma expressão impotente no rosto.

É lógico que é intencional. Eu sei disso, não sei? Ele me deu tanto quanto eu poderia esperar dele. Sem hesitação, sem nenhum sinal de que estaria mentindo.

Ele termina de tomar seu vinho, coloca a taça na bancada e pergunta:

— Mais alguma coisa?

Olho para a expressão de derrota no rosto dele, a expressão de um homem incapaz de reagir. E Matt nunca foi incapaz de nada. Ele é a pessoa que consegue consertar qualquer coisa, resolver qualquer problema, fazer tudo o que for necessário. Balanço a cabeça.

— Não sei.

Ele olha no fundo dos meus olhos, depois desvia o olhar para o chão, encolhendo os ombros.

— Então vamos dormir um pouco.

Eu o sigo até o quarto, nossos passos estão mais pesados do que o normal na escada. Penso no notebook escondido no nosso depósito. Um notebook do SVR dentro da minha casa. O equipamento que meu marido usa para trocar mensagens com contatos russos.

Quando chegamos ao quarto, Matt se dirige ao closet e eu vou para o outro lado, em direção ao banheiro. Fecho a porta e fico parada em silêncio, sozinha pela primeira vez desde que a bomba estourou, então vou me afundando no chão e me sento com as costas apoiadas contra a porta. Estou esgotada. Exausta. Esmagada. As lágrimas deveriam brotar. A emoção que não para de crescer dentro de mim deveria desabar. Mas não. Eu só me sento e pisco para o nada, com a mente entorpecida.

Depois de alguns minutos, eu me obrigo a levantar. Escovo os dentes, lavo o rosto e saio para o quarto, pronta para ceder nosso banheiro apertado para que Matt se apronte para dormir. Mas quando saio, não o vejo. Nem no closet, nem na nossa cama. Vou até o corredor e o vejo parado na porta do quarto do Luke. Só consigo ver seu perfil. Há lágrimas escorrendo por seu rosto.

Fico extremamente chocada. Nos conhecemos há dez anos e essa é a primeira vez que o vejo chorar.

★

Na cama, mais tarde, ficamos deitados em silêncio. Posso ouvir a respiração de Matt, ritmada, mais rápida do que o normal. Eu sei que ele está acordado. Pisco de novo na escuridão, minha mente lutando para transformar meus pensamentos em palavras. Tem que haver outra saída. Entregá-lo não pode ser a nossa única opção.

Viro o corpo para ele e o encaro. Há luminosidade o bastante da luz noturna do corredor para ver o rosto dele.

— Você poderia largar tudo — eu digo.

Ele vira a cabeça na minha direção.

— Você sabe que não posso fazer isso.

— Por quê? Talvez você...

— Provavelmente eles me matariam. Ou, no mínimo, se certificariam de me ver destruído.

Observo atentamente o rosto dele, as rugas na testa, os olhos que parecem estar processando minha sugestão, avaliando as consequências. Ele vira a cabeça de novo e agora fixa o olhar no teto.

— Matt Miller não existe sem o SVR. Se eles tirarem minha identidade, para onde eu iria? Como eu viveria?

Fico de barriga para cima, também olhando para o teto.

— Poderíamos recorrer ao FBI. — Penso que Omar poderia nos ajudar. Ele é um grande amigo, o homem que queria permitir que os agentes adormecidos saíssem das sombras e trocassem informação por anistia.

— E dizer o quê?

— Podemos contar a eles quem você é. Passar informações. Fazer um acordo. — Enquanto vou falando, percebo que minhas palavras soam vazias. Quando Omar apresentou esse plano, o Bureau rejeitou a ideia rápida e completamente. Quem nos garante que eles mudariam de ideia?

— Não tenho o bastante para oferecer. Não tenho nada de valor para trocar.

— Recorremos à Agência, então. Você poderia se oferecer para ser um agente duplo.

— Agora? Pense bem na minha situação. Depois de duas décadas de silêncio, eu me ofereço para trabalhar como um agente duplo justo agora, bem quando o cerco sobre mim está se fechando? Eles nunca acreditariam em mim. — Ele se vira para me encarar. — Além disso, eu sempre disse que nunca faria isso. Se eu estivesse sozinho, tudo bem. Mas eu jamais colocaria você e as crianças em perigo. É arriscado demais.

Meu coração dói.

— Então eu vou pedir demissão. Se você não fosse casado com uma funcionária da CIA...

— Eles sabem que você não faria isso. Eles sabem da nossa situação financeira.

Eu me sinto cada vez mais estranha, pensando que os russos sabem os detalhes da nossa vida, quais são as nossas vulnerabilidades, o quanto estamos encurralados. Tento ignorar tudo isso e voltar toda a minha atenção para o que interessa.

— Então vou fazer com que eu seja demitida.

— Eles vão perceber que tem algo por trás disso. E depois? E se eles me mandarem abandonar você?

A porta do quarto se abre um pouquinho e logo Ella aparece no vão, emoldurada pela luz do corredor, abraçando seu dragão de pelúcia surrado bem junto ao peito.

— Posso dormir com vocês? — pergunta ela e em seguida funga. Ela está olhando para Matt esperando uma resposta, mas sou eu que falo:

— Claro, meu amor.

É lógico que ela pode. Ela está doente, não está? Eu fiquei tão chocada com tudo o que está acontecendo que não prestei atenção na minha filha, não garanti que ela estivesse confortável.

Ela sobe na cama e se mete entre nós dois. Ajeita-se, puxa o lençol até o queixo e depois cobre o dragão. E então o quarto fica em silêncio de novo. Encaro o teto, sozinha com meus medos. Sei que Matt está fazendo o mesmo. Como um de nós dois poderia dormir nesse momento?

Sinto o calor de Ella ao meu lado. Escuto a respiração dela desacelerar, ficar mais suave. Olho para ela, a boquinha aberta, o cabelo tão fininho. Ela se agita em seu sono e suspira suavemente. Volto a olhar para o teto. Quase não tenho coragem de pronunciar essas palavras, mas tenho que dizê-las.

— E se todos nós formos para a Rússia? — sussurro.

— Eu não poderia fazer isso com você e com as crianças — responde ele, baixinho. — Você nunca mais veria os seus pais. Nenhum de vocês fala russo. A educação de lá... as oportunidades... e Caleb. Ele não teria os mesmos cuidados médicos na Rússia. Não teria a mesma qualidade de vida.

Voltamos ao silêncio. Sinto lágrimas ardendo nos olhos diante da minha impotência. Como é possível que não haja outra solução? Como essa é a nossa única opção?

— Eles provavelmente vão começar uma investigação — diz ele, enfim. Viro de lado para ficar frente a frente com Matt de novo, olhando para ele por cima de Ella, ajeitadinha entre nós. Ele também se vira para me encarar. — Quando você contar para a segurança, eles vão vigiar minha comunicação. Não sei por quanto tempo. Mas não vamos poder dizer nem mais uma palavra sobre isso. Em nenhum lugar, em nenhum momento.

Posso visualizar nossa casa grampeada, uma sala cheia de agentes escutando cada palavra do que dizemos às crianças e um ao outro. Tudo isso sendo transcrito e analistas como eu estudando cada palavra com atenção. Por quanto tempo? Semanas? Talvez meses?

— Prometa para mim que você nunca vai admitir que abriu o jogo comigo — continua ele. — Você precisa cuidar das crianças.

Minha mente volta àquelas telas de advertência do Athena, os acordos de confidencialidade que assinei. Aquela informação era confidencial. Altamente confidencial, informação categorizada. E eu a compartilhei.

— Me prometa que você não vai admitir — pede ele, com urgência na voz.

A sensação na minha garganta é insuportavelmente apertada.

— Eu prometo — sussurro.

Vejo o alívio no rosto dele.

— E eu também nunca vou contar, Viv. Juro. Eu nunca faria isso com você.

★

Matt adormece. Não sei como, porque eu não consigo pregar o olho. Vejo os minutos passarem em verde fluorescente no relógio até não aguentar mais. Desço, com a casa escura, preenchida por um silêncio pesado e solitário. Ligo a televisão, enchendo a sala com um brilho azulado bruxuleante, sintonizo em algum *reality show* tedioso, mulheres de biquíni e homens sem camisa, bebendo e brigando. Finalmente me dou conta de que não estou prestando atenção em nenhuma palavra do que dizem e então desligo. A escuridão retorna.

Tenho que entregá-lo. Nós dois sabemos disso. É o único jeito. Tento me imaginar fazendo isso. Sentando-me com a segurança, ou com Peter ou Bert, e contando a eles o que descobri. Parece impossível. Não se trata de um traidor. É Matt, o amor da minha vida. E em meio a tudo isso ainda tem nossos filhos. Tento me imaginar contando a eles que o pai foi embora, que está preso, que mentiu, que na realidade ele não era quem dizia ser. Penso ainda mais longe, quando as crianças descobrirem que eu sou a razão pela qual ele foi afastado, que a culpa de terem crescido sem um pai é toda minha.

Escuto o alarme de Matt às seis e meia. Ouço o chuveiro ligar um minuto depois, como em qualquer manhã, como se isso tudo fosse um sonho. Eu subo e me visto com meu terninho preferido. Passo um pouco de maquiagem e escovo os cabelos. Matt sai do chuveiro com uma toalha enrolada na cintura e beija o topo da minha cabeça, como faz todas as manhãs. Sinto o cheiro do seu sabonete e o observo pelo espelho enquanto ele anda até o closet.

— A Ella está ardendo em febre — comenta ele.

Vou até a cama, ponho a mão na testa dela.

— Caramba, está mesmo. — O sentimento de culpa toma conta de mim, eu nem pensei em verificar como ela estava.

— Vou trabalhar de casa. Você pode deixar os gêmeos na escolinha a caminho do trabalho?

— É claro — eu afirmo.

Eu o observo pelo espelho e sou atingida por uma sensação estranha, como se talvez isso tudo *tenha* realmente sido apenas um sonho. Como ele pode agir como se tudo estivesse normal quando nossa vida está prestes a desmoronar?

O restante da manhã é o mesmo caos de sempre. Vestimos e alimentamos os gêmeos e Luke, seguindo nossa rotina de trabalho em equipe. Eu me pego olhando para ele mais do que deveria, como se tentando enxergar uma pessoa diferente. Mas isso não acontece. Ele é Matt. O homem que amo.

Levo Ella para o sofá, a enrolo em um cobertor, com os gizes de cera e o livro de colorir ao seu lado. Dou um beijo de despedida nela e em Luke. Então pego Caleb e Matt pega Chase sem dizer nenhuma palavra, colocamos os gêmeos nas cadeirinhas do carro. Depois que eles estão ajeitados e em segurança, ficamos parados de um jeito embaraçoso na entrada da garagem, só nós dois.

Vou mesmo fazer isso, não é? Não há outra opção. Eu queria pensar em uma alternativa, em uma solução. Mas não há uma saída. Preciso dizer algo a ele, mas não consigo encontrar as palavras.

Ele sorri para mim com uma expressão de tristeza, quase como se pudesse ler os meus pensamentos.

— Tudo bem, Viv.

— Não vejo outra forma — digo, minha voz carregada de desculpas. — Não parei de pensar nisso na noite passada...

— Eu sei.

— Se fôssemos só você e eu, então ir *pra lá* seria uma opção. Mas as crianças, e principalmente o Caleb...

— Eu sei. Está tudo bem, Viv. De verdade. — Ele hesita, e dá para ver que quer dizer algo mais. Ele abre a boca, aí fecha de novo.

— O que é?

— É só que... — Ele se afasta e começa a apertar uma mão na outra. — O dinheiro vai ficar apertado — ele diz, por fim. E então deixa escapar um soluço engasgado. Um soluço que me enche de terror, porque Matt não perde o controle assim. Vou na direção dele, abraço sua cintura e afundo o meu rosto em seu peito. Sinto seus braços me envolverem com aquele abraço que sempre me trouxe tanta segurança, com os braços que eu considero a minha casa. — Meu Deus, me desculpa, Viv. O que foi que eu fiz? Quais vão ser as consequências disso tudo para as crianças?

Não sei como responder. Não conseguiria fazer a minha boca funcionar, nem se eu quisesse.

Ele se afasta e respira fundo.

— Eu só gostaria que nada disso tivesse acontecido. — Uma única lágrima desce pelo rosto dele. — O que quer que você tenha encontrado, eu só gostaria de poder fazer isso desaparecer.

— Eu também — sussurro. Vejo a lágrima escorrer por seu rosto até o queixo. Há algo mais na minha cabeça, algo que preciso dizer, mas não sei como. Finalmente, forço as palavras a saírem. — Você pode ir embora, sabe. — Não consigo deixar de pensar no quanto isso é estranho. É muito triste chegarmos a esse ponto. Dez anos, quatro filhos e uma vida em comum. E diante de tudo isso, um simples adeus na entrada da garagem?

Ele me olha, incrédulo, então balança a cabeça tristemente.

— Eu não tenho nada lá.

— Eu entenderia se você quisesse ir.

Ele coloca as mãos nos meus ombros.

— Minha vida é aqui. — Ele parece tão sincero quando diz isso.

— Ainda assim, se você mudar de ideia, pelo menos chame uma babá...

Ele deixa os braços caírem, parece um animal ferido. Nem sei por que eu falei isso. Eu realmente não acredito que ele seria capaz de deixar Ella sozinha.

Não sei mais o que dizer. E mesmo se soubesse, acho que não conseguiria me expressar sem desabar. Então desvio o olhar, entro no carro e giro a chave na ignição. Ele liga de primeira. Quais são as chances de isso acontecer? Dou ré e nos fitamos um ao outro enquanto me afasto, seguindo para longe da vida que conheço, da vida que construímos juntos, e só então me permito chorar.

★

Há uma fila constante de carros passando pelos postos de controle, todos, como sempre, estão ocupados por oficiais armados. Os estacionamentos, codificados por cores, estão começando a encher. Milhares de pessoas trabalham na sede da CIA. Ando, meio entorpecida, de um dos estacionamentos mais distantes até o prédio onde fica meu escritório. Meus passos parecem pesados. Outras pessoas passam caminhando ao meu lado pelo largo corredor de concreto. Olho o jardim bem cuidado à minha direita, todas aquelas plantas e cores. É melhor me distrair com essa imagem do que pensar no que vem a seguir. É bom fingir que nada disso jamais aconteceu.

Sou atingida por uma lufada de ar quente quando passo pelas portas automáticas para o saguão. Olho para a bandeira americana gigantesca pendendo das vigas no átrio. Hoje ela parece funesta, agressiva. Estou prestes a entregar o homem que mais amo no mundo. Simplesmente porque não tenho escolha. E vou fazer isso em nome daquela bandeira, do meu país, e por conta do fato que este, na realidade, não é também o país de Matt.

Os oficiais da segurança estão nas catracas, vigiando e observando atentamente, como sempre. Ron, que está aqui na maioria das manhãs e que nunca sorri, mesmo quando sorrio para ele, e Molly, que parece estar sempre entediada. As pessoas estão na fila, aguardando para ter seus distintivos escaneados e para inserir seus códigos de segurança. Eu me junto à fila, tiro minha touca e minhas luvas e ajeito o cabelo. Por que tenho a sensação de que estou fazendo algo errado? Isso não faz absolutamente nenhum sentido.

No caminho decido que vou contar primeiro para Peter. Preciso ensaiar as palavras exatas que devo dizer à segurança, porque ainda não consigo imaginá-las saindo da minha boca. *Achei a foto do meu marido no computador do Yury...* Céus, não sei como vou conseguir fazer isso sem desabar.

Caminho pelo longo corredor até nosso conjunto trancado de baias e escritórios, que fica protegido atrás de uma pesada porta de caixa-forte, como a maioria dos outros departamentos. Outro distintivo, outro código. Passo por Patricia, a secretária, pelos escritórios dos gerentes e pelas fileiras de baias até chegar àquela que ainda posso chamar de minha. O espaço que sempre tentei deixar com cara de casa, com os desenhos de giz de cera, fotos dos meus filhos e de Matt. Toda minha vida pendurada com tachinhas.

Eu ligo meu computador, digito outra série de senhas e começo a ferver água para fazer um café enquanto espero a autenticação do sistema. O meu computador se conecta antes de o café ficar pronto, e então eu abro o Athena. Mais senhas. Alguns instantes depois, sirvo café na caneca que Matt me deu no último dia das mães, com a foto dos nossos quatro filhos. Aquela foi uma rara tentativa bem-sucedida de conseguir que todos olhassem para a câmera, e três deles estão efetivamente sorrindo. Levamos uns dez minutos para conseguir aquela imagem, eu fazendo barulhos ridículos e Matt pulando e agitando os braços atrás de mim. Quem visse aquela cena certamente diria que somos dois loucos.

O Athena finalmente carrega e vou avançando pelas telas com todos os termos de confidencialidade, os que não levei em consideração ontem ao contar tudo a Matt. As palavras dele não saem da minha cabeça. "Eu também nunca vou contar, Viv. Juro." E ele realmente não vai, não é mesmo? Mais palavras chegam sem ser convidadas. "Sou leal a você." E eu acredito nisso. Acredito mesmo.

Entro mais uma vez no computador de Yury. O mesmo plano de fundo azul, as mesmas bolhas, os mesmos ícones alinhados em quatro fileiras. Meu olhar se fixa na última pasta: *Amigos*. O ambiente ainda está silencioso. Dou uma olhada ao redor e não vejo ninguém por perto. Clico duas vezes na pasta e ela se abre numa lista de cinco imagens. Abro a primeira: o cara com os óculos redondos. Depois a segunda: a mulher ruiva. Meu olhar para no arquivo seguinte, naquele que contém a foto de Matt, mas eu não o abro. Simplesmente não consigo. Pulo para a seguinte, a quarta, uma mulher de pele clara e cabelos loiros e finos. E por fim abro a quinta, um rapaz bem jovem, de cabelos espetados. Eu fecho todos os arquivos e olho fixamente para a tela, para as bolhas azuis e para o ícone da pasta. *Amigos*. Todos agentes adormecidos que têm Yury como contato. Como isso é possível?

Meu olhar segue para o canto superior direito da tela, onde ficam dois botões: Ativo e Passivo. O Passivo está realçado, é o único tipo de acesso permitido aos analistas, o que cria uma imagem espelhada da tela do alvo, mas não autoriza nenhum tipo de manipulação. Mas é o botão Ativo que atrai meus olhos.

Escuto alguma coisa, então me viro e vejo Peter parado logo atrás de mim. Estremeço, embora eu saiba que ele não pôde ver em que direção eu estava olhando, onde exatamente minha atenção estava focada. Assim como não tem como ele saber os pensamentos que estão se passando pela minha cabeça. Peter dá uma olhada na minha tela e então sou tomada por uma enorme carga de adrenalina. A pasta está bem ali. Mas é só uma pasta qualquer, e foi só uma olhada. Agora os olhos dele estão voltados para mim.

— Como está sua menininha? — pergunta ele.

— Ainda com febre, mas fora isso está bem. — Tento manter a voz o mais uniforme possível. — Matt ficou em casa com ela hoje.

Matt. Engulo o nó na garganta.

— A Tina passou por aqui ontem — comenta ele. — Ela quer ver você.

— Por quê? — pergunto rápido.

Rápido demais. Tina é a chefe do Centro de Contrainteligência. É impetuosa e durona.

O rosto de Peter assume uma expressão confusa.

— Ela sabe que estamos no computador dele. Quer saber o que descobrimos.

— Mas eu ainda não tive tempo...

— Eu sei, e eu disse isso a ela. Não se preocupe, eu transferi a reunião para amanhã de manhã. Ela só quer saber se tem algo aí que pareça promissor.

— Mas...

— Vão ser só dez minutos. Dê uma boa fuçada nisso hoje. Tenho certeza de que você vai encontrar algo.

Tipo fotos de cinco agentes adormecidos? Sendo que um deles é o meu marido?

— Certo.

Ele hesita.

— Quer uma mãozinha? Posso dar uma olhada também.

— Não — respondo, de novo com muita rapidez e intensidade. — Não, não se preocupe com isso. Você já está ocupado demais. Certamente vou conseguir algo pra ela.

Peter concorda com a cabeça, mas segue com uma expressão estranha. Incerta.

— Você está bem, Vivian?

Pisco para ele, e sei exatamente o que tenho que dizer. Eu preciso fazer isso. Não tenho escolha.

— Preciso conversar com você. Em particular.

Chego a ficar enjoada enquanto falo, mas tenho que acabar com isso antes que eu perca totalmente o controle.

— Me dê dez minutos. Eu aviso quando estiver pronto.

Aceno com a cabeça e observo enquanto ele segue na direção de seu escritório. Foi dada a largada. Dez minutos. Em dez minutos meu mundo vai virar de ponta-cabeça. Em dez minutos a vida como conheço estará acabada.

Viro de novo para a tela. A pasta continua ali. *Amigos*. E então desvio o olhar para uma das divisórias da minha baia, não a que tem as fotos da minha família, porque se olhá-las agora, vou me abater. Pouso os meus olhos num pequeno gráfico, um papel que está ali há anos, ignorado. Era parte do material de um curso de treinamento em rigor analítico. Eu o examino agora, pela primeira vez em séculos. Só preciso de algo para tirar minha cabeça da realidade. "Considere as implicações de segunda e terceira ordens..." "Pense a respeito das consequências involuntárias..."

As palavras que Matt disse mais cedo, na entrada da garagem, voltam à minha mente: "O dinheiro vai ficar apertado". Não vou mais poder contar com o salário dele. Isso eu já havia considerado. Certamente vou ter que tirar os três mais novos da escola e talvez tenha de contratar uma babá, alguma que seja bem barata, e vou ter que lidar também com o medo de ter uma estranha em casa cuidando dos meus filhos, levando-os para cima e para baixo.

Mas pela primeira vez me ocorre que eu também vou perder meu emprego. Não existe a menor chance de Tina concordar em me manter aqui, de me deixar continuar trabalhando na CIA tendo sido casada por tantos anos com um espião russo. Uma coisa é perder o salário do Matt, mas como vamos sobreviver se perdermos o meu também?

Ah, meu Deus. E com isso vamos perder o meu plano de saúde. E Caleb? Como vou conseguir dar a ele os cuidados de que precisa?

Eu consigo imaginar o desespero do Matt. *O que isso vai custar às crianças?* De repente, o futuro aparece diante dos meus olhos. O espetáculo midiático que isso vai virar. Meus filhos, sem pai, sem condição financeira alguma, arrancados da vida que conhecem. O estigma que vai sempre acompanhá-los por serem filhos de Matt. Filhos e filha de um traidor.

Estou paralisada de medo. Nada disso deveria ter acontecido. Se eu não tivesse encontrado aquela foto, se não tivesse criado aquele maldito algoritmo e entrado no computador do Yury, eu nunca saberia a respeito de Matt. Ninguém nunca saberia. As palavras dele ecoam na minha cabeça. "Se pelo menos você não fosse tão boa no seu trabalho."

Meus olhos são atraídos de novo para o canto superior da tela. Ativo. Passivo. Eu não posso fazer isso, posso? Mas estou levando o mouse até lá e logo a flecha está pairando sobre o botão Ativo. Eu clico e então as bordas da tela mudam de vermelho para verde. Sou tomada por um intenso sentimento de culpa. Penso no meu primeiro dia no trabalho, quando ergui minha mão direita e fiz o juramento.

"... apoiar e defender a Constituição dos Estados Unidos contra todos os inimigos, externos e internos..."

Mas Matt não é um inimigo. Ele não é um homem do mal. Meu marido é uma boa pessoa. Um cara decente, alguém de quem tiraram vantagem quando ainda era criança, preso em circunstâncias que fogem de seu controle. Ele não fez nada de errado, não causou nenhum mal ao nosso país. Ele não faria isso. Eu sei que não faria.

Vou com o mouse até a pasta. Clico com o botão direito e guio a flecha até o comando Excluir. E então fico ali parada, com a mão tremendo.

Tempo. Só preciso de um pouco mais de tempo. Tempo para pensar, tempo para organizar as coisas, tempo para arrumar uma solução. Tem que haver uma solução. Nós vamos encontrar uma saída. Um jeito para as coisas voltarem ao normal. Fecho os olhos e me vejo no altar com Matt, olhando nos olhos dele, proferindo os votos.

"... na alegria e na tristeza..."

Prometi ser leal a ele, em todos os dias da minha vida. E então escuto a voz dele, na noite passada. "Eu nunca vou contar, Viv. Juro. Eu nunca faria isso com você." Eu sei que ele nunca contaria. Mas aqui estou eu, prestes a fazer exatamente isso com ele.

Eu penso em cada um dos nossos filhos. Nos rostinhos deles, tão inocentes e tão felizes. Isso vai destruí-los.

E então me vem outra lembrança do dia do nosso casamento: nossa primeira dança, as palavras que Matt sussurrou no meu ouvido e que eu nunca entendi, durante todos esses anos. De repente, elas fazem todo sentido.

Abro os olhos e instantaneamente eles encontram a palavra "excluir", realçada e com a flechinha do mouse bem em cima dela. Mais palavras ecoam na minha cabeça, e nem sequer sei se são dele ou minhas. Mas isso não importa. "Eu só gostaria que nada disso tivesse acontecido."

"Eu gostaria de poder fazer isso desaparecer."

E então eu clico.

6

A pasta desaparece.

Prendo a respiração e observo a tela, como que esperando que algo mais aconteça. Mas não acontece. A pasta simplesmente desapareceu, como se nada disso jamais tivesse acontecido. E era exatamente isso o que eu queria, certo?

Então, eu volto a respirar. São pequenas e rápidas explosões de ar. Guio o mouse até o botão no alto da tela e clico agora em Passivo. A borda fica vermelha outra vez e a pasta continua desaparecida. Eu continuo a olhar fixamente para o lugar onde ela estava até poucos segundos atrás. As mesmas bolhas azuis no plano de fundo, um ícone a menos na última fileira.

Escuto um telefone tocar a algumas fileiras de distância. Ouço o barulho de pessoas digitando em seus teclados e a voz de um âncora de jornal no canal de notícias, numa das televisões suspensas no teto.

Ah, meu Deus, o que eu acabei de fazer? O pânico percorre o meu corpo. Apaguei arquivos do computador de um alvo. Só o fato de eu mudar o meu programa para o modo Ativo já seria o suficiente para que eu fosse demitida. O que eu estava pensando?

Meu olhar sobe para o canto superior esquerdo da tela e encontra o ícone familiar. Ainda está nessa lixeira, não está? Na realidade, eu não me livrei daquilo, pelo menos não completamente. Clico duas vezes no ícone da lixeirinha e lá está a pasta. *Amigos*.

Olho para os botões de novo. Ativo. Passivo. Eu poderia restaurar a pasta e fingir que nada disso jamais aconteceu. Ou eu poderia excluí-la permanentemente e ir até o fim com o que comecei. Seja o que for, preciso fazer algo. Aquela pasta não pode apenas ficar ali na lixeira.

Excluir permanentemente é o que eu quero fazer, o que eu preciso fazer. E eu tenho razões para isso. Preciso proteger Matt, proteger minha família. Dou uma olhada para trás e não vejo ninguém. Então clico no botão Ativo, excluo definitivamente a pasta e volto ao modo Passivo no mesmo instante.

Feito. Encaro a lixeira vazia e vasculho meu cérebro, tentando me lembrar de tudo o que sei sobre exclusão de arquivos. Aquela pasta ainda está lá, em algum lugar. Um software de recuperação de dados conseguiria restaurá-la. Preciso de algo para sobrescrevê-la. Algo tipo...

Ouço um barulhinho e uma caixinha branca aparece no meio da minha tela. Todo o meu corpo é tomado pelo medo. É isso, esse é o sinal de que fui pega. Mas, por fim, vejo a cara de Peter ao lado de uma mensagem: *Pode vir*.

Eu me sinto fraca. É apenas Peter. Eu acabei me esquecendo de que pedi para conversar com ele. Fecho a caixa, bloqueio meu computador, com as mãos tremendo, e sigo para a sala dele.

O que eu vou dizer? Repasso na minha cabeça o que eu disse a ele alguns minutos atrás. "Preciso conversar com você. Em particular." Ah, isso não é nada bom. O que diabos vou falar?

A porta está entreaberta. Eu o vejo no computador, de costas para mim. Dou uma batidinha rápida na porta e ele logo vira a cadeira para me encarar.

— Pode entrar.

Empurro a porta para abri-la. A sala de Peter é minúscula. Bem, na realidade, todas são. Naquele espaço cabe apenas a mesa de trabalho, modular e cinza como a minha, e uma mesinha redonda, tomada por pilhas de papéis. Sento-me na cadeira ao lado dela.

Ele cruza as pernas nos tornozelos e me espia por cima dos óculos. Sei que ele está esperando que eu fale alguma coisa, mas minha boca está seca. Eu tinha que ter pensado no que ia dizer antes de vir até aqui. Vasculho o meu cérebro. O que as pessoas dizem aos chefes em particular?

— O que está acontecendo? — pergunta ele, enfim.

Eu consigo sentir o gosto das palavras que deveria dizer. Aquelas que ficaram ecoando na minha cabeça a manhã inteira: "Encontrei uma foto do meu marido no computador do meu alvo". Mas agora é tarde para elas, mesmo que eu conseguisse forçá-las para fora da minha boca.

Olho para os mapas que cobrem as paredes. Há grandes mapas da Rússia. Mapas políticos, de estradas e topográficos. Meu olhar se fixa no maior deles, nos contornos do país. Concentro a atenção no pedaço de terra entre a Ucrânia e o Cazaquistão. Volgograd.

— Estou com um problema de família — digo.

Mal consigo distinguir as letras no mapa. Não sei para onde estou levando essa conversa. Não tenho plano algum.

Ele expira suavemente.

— Ah, Vivian. — Quando o encaro, percebo que os olhos dele estão cheios de preocupação e simpatia. — Eu compreendo.

Levo um instante para assimilar as palavras dele e, quando isso acontece, a culpa me inunda. Olho para as fotos emolduradas na mesa que está atrás de Peter. Todas da mesma mulher. Uma foto amarelada dela num vestido branco de renda. Uma foto ingênua dela abrindo um presente, vestindo um suéter vistoso, com um cabelo cheio de volume e um encanto absoluto no rosto. E também uma mais recente, ela e Peter juntos, montanhas ao fundo, os dois parecendo totalmente à vontade e felizes.

Engulo em seco e olho de volta para Peter.

— Como ela está? Como está a Katherine?

Ele desvia o olhar. Katherine está com câncer de mama em estágio três. Foi diagnosticado no ano passado. Ainda me lembro do dia em que ele deu a notícia a todos nós, em uma reunião de equipe. Um silêncio incômodo enquanto observávamos Peter, o inabalável Peter, desabar em choro.

Logo depois ela começou um tratamento experimental. Peter nunca falou muito a respeito, mas parecia que Katherine estava lutando bravamente contra a doença. Então, umas semanas atrás, ele faltou algumas vezes ao trabalho, algo totalmente incomum em se tratando de Peter, e, quando enfim retornou, pálido e com um ar cansado, nos contou que ela não estava mais no tratamento experimental. Não houve lágrimas dessa vez, mas mantivemos aquele mesmo silêncio. Nós sabíamos o que isso significava. O tratamento não estava dando resultado e ela estava no fim da linha. Era apenas uma questão de tempo.

— Ela é uma guerreira — responde ele, mas a expressão em seus olhos revela que Katherine está diante de uma batalha que não pode vencer. O maxilar dele se contrai. — Assim como o seu menininho.

Fico confusa por alguns instantes, mas logo a minha ficha cai. Ele sabe que Caleb teve uma consulta com o cardiologista ontem. Peter está presumindo que algo deu errado. Eu deveria corrigi-lo, mas não o faço. Olho para baixo e assinto, com um embrulho no estômago.

— Se houver algo que eu possa fazer... — comenta ele.

— Obrigada.

Depois de uma pausa embaraçosa, ele então fala:

— Por que você não vai pra casa? Fique com ele.

Olho para cima.

— Não posso. Não tenho banco de horas...

— Quantos anos você passou trabalhando por horas a fio sem reclamar?

Dou um meio sorriso para ele.

— Muitos.

— Então tire o resto do dia.

Estou prestes a recusar, mas então hesito. Com o que estou preocupada? Em perder o emprego por causa *disso*? Em não passar no meu próximo teste do polígrafo por causa *disso*? Sinto um pouco da tensão se esvaindo do meu corpo. É exatamente o que preciso. Sair daqui, arejar a cabeça e tentar pensar no que vou fazer em seguida.

— Obrigada, Peter.

— Vou rezar por você — responde ele suavemente enquanto estou me levantando para ir embora. Ele me encara profundamente. — Para que você tenha forças.

Eu caminho de volta à minha mesa. Helen e Rafael estão conversando no corredor bem perto da minha baia. Sem chance de eu conseguir fazer algo a respeito do arquivo agora. Não sem eles verem.

Amanhã. Eu posso lidar com essa situação amanhã.

Hesito por um momento, então desconecto o computador, pego minha bolsa e minha jaqueta e espero até a tela apagar. Enquanto faço isso, desvio o olhar para o canto da mesa, para a foto de Matt e eu no dia do nosso casamento, e sou tomada por uma sensação estranha: é como se tivéssemos desviado de uma bala, mas inexplicavelmente, de alguma maneira, estou sangrando.

★

Seis meses depois de nos conhecermos eu enfim estava indo ver de onde Matt tinha vindo. Fui conhecer seus pais, a casa onde ele tinha crescido, a escola secundária que tinha frequentado e também os amigos de infância. Eu havia acumulado uma semana no meu banco de horas. Matt reservou as passagens ou, pelo menos, disse que tinha reservado. Eu estava tão empolgada com aquela viagem que mal conseguia me conter.

★

Ele tinha acabado de conhecer os meus pais. Havíamos passado o Natal juntos em Charlottesville, e as coisas correram melhor do que eu podia ter esperado. Meus pais adoraram Matt. E eu me apaixonei ainda mais por ele vendo-o junto da minha família. Eu não tinha dúvidas de que ele era o homem com quem eu queria me casar. Mas noivado ainda parecia algo distante. Eu ainda não tinha sequer conhecido os seus pais, e não havia chances de eu me comprometer com alguém sem conhecer sua família. Simplesmente não parecia certo. Eu também tinha dito isso a ele. Ou, pelo menos, achei que tivesse dito.

Estávamos no aeroporto, num dia gelado de janeiro. Eu estava com a roupa que havia passado horas sofrendo para escolher, uma calça e um cardigã. Era uma combinação bonita, mas também conservadora, selecionada para causar uma boa impressão nos meus — segundo minhas esperanças — futuros sogros. Estávamos na fila para passarmos pelos detectores de metal, levando nossas malas pretas de rodinhas. Matt estava quieto. Ele parecia nervoso, e aquilo me deixou nervosa também, porque a última coisa que eu queria era que ele ficasse preocupado com o fato de eu conhecer os pais dele, que reconsiderasse a nossa relação.

Quando estava chegando a nossa vez, me dei conta de que ele ainda estava com o meu cartão de embarque, que tinha impresso antes de sairmos de casa.

— Me passa o meu cartão de embarque? — pedi.

Ele me deu um pedaço dobrado de papel, sem tirar os olhos de mim, com o rosto propositalmente inexpressivo.

O olhar dele me deixou ainda mais inquieta.

— Obrigada — respondi.

Finalmente olhei para o papel na minha mão, para me certificar de que Matt tinha me entregado o meu, e não o dele, uma vez que ele não havia checado antes de me passar. Vi meu nome, Vivian Grey, e três letras, grandes e robustas, que não deveriam estar ali. HNL.

Aquele não era o código do aeroporto de Seattle, disso eu estava certa. Encarei as letras, tentando encaixá-las, me esforçando para que fizessem algum sentido.

— Honolulu — disse Matt, e senti os braços dele abraçarem a minha cintura.

— O quê? — girei para encará-lo.

Ele estava sorrindo.

— Bom, Maui, na verdade. Temos um voo de conexão quando chegarmos lá.

— Maui?

Ele me empurrou gentilmente para a frente. Pisquei, e então percebi que tinha chegado a minha vez. O agente estava me lançando um olhar irritado. Entreguei o cartão de embarque e saquei minha carteira de motorista, fazendo tudo de maneira um pouco desajeitada, com as bochechas em chamas, completamente confusa. Ele carimbou o cartão e eu segui em frente, até uma das esteiras, e comecei a tirar os sapatos. Matt logo apareceu atrás de mim e colocou nossas malas na esteira. Então senti seus braços ao meu redor de novo, a bochecha vindo se aninhar junto à minha.

— O que você acha? — perguntou ele, o hálito quente no meu ouvido, e eu pude ouvir o sorriso em sua voz.

O que eu achava? Que eu queria ir a Seattle. Eu queria conhecer os pais dele, o lugar de onde ele tinha vindo.

— Mas a sua família...

Passei pelo detector de metais. Ele fez o mesmo, e ficamos de novo lado a lado enquanto minha mala chegava na outra ponta da esteira.

— Eu não podia fazer você gastar todos os seus dias de folga em Seattle — justificou ele.

O que eu deveria dizer? Que teria *preferido* Seattle? Quão ingrato seria isso? Ele tinha acabado de me comprar uma viagem a Maui. *Maui*. E aberto mão de alguns dias com a própria família por isso.

Mas, ao mesmo tempo, ele não sabia o quanto era importante para mim conhecer a família dele? E que agora teríamos que adiar nossa ida a Seattle por meses até que eu conseguisse acumular mais dias de folga?

Ele pegou nossas bagagens e colocou-as no chão.

— Ah, eu refiz a sua mala — informou. Ele puxou a alça e empurrou-a na minha direção. — Troquei as roupas pesadas por peças mais frescas. E coloquei uma porção de biquínis também. — Ele estava sorrindo, então me puxou mais para perto, até o meu quadril estar grudado no dele. — Mas é claro que espero que a gente passe mais tempo sem roupas. — Os olhos dele estavam dançando.

— Não sei o que dizer — comentei, finalmente, com a minha cabeça gritando: *Será que é tarde demais para mudarmos as passagens?*

O sorriso desapareceu do rosto dele e seus braços desabaram.

— Ah — disse ele.

Apenas aquela única sílaba. E então fui tomada pela culpa. Eu não tinha noção do que ele estava fazendo por mim?

— É só que... eu estava muito ansiosa mesmo para conhecer os seus pais.

Ele pareceu totalmente arrasado.

— Me desculpa, Viv. De verdade. Achei que... Bom, eu só achei... — Ele sacudiu rápido a cabeça. — Vamos. Vamos ver se conseguimos mudar as passagens...

Agarrei a mão dele.

— Espera.

Eu nem sabia por que o segurei, não fazia ideia do que dizer. Eu só sabia que odiava a expressão estampada no rosto dele, odiava ser eu a causadora daquela decepção.

— Você está certa. Eu não devia ter feito isso. É só que eu queria que fosse tudo perfeito quando eu te pedisse... — Ele parou abruptamente e ficou com as bochechas vermelhas.

Te pedisse em casamento. Eu quase pude ouvir as palavras que ele não disse. Eu estava certa de que era isso que viria em seguida. Senti como se o meu coração parasse. Eu o encarei, os olhos dele estavam em pânico e as bochechas mais coradas do que eu jamais tinha visto.

Ai, meu Deus, ele ia me pedir em casamento. A gente ia para o Havaí porque ele tinha planejado o pedido perfeito de casamento. Uma praia, um local exótico. Não há nada que eu poderia querer mais do que isso. Mas, por fim, eu mesma estraguei tudo.

— Então, me peça — falei.

As palavras escaparam da minha boca antes que eu pudesse pensar nelas. Mas logo que saíram, fizeram sentido. A viagem teria sido dolorosamente constrangedora depois disso. O único jeito de salvar a viagem era mudando todo o seu teor. Livrar-se do problema que não podia ser ignorado.

— Quê? — sussurrou ele.

— Me peça — repeti com mais confiança.

— Aqui? — Ele parecia incrédulo.

Eu estava olhando para o homem com quem me casaria, o homem que eu mais amava no mundo. De que importava o lugar onde ficaríamos noivos? Concordei com a cabeça.

O constrangimento desapareceu do rosto dele, substituído por um meio sorriso, uma expressão de surpresa e de empolgação, e eu soube que havia tomado a decisão certa. No fim das contas, a situação ainda podia ser salva.

Ele pegou minha outra mão.

— Vivian, eu te amo mais que tudo no mundo. Você me faz mais feliz do que eu achei ser possível, mais feliz até do que eu mereço.

Comecei a ficar com lágrimas nos olhos. Esse era o meu futuro marido, o homem com quem eu ia passar o resto da vida.

— Não quero mais nada da vida a não ser passá-la com você. — Ele então soltou uma das minhas mãos, tateou dentro de seu bolso e tirou um anel. Só um anel, sem caixa alguma; ele deve tê-lo colocado na bandeja do detector de metais junto com a carteira e as chaves sem que eu percebesse. Ele se agachou em um dos joelhos e estendeu a joia, com o rosto tão esperançoso e vulnerável. — Você quer se casar comigo?

— É claro — sussurrei, e vi o alívio e a felicidade gravados no rosto dele enquanto colocava o anel no meu dedo.

E então veio a onda de aplausos de uma multidão que, sem eu perceber, tinha se juntado ao nosso redor. Eu ri, tonta. Abracei e beijei Matt bem ali, no meio do aeroporto. Olhei para o anel no meu dedo, o diamante reluzindo sob as luzes fluorescentes. E não liguei nem um pouco, naquele momento, de não ter conhecido absolutamente nada do passado dele. Porque o futuro era tudo o que importava.

★

Paro na garagem, minha cabeça mergulhada em uma enorme confusão. Eu fiz a coisa certa, não fiz? Quero dizer, foi impulsivo. E preciso me dedicar amanhã a me livrar daquela pasta de maneira permanente. Mas eu estava certa quando decidi apagar aquela informação. Eu precisava manter nossa vida intacta.

No entanto, tenho a sensação opressora de que deveria ter pensado melhor antes de agir. Ou, ao menos, preciso pensar bem nas consequências disso agora. Mas os meus pensamentos estão travados. É como se eu tivesse consciência de que não vou conseguir suportar o que está por vir.

Caminho para dentro de casa e vejo Matt pela porta da cozinha. Ele está olhando na minha direção, secando as mãos em um pano de prato. Ele parece calmo, extraordinariamente calmo. Não se comporta exatamente como alguém que acredita que acabou de ser denunciado à CIA. Tudo aqui parece normal. Escuto a televisão da sala, um desenho de bichos de pelúcia que ganham vida.

— Você voltou cedo — comenta ele.

Mas nós combinamos que fingiríamos normalidade, não combinamos? Para minha proteção. Ele provavelmente está presumindo que há alguém na escuta no momento, talvez até nos vigiando. Tiro a jaqueta, penduro-a no gancho perto da porta e jogo minha bolsa no chão ao lado dela. Então chego mais perto dele.

— Eu não consegui — digo tranquilamente.

Matt fica paralisado e leva um instante para conseguir falar alguma coisa.

— Como assim?

— Não consegui. Eu não consegui entregar você.

Ele dobra o pano e o coloca na bancada.

— Viv, nós já conversamos a respeito disso. Você tem que me entregar.

Balanço a cabeça negativamente.

— Não tenho. Eu já me livrei dela.

Ele está me encarando com uma intensidade que me dá calafrios.

— Se livrou do quê?

— Da... coisa... que conecta você a tudo isso.

— O que você fez?

— Sumi com tudo.

O pânico está tomando conta da minha voz. Na realidade, eu não fiz isso. Pelo menos, não ainda. *Será* que é possível sumir definitivamente com aquilo?

Os olhos dele estão queimando.

— O que você fez, Viv?

O que eu *fiz*? Ah, meu Deus.

Ele passa uma das mãos pelos cabelos, depois a leva até a boca, numa expressão de espanto.

— Você tinha que me entregar — diz ele, baixinho.

— Eu simplesmente não consegui — digo num tom igualmente baixo. E estou falando a verdade, não? No fundo eu sabia que entregá-lo era a coisa certa a fazer. A única coisa a fazer. Mas quando chegou a hora de dar início ao pesadelo do qual eu nunca conseguiria acordar, que destruiria a todos nós, eu não consegui.

Ele balança a cabeça.

— Coisas assim não somem simplesmente. — Ele se aproxima. — Vai chegar um momento em que isso vai ser encontrado. E eles vão descobrir o que você fez.

Sinto como se alguém estivesse esmagando meu coração. Eles não podem descobrir. Ninguém jamais pode descobrir.

— Eu precisava de você aqui. Pelas crianças... — diz ele.

— Eu fiz isso pelas *crianças* — devolvo.

Como ele ousa agir como se eu não estivesse considerando as crianças. Nossa família era tudo em que eu estava pensando.

— E agora? O que vai acontecer com as crianças quando *nós dois* formos condenados como espiões russos?

Sinto como se todo o ar saísse dos meus pulmões. Estendo uma das mãos à parede e me apoio. Espiã russa. Espionagem. Foi isso que fiz? O que *aconteceria* às crianças? Elas seriam mandadas à Rússia? Um país que não conhecem, uma língua que não sabem? Teriam todos os seus sonhos destruídos?

Estou sendo consumida pelo terror, mas ao mesmo tempo sou tomada pela raiva, e é este sentimento que acaba por encontrar uma voz.

— Mas e se eu optasse por entregar você? O que aconteceria com as crianças? O que aconteceria com a gente?

— É melhor do que...

Chego mais perto.

— Nós perderíamos o seu salário. Eu seria demitida e perderíamos o meu também. Perderíamos nosso plano de saúde, nossa casa...

Matt parece devastado, aos poucos ele vai empalidecendo. E gosto disso. Gosto de vê-lo desse jeito, sentindo-se tão desesperado e sem esperanças como eu.

— Eles seriam para sempre conhecidos como os filhos de um espião russo. E quais seriam as consequências disso na vida deles?

Ele passa a mão pelos cabelos de novo. Tão inseguro, tão diferente do Matt que conheço, o homem imperturbável, que está sempre calmo e controlado.

— E você não se atreva a me culpar por isso — acrescento.

Eu soo agressiva, *estou* sendo agressiva, mas lá no fundo estou completamente apavorada. As palavras dele estão ecoando na minha cabeça. "Eu precisava de você aqui. Pelas crianças..." *Precisava*, no passado. Eu não queria arrancar-lhes o pai, mas e se acabei fazendo algo muito pior?

Eu encobri provas intencionalmente. Conspiração, espionagem, tudo estaria em jogo. E se eu for para a cadeira por conta disso?

— Você está certa — afirma ele. Eu pisco e o encaro. Ele está assentindo. O rosto dele assumiu novamente uma expressão de confiança e determinação. Como se ele soubesse o que fazer. — A culpa é toda minha e eu preciso consertar isso.

É exatamente isso o que eu preciso ouvir. Ele precisa consertar isso. Tirar a nossa família desse pesadelo. Posso sentir um pouco da tensão começando a se esvair dos meus ombros. Matt me jogou uma corda de salva-vidas bem quando o afogamento parecia inevitável. E já estou estendendo os braços para alcançá-la, já estou segurando-a.

Ele abaixa a voz e se inclina para a frente, até seu rosto estar quase colado ao meu.

— Mas para consertar isso, preciso que você me conte tudo: o que exatamente você encontrou e o que exatamente você fez pra isso desaparecer.

7

Eu o encaro. Ele está me pedindo para compartilhar informações confidenciais. Para eu me tornar o tipo de pessoa que passei toda minha carreira perseguindo. Ele sabe disso. *Ele está te manipulando*, adverte uma voz na minha cabeça.

Mas ele não parece estar realmente fazendo isso. Matt parece tão sincero, tão desesperado. Ele está tentando achar um jeito de nos tirar dessa situação. Algo que, no momento, não faço a mínima ideia de como resolver. E, na verdade, isso faz sentido. Tenho que contar a ele tudo o que sei. Se não for assim, como ele poderá fazer algo a respeito?

Já ultrapassei limites que nunca deveria ter ultrapassado. Disse a ele que descobri sua identidade e apaguei arquivos do computador do meu alvo. Mas isso? Contar a ele exatamente o que encontrei, exatamente o que *fiz*? Eu estaria revelando informações sobre o Athena, um dos programas mais sensíveis da Agência. Informações que jurei proteger. Engulo em seco, a garganta tão apertada que quase engasgo.

Preciso pensar. Preciso processar se tudo isso faz mesmo sentido. Passo por ele sem dizer nada e vou em direção à sala, onde Ella está sentada, enrolada num cobertor, assistindo à televisão. Grudo um sorriso na cara.

— Como você está se sentindo, meu amor?

Ela olha para cima e me dá um sorriso que rapidamente se transforma num olhar falso e manhoso.

— Doente, mamãe.

Na semana passada, eu teria lutado para não rir do fingimento dela. Agora isso me dá calafrios. Porque é uma mentira, não é? Algo que o pai dela faz tão bem.

Mantenho o sorriso grudado na cara.

— Sinto muito que você não esteja se sentindo bem — comento. Observo-a por mais um instante e vejo sua atenção se voltar à tela da TV. Estou tentando colocar algum tipo de ordem em meus pensamentos. Então, levanto a cabeço e encontro os olhos de Matt, falo com ela enquanto olho para ele. — O papai e eu vamos nos sentar ali fora para conversar, tá bem?

— Tá — murmura ela, sua atenção no programa.

Saio pela porta da frente, deixando-a aberta. Matt vai em seguida e fecha a porta atrás de nós. O ar frio me atinge como um tapa, e sequer pensei em pegar meu casaco. Eu me sento no alto da escada da varanda e abraço meu próprio corpo.

— Quer que eu busque uma jaqueta? — pergunta Matt.

— Não.

Ele se senta ao meu lado, tão perto que estamos nos tocando. Posso sentir o calor dele, a pressão do joelho dele contra o meu. Ele está olhando para a frente.

— Eu sei que é pedir muito. Mas se sou eu a pessoa a dar um jeito nisso, preciso ter mais informações.

Manipulação. Mas será que ele está mesmo fazendo isso? Por alguma razão, o dia em que ficamos noivos retorna à minha mente. O pedido de casamento no aeroporto. A multidão à nossa volta se dispersando, todos seguindo com um sorriso no rosto. E eu também sorria. Olhando para aquele anel, tão brilhante, tão novo, tão perfeito.

E então me dei conta. Eu havia ficado noiva sem nem mesmo conhecer os pais dele. E isso era algo tão importante para mim. Eu já tinha dito isso a ele, não tinha? Pude sentir o sorriso desaparecendo dos meus lábios. Senti o braço dele ao redor dos meus ombros, me guiando na direção do nosso portão de embarque. Estávamos noivos, prestes a voar para o Havaí, como ele queria.

Mas, ao mesmo tempo, ele também tinha planejado o pedido de casamento perfeito para mim. No *Havaí*. E planejou me surpreender com aquilo. Olhei para Matt e vi franqueza, felicidade e empolgação em seu rosto. E, então, sorri novamente para ele. Eu estava sendo ridícula. Ele tinha cometido um erro, e eu nem tinha mais certeza de haver mencionado que queria conhecer os pais dele antes de ficarmos noivos. Talvez eu não tivesse dito nada a respeito.

Mas as dúvidas nunca desapareceram por completo. Durante todos os dias na praia, nas caminhadas para as cachoeiras, nos jantares à luz de velas, havia aquele pensamento ecoando lá no fundo da minha cabeça. Eu tinha ficado noiva no aeroporto, na frente de uma multidão de desconhecidos, sem nem ao menos ter conhecido os pais de Matt. Isso, definitivamente, não era o que eu queria. *Mas foi você que o incitou a fazer o pedido, naquela hora, naquele lugar*, eu disse a mim mesma.

E logo chegou a nossa última manhã por lá. Estávamos na varandinha, sentados com nossas canecas de café, observando as palmeiras balançando, sentindo a brisa quentinha.

— Eu sei que você queria conhecer os meus pais antes de ficarmos noivos — disse Matt, do nada.

Olhei para ele, surpresa. Então eu realmente tinha comentado. Ele *sabia*.

— Mas eu sou eu, Viv, independente de quem são meus pais. — Ele olhou para mim com tanta intensidade que fiquei perplexa. — E o passado é o passado.

Ele tem vergonha dos pais, imaginei, na época. *Ele está preocupado com o que vou achar deles. Com o que vou achar dele depois de conhecê-los*. Olhei para o anel no meu dedo. *Mas, ainda assim. E o meu desejo?*

— Mas o que eu fiz não foi certo — declarou Matt. Olhei de volta para ele e vi mais uma vez sinceridade em seus olhos. Ele estava arrependido, muito arrependido. — Me desculpa, Viv.

Eu queria que as dúvidas se dissipassem. Queria mesmo. Ele havia cometido um erro, admitido e se desculpado. Mas eu nunca superei aquilo de verdade. Se ele sabia que eu queria conhecer os seus pais primeiro, como pôde ir em frente e me fazer o pedido mesmo assim? Aquilo parecia manipulação.

Mas agora, enquanto encaro o anel, o diamante que já não brilha mais como naquela época, numa mão que está bem mais velha, não parece. Tudo isso agora parece sincero.

Se aqueles não eram os verdadeiros pais dele, não foi mais honesto justamente não os conhecer antes de ficarmos noivos? Eles poderiam ter ajudado a moldar a minha opinião sobre ele, meus sentimentos em relação a ele. E isso não teria sido, na verdade, uma manipulação? Eu me viro para Matt e me afasto, apenas o suficiente para poder encará-lo, para poder decifrar sua expressão. Mais uma vez ela parece sincera, aberta. O mesmo olhar de quando ele me pediu em casamento. A mesma expressão que vi no dia do nosso casamento, há tantos anos. Eu visualizo a cena: nós dois diante do padre, a velha igreja de pedra em Charlottesville, a expressão em seu rosto quando proferiu os votos. Aquele tipo de sentimento não pode ser fingido, pode? Engulo em seco. Minha garganta parece estar cada vez mais fechada.

Eu não sei. A verdade é que não faço ideia se acredito ou não nele. Mas, de todo modo, preciso de ajuda. Eu me enterrei num buraco, e ele se ofereceu para me ajudar a sair. A pergunta dele não para de correr pela minha cabeça. "O que vai acontecer com as crianças quando nós dois formos condenados como espiões russos?" Não posso deixar que isso aconteça. Eu tenho que acreditar nele.

— Nós temos acesso ao computador do Yury — revelo, e as palavras saem com mais dificuldade do que eu esperava. Sinto como se estivesse cometendo um crime a cada sílaba. Bem, na realidade, eu *estou* cometendo um crime. Estou revelando uma informação confidencial, violando a Lei de Espionagem. Quase ninguém na Agência sequer sabe dos poderes do Athena, é um programa muito restrito. As pessoas são presas por compartilharem informações como essa. — Eu estava dando uma vasculhada e então encontrei uma pasta com cinco fotos. — Olho para ele. — A sua era uma delas.

Matt continua olhando para a frente. Assente com a cabeça, muito levemente.

— Só tinha a minha foto? Nada mais a meu respeito?

Balanço a cabeça.

— Não encontrei mais nada.

— Criptografado?

— Não.

Ele continua em silêncio por mais alguns instantes e depois se vira para me encarar.

— E o que exatamente você fez?

— Eu apaguei a pasta.

— Como?

— Ué, cliquei em Excluir.

— E depois?

— Depois eu a excluí da lixeira.

— E? — A voz dele mostra uma aspereza.

Engulo em seco.

— Ainda não fiz nada além disso. Sei que preciso fazer mais, sobrescrever o disco rígido ou o que for. Mas havia pessoas por perto e não pude dar continuidade.

Olho para longe, para a rua. Escuto um veículo se aproximando. Vejo a van laranja do serviço de limpeza domiciliar que tantos vizinhos utilizam. Ela para na frente da casa dos Parker. Observo enquanto três mulheres de coletes também laranja saem da van e pegam produtos de limpeza na traseira do veículo. Quando elas entram na casa e a porta se fecha, o silêncio toma conta da rua de novo.

— Eles têm um registro seu excluindo o arquivo — afirma Matt. — Não existe a menor chance de eles não registrarem a atividade de um usuário.

Vejo a minha respiração se cristalizar no ar, fazendo uma fumacinha. Eu tenho plena consciência disso, não tenho? Eu não passei por telas me advertindo que minhas ações são registradas? Em que raios eu estava pensando?

Eu não estava pensando em nada. Esse é o problema. Eu só queria que tudo desaparecesse.

Olho para Matt. Ele está olhando para a frente, com a testa franzida e uma expressão de profunda concentração no rosto. O silêncio ao nosso redor é pesado.

— Certo — diz ele, enfim. Matt coloca a mão no meu joelho e dá um apertão. Ele se vira para mim, com as rugas na testa superprofundas e os olhos anuviados de preocupação. — Eu vou tirar você dessa.

Matt fica de pé e volta para dentro de casa. Eu permaneço sentada, tremendo, suas palavras ecoam na minha mente. "Eu vou tirar você dessa."

Você.

Por que ele não falou *a gente*?

Ainda estou na escada da varanda quando Matt volta alguns minutos depois com a chave do carro na mão.

— Já volto — informa ele.

— O que você vai fazer?

— Não se preocupe com isso.

Ele pode estar simplesmente indo embora. Entrando num avião de volta para a Rússia e me deixando para lidar com as consequências. Mas ele não faria isso, faria?

Mas então, *o que* ele vai fazer? E por que já não fez isso antes?

— Eu mereço saber.

Ele caminha na direção do carro e então para na entrada da garagem.

— Quanto menos você souber, melhor, Viv.

Eu me levanto.

— O que isso quer dizer?

Ele se volta para mim e fala baixinho:

— Polígrafo. Julgamento. É apenas melhor se você não souber dos detalhes.

Eu olho no fundo dos olhos dele e ele faz o mesmo comigo. A expressão no seu rosto está perturbada. Raivosa, até. E isso me deixa furiosa.

— Por que você está com raiva de mim agora?

— Por quê? Porque se você tivesse me ouvido a gente não estaria nessa confusão agora.

Ele diz isso agitando os braços e sacudindo as chaves do carro com impaciência.

Nós ficamos olhando um para o outro por alguns instantes, num silêncio quase sufocante, e então ele balança a cabeça, como se eu fosse uma grande decepção. Por fim, eu o vejo ir embora sem dizer nenhuma outra palavra. As emoções dentro de mim estão totalmente confusas, não fazem absolutamente nenhum sentido.

★

Nós comemoramos o nosso primeiro aniversário de casamento nas Bahamas. Foram cinco dias lagarteando no sol, abusando de um *open bar* infinito de drinques tropicais, com mergulhos refrescantes no mar, onde logo estaríamos enrolados um no outro, com os lábios salgados e com gosto de rum.

Na nossa última noite por lá estávamos num bar na praia, um lugarzinho pé na areia, com telhado de palha, luzinhas em fio, e tomando mais drinques com frutas. Estávamos sentados em banquinhos já gastos, próximos o suficiente para que nossas pernas se encostassem e para que a mão dele descansasse na minha coxa, um pouco pra cima demais. Eu me lembro de ouvir as ondas, de respirar o ar salgado e de sentir calor em cada parte do corpo.

— E então... — falei, brincando com o guarda-chuvinha no meu drinque, prestes a lançar a pergunta na qual eu não havia conseguido parar de pensar a noite inteira e que há meses estava se formando lentamente na minha cabeça. Tentei pensar no melhor jeito de conduzir essa conversa a ela, mas, como não o encontrei, apenas desembuchei. — Quando a gente deve ter um bebê?

Ele praticamente cuspiu o gole que tinha acabado de dar e me encarou. Primeiro com os olhos arregalados e cheios de amor, franqueza e empolgação. Mas, de repente, algo mudou, e eles ficaram mais cautelosos. Matt, então, olhou para longe.

— Filhos são um grande passo — respondeu ele, e eu fiquei muito confusa, acho que parte da confusão induzida pelo rum. Ele amava crianças e nós sempre tivemos planos de ter filhos. Dois, provavelmente, talvez três.

— Mas já estamos casados há um ano — argumentei.

— Sim, mas ainda somos muito jovens.

Olhei para a minha bebida, um líquido rosa, e remexi os cubos de gelo meio derretidos com o canudo. Essa não era a resposta que eu esperara. Não mesmo.

— O que está acontecendo?

— Só acho que não devemos ter pressa, sabe? Talvez a gente possa esperar uns anos. Agora é a hora de focarmos nas nossas carreiras.

— Nas nossas carreiras?

Desde quando ele queria que a gente focasse nas nossas carreiras?

— É. — Ele estava evitando os meus olhos. — Tipo, veja a sua. — Ele abaixou o tom da voz, chegou mais perto e me encarou com toda atenção voltada para mim. — África. É mesmo com a África que você quer trabalhar?

Desviei o olhar. Eu estava perfeitamente satisfeita com a conta africana de contrainteligência. Havia trabalho o bastante para me manter ocupada e para fazer com que meus dias fossem interessantes. Eu me sentia fazendo alguma diferença, ainda que de forma modesta. Mas isso era tudo o que eu realmente queria. A África não era tão importante quanto algumas das outras contas, mas por mim, estava tudo bem.

— Claro.

— Quero dizer, não seria mais interessante para você trabalhar com algo tipo... a Rússia?

Tomei um grande gole do meu drinque pelo canudo. É claro que seria mais interessante. Mas, ao mesmo tempo, seria bem mais estressante. Teria de trabalhar muito mais horas, com certeza. E, além disso, diante da enorme quantidade de pessoas na equipe de contrainteligência russa, que impacto cada um teria individualmente?

— Pode ser.

— E talvez isso também seja melhor pra sua carreira, não é? Pra que você consiga promoções e tudo o mais?

Desde quando ele ligava para o meu plano de carreira? E por que ele estava achando que eu me importava com isso? Se fazer dinheiro fosse o meu objetivo, eu não teria escolhido uma carreira no governo. O calor que eu sentia há alguns instantes estava começando a se dissipar.

— Assim, você é quem decide, é claro, meu amor. É o seu trabalho, e tal. — Ele deu de ombros. — Só acho que você seria mais feliz se estivesse fazendo algo mais... importante. Sabe?

Aquelas palavras me feriram. Foi a primeira vez que eu senti que o meu trabalho não era bom o suficiente para Matt. Que *eu* não era boa o suficiente.

Logo depois a expressão dele se suavizou e ele colocou uma das mãos sobre a minha, me lançando um olhar intenso. Um olhar de desculpas, como se soubesse que tinha me magoado.

— É só que... Bem, é nisso que os melhores analistas focam, certo? Na Rússia?

De onde vinha tudo aquilo? Fiquei tão confusa. Claro, era uma conta que gerava competição, o trabalho que muita gente queria. Mas também havia vantagens em se trabalhar com uma conta menos importante, como ter certeza de que nada passasse despercebido ou fosse negligenciado e ser capaz de enxergar o verdadeiro impacto do meu trabalho.

— Você é o tipo de pessoa que sempre quer ser a melhor. É isso que eu amo em você.

Era *isso* que ele amava em mim? O elogio mais pareceu um tapa.

— E provavelmente seria mais difícil fazer esse tipo de mudança depois de termos filhos — continuou ele. — Então talvez você deva chegar a um lugar onde queira estar, e só *depois* pensarmos em filhos. — Ele mexia o drinque com o canudo enquanto dizia isso, ainda evitando os meus olhos.

Eu acabei com o que restava do meu drinque, que já não tinha mais o mesmo gosto de antes, naquele momento tão amargo.

— Certo — respondi enquanto era tomada por um calafrio.

★

Logo que as luzes traseiras do carro do Matt desaparecem na esquina, eu volto para dentro de casa. Verifico como está Ella, ainda na frente da televisão, e então me dirijo até o depósito que fica atrás da escada. Preciso ver o que há naquele notebook.

É um espaço pequeno, lotado de pilhas de caixas de plástico azuis. Puxo a cordinha para ligar a luz e olho para o chão, para a minúscula área que está livre. Nada parece fora do comum. Fico de quatro, tateio em volta, e enfim encontro uma tábua que está levemente levantada em um dos lados. Passo a mão por ela, tento levantá-la, mas sem sucesso.

Dou uma olhada em volta e vejo uma chave de fenda em cima de uma das caixas de plástico. Eu a uso para erguer a tábua e depois espio o que tem lá dentro. Vejo uma luzinha piscando. Em seguida estendo a mão e puxo para mim um pequeno notebook prateado.

Sento de pernas cruzadas e o ligo. Ele inicializa rapidamente, e logo a tela fica preta, com uma única barra branca piscando. Não há texto nenhum, mas é óbvio que o acesso é protegido por senha.

Tento as senhas de sempre do Matt, as que ele usa para tudo, várias compilações dos nomes e datas de nascimento dos nossos filhos. Tento também a senha que usamos nas nossas contas conjuntas, mas nada funciona. E por que funcionaria? De repente, um conjunto diferente de palavras passa pela minha cabeça. *Alexander Lenkov. Mikhail e Natalia. Volgograd.* Não tenho como adivinhar o que podia estar na cabeça dele quando inventou essa senha, se é que foi ele quem a determinou. Isso é inútil.

Frustrada, fecho o notebook e deixo o espaço como o encontrei. Aí volto à sala para ver como está Ella.

— Está se sentindo bem, meu amor? — pergunto.

— Tô, sim — murmura ela, sem tirar os olhos da TV.

Fico ali por um instante e, em seguida, subo para o nosso quarto. Antes de entrar, faço uma pausa na porta. Vou primeiro até a mesa de cabeceira de Matt. Abro a gaveta e remexo tudo. Notas fiscais amassadas, dinheiro trocado, alguns desenhos que Ella fez para ele. Nada remotamente suspeito. Olho embaixo da cama, tiro o cesto de plástico. Está cheio de roupas de verão: roupas de banho, shorts e camisetas. Eu o fecho e empurro de volta para o lugar onde estava.

Abro a gaveta de cima do armário dele. Remexo na pilha de cuecas e meias procurando algo fora de contexto. E depois faço o mesmo com a gaveta de baixo, e com a outra abaixo dessa. Nada.

Entro no closet. Passo a mão pelas roupas penduradas na parte dele. Camisas polo, camisas sociais, calças. Eu não sei bem o que estou tentando achar. Talvez algo que prove que ele não é a pessoa que eu acho que é. Ou o contrário, algo que funcionasse como uma prova de que ele está me dizendo a verdade.

Há uma velha mochila de pano grosso na prateleira de cima. Estendo os braços para pegá-la e a coloco no tapete. Abro o zíper e remexo tudo o que tem ali dentro. Uma coleção de gravatas, que ele não usa há anos, e alguns bonés velhos de beisebol. Verifico cada bolso fechado. Vazios.

Coloco a mochila de volta na prateleira e desço uma pilha de caixas de sapato. Mais uma vez, me ajoelho no tapete com elas. A primeira está cheia de contas velhas. A segunda, de notas fiscais. Na terceira está o par de sapatos sociais dele, brilhoso e preto. Sento nos calcanhares, com a caixa aberta no colo. O que estou fazendo? Como minha vida chegou a esse ponto?

Estou prestes a recolocar a tampa da caixa quando algo me chama a atenção. É uma coisa preta, enfiada em um dos sapatos. Sei o que é mesmo antes de pegá-la nas mãos.

É uma arma.

Puxo-a pelo cabo e olho para ela. O ferrolho de metal preto, o gatilho largo. Uma Glock. Mexo no ferrolho e olho lá dentro. Está carregada.

Matt tem uma arma carregada no nosso closet.

Escuto Ella me chamando lá embaixo. Com as mãos tremendo, arrumo a pistola de volta no sapato, fecho a caixa e coloco tudo de volta na prateleira. Dou uma última olhada, então apago a luz e desço.

★

Matt volta para casa três horas depois. Entra apressado, tira a jaqueta e me lança um sorriso, de desculpas e constrangimento; depois se aproxima e me envolve num abraço.

— Me desculpe — diz ele entre os meus cabelos. Ele ainda está com as mãos e o rosto gelados. Um calafrio me percorre. — Eu não devia ter dito tudo aquilo. Não é justo eu ficar irritado com você. Tudo isso é culpa minha.

Eu recuo e olho para ele. Matt parece um estranho, me dá a impressão de ser um estranho. Só consigo pensar naquela arma no nosso closet.

— Você fez o que tinha que fazer? — pergunto.

Ele deixa as mãos caírem e vira-se de costas para mim, mas não sem antes eu conseguir ver a expressão de tensão em seu rosto.

— Sim.

— Então... Está tudo bem?

Na minha cabeça, vejo a arma de novo. Já se passaram horas, mas eu ainda não sei o que pensar. Será que isso é prova de que ele não é quem eu penso que é? De que é perigoso? Ou é apenas uma forma de proteger a nossa família de pessoas que são *realmente* perigosas?

Ele está imóvel, de costas para mim. Vejo seus ombros subirem e depois caírem, como se ele tivesse respirado fundo e expirado.

— Espero que sim.

★

Chego à minha mesa no dia seguinte e vejo a luzinha vermelha piscando no meu telefone. Correio de voz. Verifico o histórico de chamadas. Três ligações do Omar, duas ontem e uma esta manhã. Fecho os olhos. Eu sabia que isso aconteceria, não sabia? Ou, pelo menos, se eu tivesse pensado direito, deveria saber.

Pego o telefone e disco o número dele. Preciso acabar com isso.

— Vivian — diz ele quando atende.

— Omar. Desculpe ter perdido as suas ligações. Saí cedo ontem e só voltei esta manhã.

— Sem problema.

Ele faz uma pausa.

— Olha, sobre o computador do Yury. — Aperto a mão com tanta força que minhas unhas estão quase entrando na palma. — Não está parecendo muito promissor. Acho que não tem nada de interessante ali.

Como eu odeio essa situação. Como eu odeio mentir para o Omar. Penso em nós dois, tantos anos atrás, nos consolando do fato de o

Bureau ter rejeitado o plano operacional dele. E todas as vezes desde então, tanto no O'Neill quanto no escritório, e até mesmo em nossas casas, dividimos as frustrações com a nossa incapacidade de encontrar algo que valesse a pena. Temos a convicção de que os agentes adormecidos são uma ameaça genuína, mas não temos poder para detê-los. Uma amizade fundada num sentimento mútuo de futilidade. E agora eu finalmente tenho algo, e não tenho escolha a não ser mentir para ele.

Ele está em silêncio do outro lado da linha.

Fecho os olhos, como se isso, de alguma forma, fosse deixar as mentiras mais fáceis.

— Obviamente precisamos esperar pela tradução e pelo detalhamento, mas até o momento não encontrei nada que fosse interessante. — Minha voz soa surpreendentemente confiante.

Outra pausa.

— Nada?

Minhas unhas estão praticamente fincadas na pele.

— Sempre existe a chance de haver algo embutido nos arquivos, esteganografia ou algo assim. Mas até o momento, nada.

— Mas você sempre encontra alguma coisa.

Agora é a minha vez de fazer uma pausa. Decepção, eu entendo. Mas há algo mais. Isso é perturbador.

— Pois é.

— Você encontrou algo de útil no computador de cada um dos outros quatro. Ao menos o suficiente para justificar uma tradução urgente.

— Sim, eu sei.

— Mas nesse caso, você não achou.

É uma afirmação, não uma pergunta. E há um tom inconfundível de ceticismo na voz dele. Agora meu coração está acelerando.

— Bem — digo, e luto para deixar o tremor de lado na voz. — Ainda não passei por nada que tenha chamado a minha atenção.

— Hummm — diz ele. — Não foi o que Peter disse.

★

Parece que levei um soco no estômago. Fico sem ar. Ele encontrou as fotos. O que quer que o Matt tenha feito, não foi o suficiente.

De repente, percebo que tem alguém atrás de mim. Eu me viro e vejo Peter. De pé, em silêncio, me vigiando. Escutando.

— Eu não sabia que ele tinha encontrado algo — afirmo pelo telefone, com os olhos grudados em Peter, deixando-o ouvir o que estou dizendo. Minha boca está muito seca.

Peter assente. A expressão em seu rosto é impossível de decifrar.

Omar está falando algo sobre ir à sede, uma reunião, mas não consigo escutar as palavras. Minha cabeça está a todo vapor. Será que Peter encontrou a foto do Matt? Impossível! Se tivesse encontrado, teria ido falar com a segurança. Será que ele viu que eu excluí o arquivo? De novo, segurança. Ele não estaria aqui de pé falando comigo.

— Vivian?

Eu pisco, tento prestar atenção na conversa, na voz do Omar na minha orelha.

— Vejo você mais tarde?

— Sim — sussurro. — Nos vemos mais tarde.

Desligo o telefone e coloco as mãos no colo para que Peter não as veja tremendo. Olho para ele e espero que diga alguma coisa, porque simplesmente não consigo fazer com que a minha boca funcione.

Ele leva um instante antes de reagir.

— Você ligou para o Omar antes que eu pudesse falar com você. Entrei no Athena hoje mais cedo e dei uma vasculhada. Imaginei que seria bom você ter uma mãozinha, alguém com quem dividir a carga.

Ah, meu Deus. Eu devia ter imaginado que ele poderia fazer isso.

— Encontrei uma pasta que tinha sido excluída.

Meus filhos. Vejo o rosto de cada um deles na minha cabeça. Seus sorrisos, os olhares de alegria e inocência.

— ... chamada *Amigos*...

Luke já tem idade suficiente para entender tudo isso. Quantas vezes dissemos a ele para não mentir? Agora ele vai saber que a vida inteira do pai, o nosso casamento, tudo foi baseado em uma mentira.

— ... cinco fotos...

E Ella. Ella idolatra Matt. Ele é o verdadeiro herói dela. O que é que vai acontecer com ela?

— ... reunião às dez com o Bureau...

Chase e Caleb são muito novos para entender, muito novos para ter lembranças da nossa família antes disso.

— ... Omar vai estar lá...

Omar. Omar conhece Matt. Eu apresentei os dois quando Omar e eu começamos a passar muito tempo juntos. Ele esteve na nossa casa, nós estivemos na dele. Talvez Peter não o tenha reconhecido, mas Omar certamente reconheceria. E, em todo caso, se eu estiver na sala quando eles mostrarem a foto...

Preciso fingir. Aparentar surpresa.

— Vivian?

Eu pisco. Peter está olhando para mim com as sobrancelhas erguidas.

— Desculpe. O quê?

— Você vai estar lá? Na reunião?

— Sim. Claro que sim.

Ele hesita por mais um instante, com uma expressão preocupada estampada no rosto, e então caminha de volta para o seu escritório. Olho fixamente para a minha tela, tentando me lembrar de como me senti no momento em que vi a foto de Matt, porque vou ter que conseguir replicar essa sensação. Descrença. Confusão. Medo.

E então a compreensão: ele é um de nossos alvos.

Eu poderia pedir para ver o arquivo agora, antes da reunião. Fingir vê-lo pela primeira vez, na frente do Peter. Mas é melhor que uma plateia maior veja a minha reação e a tentativa de processar a informação.

Se eu conseguir fazer isso de forma convincente.

Não, não tem "se". Eu preciso fazer isso de forma convincente. Porque se eu demonstrar o menor dos sinais de que já sabia, eles não vão levar muito tempo para entender que não foi o Yury quem excluiu o arquivo.

Fui eu.

★

Peter volta à minha baia cinco minutos antes das dez. Vamos juntos, pelo corredor, para o conjunto onde ficam os escritórios executivos do Centro de Contrainteligência, o CCI.

— Você está bem, Vivian? — indaga ele enquanto andamos, espreitando-me por cima dos óculos.

— Estou, sim — respondo. Na minha cabeça, já estou na sala de reuniões vendo a foto de Matt.

— Se você precisar de mais tempo de folga, mais tempo com o Caleb...

Balanço a cabeça. As palavras não vão sair nesse momento. Eu devia ter feito o que Matt falou. Eu devia tê-lo entregado. Ele vai ser descoberto, de qualquer forma, e agora eu também estou encrencada. Por que não dei ouvidos a ele?

Entramos e a secretária nos conduz à sala de reuniões. Já estive aqui algumas vezes antes, e a experiência é sempre muito intimidadora. A sala é mais escura do que precisa ser, uma mesa pesada de madeira lustrosa, cadeiras de couro superchiques. Quatro relógios na parede: Washington D.C., Moscou, Pequim, Teerã.

Omar já está à mesa, junto de outros dois caras do Bureau vestidos com terno. Os chefes dele, acho eu. Ele me cumprimenta com a cabeça, mas não com seu sorriso de sempre. Só um aceno com a cabeça, não tira os olhos de mim.

Eu me sento do outro lado da mesa e aguardo. Peter vai até o computador, conecta-se ao programa e vejo a tela grande na parede ganhar vida. Observo-o navegar pelo Athena, carregar o programa, e então olho para o relógio, o que mostra o horário local. Observo o segundo ponteiro andar, coloco toda a minha atenção nisso, porque sei que se pensar em Matt e nas crianças, vou desmoronar. Tudo vai desmoronar e jamais vou conseguir passar ilesa por isso. E eu preciso passar por isso.

Tina entra apressada instantes depois, seguida por Nick, o chefe do CCI da Rússia, e dois assistentes, ambos vestindo terno preto. Ela acena com a cabeça rapidamente pela sala e toma seu lugar na cabeceira da mesa. Há uma expressão desagradável em seu rosto. Desagradável e intimidadora.

— Então estamos dentro do notebook número cinco — comenta ela. — Com mais sorte do que tivemos nos quatro primeiros, espero. — Os olhos dela varrem a sala e pousam em Peter.

Ele limpa a garganta.

— Sim, senhora.

Peter faz um gesto apontando para a tela, a página inicial do Athena. Clica duas vezes no ícone com o nome do Yury e, instantes depois, vejo a imagem espelhada do notebook do nosso alvo, as bolhas azuis, tão familiares a essa altura. Meus olhos vão para a última fileira de ícones, o lugar onde a pasta deveria estar, mas não está.

Peter está falando, mas não estou ouvindo as palavras. Estou focada em como vou simular surpresa, mas tento manter meu rosto impassível, porque sei que Omar está me observando. Assisto enquanto a tela se transforma em uma sequência de caracteres. É o programa de recuperação de dados em ação. Instantes depois, a pasta reaparece. *Amigos*.

É isso. A vida como a conheço está acabada.

Tento afastar o rosto dos meus filhos da cabeça. Respiro pelo nariz, inspiro e expiro.

Ele clica duas vezes e vejo a lista de cinco imagens. Ele move o cursor até o alto, muda a visualização de texto para ícones grandes. De imediato, cinco rostos aparecem na tela. Estou vagamente ciente dos óculos redondos no primeiro, do cabelo laranja-claro no segundo. Mas meus olhos seguem diretamente para o terceiro. Para Matt.

Mas não é mais Matt que está ali.

8

A foto é de alguém que se parece com Matt. Pelo menos, um pouco. A pessoa tem cabelos escuros, olhos escuros e um sorriso perfeito. E a foto em si lembra muito a de Matt que estivera nesse mesmo lugar, com esse mesmo nome. Mesma inclinação de cabeça, mesmo enquadramento, mesmo fundo. Mas as feições são indiscutivelmente diferentes. Trata-se de outra pessoa. Aquele homem não é o meu marido, de jeito nenhum.

Eu pisco. Uma vez, duas. Num primeiro momento sou tomada por uma onda de dúvida, mas então ela se transforma, lentamente, em alívio. Uma incontrolável e empolgante onda de alívio. Matt conseguiu. Ele deu um jeito nisso, exatamente como disse que faria. Não faço ideia de como ele fez isso, mas o que importa é que a foto dele desapareceu. Nossa família ainda está intacta.

Estamos a salvo.

Enfim desvio os olhos da foto que não é mais a de Matt e sigo para a esquerda, para a primeira e a segunda imagens, o homem de óculos redondos e a mulher de cabelo laranja. Minha respiração volta a ficar presa na garganta. O homem tem feições mais pronunciadas do que ontem, um queixo mais quadrado. A mulher tem as maçãs do rosto mais altas e uma testa maior. Essas pessoas também não são mais as mesmas.

Olho, então, para as duas imagens à direita, a da mulher pálida e a do homem de cabelo espetado, já sabendo o que vou encontrar. Feições parecidas, ângulos de câmera parecidos, mas pessoas diferentes do dia anterior.

Ah, meu Deus.

Encobrir Matt era uma coisa, mas salvar quatro outros agentes adormecidos?

Tenho uma sensação de aperto no peito, uma pressão esmagadora por dentro. Não consigo entender bem o porquê. Eu excluí as outras quatro fotos quando apaguei a de Matt. Desde o início eu estava disposta a salvar a pele deles para proteger o meu marido. Então por que ver as fotos substituídas me incomoda agora? Que diferença isso faz?

Aos poucos vou saindo do transe e começo a ouvir vozes. É uma conversa entre Tina e Peter, sobre se aquelas pessoas poderiam mesmo ser agentes adormecidos. Pisco de novo, tentando focar.

— Mas o arquivo não está criptografado — observa Tina.

— Tem razão, e toda nossa experiência indica que deveria estar — responde Peter. — Mas ele foi excluído.

Tina levanta a cabeça, franzindo as sobrancelhas.

— Teria sido algum erro da parte do Yury?

Peter assente.

— Pode ser. O arquivo pode ter sido acidentalmente carregado, a criptografia ter falhado ou algo desse tipo. E, diante disso, a responsabilidade do Yury era excluí-lo.

— Sem se dar conta de que ainda estaria por lá — acrescenta Tina.

— Exatamente.

— E que o encontraríamos.

Ele assente de novo.

Ela leva um dedo indicador aos lábios, o esmalte vermelho claro captando a luz. Bate uma, duas vezes na boca. Então olha para o pessoal do Bureau, os três agentes sentados um ao lado do outro, com ternos pretos e as mãos pousadas na mesa.

— Considerações?

O do meio limpa a garganta e fala.

— Na minha opinião, parece razoável abordarmos isso como uma pista para agentes adormecidos russos.

— Concordo — responde ela.

— Faremos o possível para identificar os indivíduos, senhora.

Tina oferece um breve aceno de cabeça.

Minha cabeça parece que vai explodir. Esses não são agentes adormecidos. Eles podem nem sequer ser pessoas reais. Composições digitalmente alteradas de verdadeiros indivíduos, pistas que o Bureau vai perseguir em vão.

E, no fim das contas, eu sou responsável por tudo isso. A pessoa que revelou informações confidenciais. Fiz isso para proteger a minha família, é claro, mas agora perdemos a pista que tínhamos para descobrir a identidade de quatro agentes adormecidos russos. Aperto o braço da cadeira, sentindo uma tontura repentina. O que foi que eu fiz?

A conversa continua. Faço um esforço enorme para conseguir me manter focada, e escuto o nome do Yury.

— ... em Moscou — informa Peter.

— Sabemos exatamente onde em Moscou? — pergunta Tina.

— Não sabemos, mas garanto que vamos dedicar recursos extras nos próximos dias para determinar a exata localização dele.

— O computador? Temos alguma informação de posição?

— Não. Ele não o usou para se conectar à internet.

Ele está aqui, grita minha mente. Nos Estados Unidos, na nossa cidade. Com documentos falsos. Dando um pulinho no pátio externo de uma agência bancária na área noroeste da capital a cada poucos meses, ou sempre que meu marido sinaliza. Cerro meu maxilar e, quando ergo o olhar, Omar está me observando. Sem piscar, sem sorrir. O resto da conversa some e então tudo o que consigo escutar é o sangue pulsando nos meus ouvidos.

★

Estou no corredor depois da reunião, tentando voltar rapidamente à minha mesa, quando Omar me alcança, quase correndo. Ele começa a andar ao meu lado. Meu coração está disparado. Não sei o que dizer a ele ou como diabos posso responder a qualquer pergunta que ele queira me fazer.

— Você está bem, Vivian?

Olho para ele e ele parece estar preocupado, ou pelo menos está fingindo uma expressão de preocupação. De repente, minha boca fica muito seca.

— Sim. Só estou com muita coisa na cabeça esses dias.

Mais alguns passos, ainda em sincronia, e então chegamos ao elevador. Aperto o botão, ele acende e eu torço para o elevador chegar rápido.

— Problemas de família? — pergunta ele.

A forma como ele diz isso, o olhar estudadamente inexpressivo, me fazem pensar num interrogatório, numa daquelas primeiras perguntas inócuas que usamos para criar uma atmosfera harmônica, ou, talvez, para armar uma cilada.

Desvio o olhar para as portas fechadas do elevador.

— Sim. Ella anda doente e o Caleb teve umas consultas médicas...

Minha voz morre, e fico imaginando, de um jeito irracional, se não estou, de alguma forma, atraindo azar à saúde deles com essas mentiras sem cabimento, criando um carma ou algo do tipo.

— Sinto muito por isso. — Ele olha no fundo dos meus olhos. — Você sabe que somos amigos, não é? Se algum dia precisar de ajuda com qualquer coisa...

Faço um gesto rápido de concordância com a cabeça, olho para os números acima das portas do elevador. Vejo-os acendendo em sequência, mas lentamente, muito lentamente. O que ele quis dizer com isso? Se eu algum dia precisar de ajuda com qualquer coisa? Ficamos parados lado a lado, esperando em silêncio.

Enfim soa um tinido e as portas se abrem. Eu entro e Omar vem em seguida. Aperto o botão para o meu andar e então olho para ele. Eu devia dizer algo, iniciar uma conversa. Não podemos ficar quietos no elevador, isso não seria nem um pouco normal. Estou tentando pensar no que dizer quando ele finalmente fala:

— Nós temos um infiltrado, sabe?

— O quê?

Ele está me olhando nos olhos.

— Há um infiltrado. No CCI.

Por que ele está me contando isso? É de mim que suspeitam? Luto para manter meu rosto indiferente.

— Eu não sabia disso.

Ele assente.

— O Bureau está investigando um.

Mas não pode ser eu, pode? Qual é a resposta apropriada para isso?

— Nossa, que loucura.

— Pois é.

Ele fica calado e eu não faço ideia do que dizer em seguida. Naquele silêncio, estou certa de que ele consegue ouvir as batidas do meu coração.

— Bom, eu me responsabilizei por você — afirma ele, falando devagar, quase num sussurro. — Eu disse que você é minha amiga e que de forma alguma faria algo assim. Garanti que você não deveria ser uma prioridade na investigação.

Sinto o elevador parar. Não estou respirando. Estou absolutamente paralisada. As portas se abrem.

— Mas eu sinto que está acontecendo alguma coisa. Eu consigo perceber isso. — Ele abaixa ainda mais a voz. — E uma hora ou outra eles vão investigar você.

Eu me forço a olhá-lo. Há preocupação no rosto de Omar, e também simpatia. E por alguma razão isso é quase tão perturbador do que a suspeita em si. Ele estica o braço e segura as portas abertas para mim. Eu saio do elevador esperando que ele me siga, mas quando percebo que isso não acontece, eu me viro em sua direção. Os olhos de Omar estão me perfurando.

— Se você estiver em apuros — comenta ele, deixando o braço cair e permitindo que as portas comecem a deslizar para se fechar —, sabe onde me encontrar.

★

O resto do dia é pura confusão. Nossa seção de baias fica supermovimentada. Há conversas sobre as cinco fotos, sobre como rastrear melhor o Yury e também sessões para traçar estratégias para chegarmos ao contato *dele*, o aparentemente inalcançável líder de todos os contatos. E eu não quero nada além de que tudo isso desapareça. Quero ter um tempo sozinha com meus pensamentos para processar tudo que acabou de acontecer.

A conversa com Omar foi muito estranha. Por que ele me avisou que existe um infiltrado? E por que ele agiu como se suspeitasse de mim? Se ele acha que sou uma agente dupla, por que está se metendo entre mim e a investigação?

Nada disso faz sentido.

E, além disso, ainda tem as fotos alteradas. Não sei como Matt fez isso. Ele não deve ter acesso ao computador do Yury, certo? O que me parece mais provável é que ele tenha contatado Yury. Mas Matt não me trairia dessa forma, trairia? Ele me prometeu que jamais contaria a ninguém.

Sinto um peso enorme sobre minhas costas. Aos poucos vou entrando numa escuridão. Todas as cinco fotos foram alteradas. Se o objetivo era proteger nossa família, a única imagem que precisava mudar era a dele. Mas ao substituir todas as cinco, Matt fez mais do que proteger nossa família, ele protegeu todo o programa de agentes adormecidos.

Olho para a foto no canto da minha mesa, a do nosso casamento. Encaro os olhos do Matt até eles parecerem hostis. *Você está tentando fazer o que é melhor para gente?* Penso. *Ou para eles?*

★

Descobri que estava grávida a um dia de completar dois meses como analista do Centro de Contrainteligência da Rússia. Eu me lembro de estar sentada na borda da banheira, olhando para o teste. A linha azul estava escurecendo lentamente e eu a comparava com a foto na caixa, tomada por ondas de descrença e de empolgação ao mesmo tempo.

Eu tinha tido um monte de ideias fofas sobre como dar a notícia a Matt, coisas que tinha escutado, lido on-line e que arquivei mentalmente ao longo dos anos. Mas vendo aquela linha, sabendo que havia um bebê dentro de mim, o *nosso* bebê, eu não consegui esperar ou pensar em nada. Eu saltei para fora do banheiro na direção do closet, onde ele estava abotoando a camisa. Hesitei por um instante em frente a ele e então levantei o bastãozinho, com um sorriso de orelha a orelha.

As mãos dele ficaram imóveis. Ele olhou para o teste e depois para a minha cara, com os olhos se arregalando.

— É sério? — exclamou ele.

E quando eu assenti com a cabeça, ele abriu o maior dos sorrisos, que eu sabia que jamais esqueceria. Desde a nossa viagem às Bahamas, eu estava alimentando um medo mesquinho de que talvez ele não quisesse filhos tanto quanto eu havia imaginado, ou tanto quanto eu queria. Mas aquele sorriso fez qualquer dúvida que restasse desaparecer. Foi uma reação de pura alegria. Naquele momento, Matt estava mais feliz do que eu jamais tinha visto.

— Vamos ter um bebê — sussurrou ele, e pude ouvir na voz dele o mesmo encantamento que eu estava sentindo.

Concordei e ele veio na minha direção. Matt me envolveu nos braços e me beijou como se, de repente, eu tivesse me transformado em algo frágil. Eu senti meu coração inchando como um balão, ameaçando flutuar para fora do peito.

Passei o dia no trabalho numa letargia feliz. Acho que passei horas olhando para a tela do computador, para a mesma página, sem, na verdade, enxergar nada. Quando ninguém estava olhando, abri o manual on-line dos funcionários, naveguei até a seção de licença-maternidade e depois até uma outra sobre afastamentos. Mandei para impressão e enfiei as folhas na bolsa.

Saí mais cedo do escritório e Matt e eu tivemos um ótimo jantar feito por ele. Acho que, naquela noite, ele me perguntou pelo menos meia dúzia de vezes como eu estava me sentindo e se precisava de algo. Depois que coloquei uma roupa de ficar em casa, peguei as páginas do manual e as levei para o sofá, onde Matt estava sentado, zapeando os canais de TV. Ele fez uma pausa e olhou para elas, depois para mim. Havia uma expressão no rosto dele que eu não conseguia decifrar com certeza.

Ele parou em um programa, um daqueles *reality shows* de culinária, e assistimos juntos, minha cabeça aconchegada em seu peito. Quando estava quase acabando, no momento em que os competidores estavam alinhados na frente da mesa dos juízes, ele fez uma pausa.

— Precisamos de uma casa nova — declarou ele.

— O quê?

Eu tinha ouvido exatamente as palavras dele, mas aquilo foi tão inesperado, que senti que precisava ouvir de novo para que fizesse sentido.

— Uma casa. Não podemos criar nosso bebê *aqui*.

Ele fez um gesto para que eu olhasse ao redor. Sala de estar, cozinha e sala de jantar, todos os cômodos praticamente juntos. Nossa casa nunca tinha parecido tão pequena para mim.

Mas, ao mesmo tempo, não havia nada que nos prendia àquilo. Não tínhamos o peso de uma hipoteca e morávamos perto da cidade. Eu nunca sentira a necessidade de comprar um imóvel. E achava que ele também estava satisfeito assim.

— Bem, nos primeiros anos... — comecei a dizer.

— Precisamos de espaço. De um quintal. De uma vizinhança de verdade.

Ele parecia tão inflexível, tão *preocupado*. E, de fato, seria ideal que um dia tivéssemos tudo aquilo. Dei de ombros.

— Acho que não faz mal dar uma olhada.

Na semana seguinte, tínhamos um corretor de imóveis, um homem calado, com cabelo grisalho, que eu observava atentamente do banco de trás do seu sedã durante todas aquelas longas viagens pelos arredores de Washington. Começamos perto da cidade, dentro do nosso orçamento. As casas eram pequenas e a maioria delas precisava de reforma. Dava para ver pela cara do Matt, quando entrávamos, que ele as odiava. Odiava todas elas. "Essa escadaria não seria segura para crianças", dizia ele. "Precisamos de mais espaço. Não tem lugar para balanços." Alguma coisa sempre estava errada.

Então fomos para um pouco mais longe da cidade, onde as casas ficavam maiores, mas não necessariamente melhores. Ou melhores, mas não maiores. Nessa hora, tivemos que flexibilizar nossa faixa de preço. Achei que isso nos traria algumas opções melhores. Casas muito antigas, talvez, mas habitáveis. Apertadas, que poderiam funcionar com um jeitinho. No subúrbio, mas nenhum de nós dois usava o transporte público, de qualquer forma...

Mas, em cada um dos imóveis que visitamos, Matt achava algo inaceitável. Uma plataforma entre os lances de escada que seria perigosa demais para crianças pequenas. Os fundos que davam para um riacho em que as crianças poderiam cair. Eu nunca o tinha visto tão exigente com alguma coisa antes.

— A gente nunca vai achar algo perfeito — expressei.

— Só quero o melhor pro bebê. E também pra qualquer outro filho que nós tivermos — justificou ele. E me lançou um olhar que dizia algo como: *não é isso que você quer também?*

Se o corretor não fosse tão paciente – e se não estivesse tão decidido a ganhar uma bela grana quando *enfim* tomássemos uma decisão –, eu tenho certeza de que ele teria nos largado. Mas continuamos a busca. Aumentamos o orçamento mais uma vez e fomos ainda mais longe, em àreas que eram metade suburbanas e metade rurais. Áreas semirrurais, como explicou nosso corretor.

Foi aí que Matt começou a se mostrar mais interessado. Ele ficou contentíssimo com as casas enormes, os grandes quintais, as ruas cheias de crianças e bicicletas. E eu me encolhia de medo dos preços e me preocupava com a distância da cidade.

— Pense em como isso seria maravilhoso pras crianças — argumentou ele. E como eu poderia discutir com aquilo?

Então, encontramos uma casa incrível. Ótima planta, reformada, numa rua sem saída, toda arborizada. Dava para ver no rosto de Matt que ele a havia achado perfeita. E eu também tinha adorado. Eu conseguia nos enxergar criando uma família ali. E, ainda que não quisesse admitir, eu já estava de saco cheio daquela procura. Eu queria ficar em casa, lendo livros de bebês. Naquela noite, decidimos que faríamos uma oferta.

Na manhã seguinte, desci para a sala e encontrei Matt com o notebook aberto. Dava para ver no rosto dele que havia algo errado. Parecia que ele não tinha dormido bem.

— São as escolas — explicou ele. — Elas são horríveis.

Dei a volta e olhei. Ele estava com as avaliações abertas na tela. E estava certo, elas eram mesmo péssimas.

— Precisamos de boas escolas — disse ele.

Matt virou de volta para a tela, minimizou aquela janela e então apareceu outra. Era uma casa pequena, bem pouco impressionante, parecida com as que estávamos olhando no início da nossa busca.

— É em Bethesda — informou Matt. — As escolas da região são todas nota dez. — Havia um tom de empolgação na voz dele, o mesmo que eu tinha escutado quando entramos na enorme casa perfeita. — Acho que essa é a nossa casa, Vivian.

— Mas é pequena. Você detestou todas as casas pequenas.

— Eu sei. — Ele deu de ombros. — Vai ficar um pouco apertado e não vamos ter o maior dos quintais. Não vou conseguir tudo que quero, mas ao menos as escolas são ótimas. Vai valer a pena, pelas crianças.

Olhei para o computador com mais atenção.

— Matt, você viu o preço?

— Sim, não é muito mais do que a última. A que a gente estava prestes a comprar.

Eu conseguia sentir meu coração saltando dentro do peito. Não era muito mais? A casa era quase cinquenta mil mais cara. E a última que tínhamos visto já estava bem acima do nosso orçamento, que já tinha sido flexibilizado para uma faixa bem além do que eu achei que a gente podia bancar. Não havia a menor chance de bancarmos aquele valor.

— Nós conseguimos bancar — comentou ele, lendo a minha mente. Ele abriu outra tela, uma planilha. — Olha só!

Era um planejamento. Ele tinha colocado tudo na ponta do lápis.

Minha respiração quase foi interrompida.

— Mas isso só vai dar certo se eu continuar trabalhando.

Houve um silêncio embaraçoso.

— Você quer pedir demissão?

— Bom, não. Pedir demissão, não. Mas talvez uma licença mais longa...

Acho que aquele era um assunto sobre o qual nunca tínhamos conversado. Eu só presumi que ficaria em casa por um tempo. E assumi que era algo que ele também queria. Tanto a minha mãe quanto a dele ficaram em casa enquanto éramos novinhos. E nós não tínhamos família por perto. Não pretendíamos colocar o nosso bebê numa creche, pretendíamos?

— Você não é do tipo que opta por ficar em casa, é? — perguntou ele.

O tipo que opta por ficar em casa? O que isso queria dizer?

— Não estou falando em ficar em casa *pra sempre*. — Fui tomada, de novo, por aquela mesma sensação que senti na praia, de que eu não era boa o suficiente, de que ele achou que tinha se casado com alguém melhor. — Só por um tempo.

— Mas você ama o seu trabalho.

Eu já não amava. E certamente não tinha passado a amar desde que fora transferida para a conta da Rússia. Eu não gostava do estresse, das longas jornadas, da sensação de que não importava o quão duro eu trabalhasse, porque, no fim das contas, eu não estava chegando a lugar nenhum. E eu sabia que ia gostar menos ainda disso tudo com um bebê na jogada.

— Eu amo a ideia de ser uma pessoa que faz alguma diferença. Mas desde que eu comecei a trabalhar com a Rússia...

— Você tem o melhor trabalho da Agência, não é? O que todo mundo quer?

Eu hesitei.

— É uma boa conta, sim.

— E você jogaria tudo pro alto para ficar em casa com um bebê o dia inteiro?

Eu o encarei.

— Não se trata de *um* bebê, estamos falando do *nosso* bebê. E, sim, talvez eu largasse tudo. Não sei.

Ele balançou a cabeça e um silêncio ainda mais constrangedor preencheu o ambiente.

— Se você não trabalhar, como a gente vai fazer para guardar dinheiro para a universidade deles? Como a gente vai viajar com as crianças nas férias? — perguntou ele, enfim.

Pela primeira vez desde ter visto o resultado positivo no teste, comecei a me sentir enjoada. Antes que eu pudesse responder, ele falou de novo:

— Viv, as escolas são todas nota dez. *Dez*. Imagina como seria maravilhoso? — Ele estendeu o braço, colocou a mão na minha barriga e me lançou um olhar profundo. — Só quero fazer o que é melhor pro nosso bebê.

E no silêncio que se seguiu pairou a pergunta não pronunciada: *Você não quer?*

Obviamente eu queria o melhor para o meu filho. Como era possível que eu já estivesse me sentindo uma mãe que não era boa o bastante? Olhei de novo para a tela. A casa estava de volta. A casa que já me parecia um peso antes mesmo de tê-la visitado. Quando falei, minha voz estava sufocada.

— Tudo bem, vamos dar uma olhada.

★

Chego em casa mais tarde do que o normal, e, logo que entro, vejo todos à mesa da cozinha. Há restos de espaguete e almôndegas nas tigelas de plástico e nos cadeirões.

— Mamãe! — grita Ella.

— Oi, mãe — Luke fala ao mesmo tempo que a irmã.

Os gêmeos estão sem camisa, com os rostos cobertos de molho e pedacinhos de macarrão grudados em todo o corpo, testa, ombros, cabelos. Matt me lança um sorriso, como se tudo estivesse normal, como se nada de diferente jamais tivesse acontecido, então se levanta e vai para o fogão servir um prato para mim.

Deixo a jaqueta e a bolsa perto da porta e vou até a mesa, com um sorriso grudado no rosto. Beijo o alto da cabeça de Ella, depois a de Luke. Dou um tchauzinho para os gêmeos, em cada cabeceira da mesa. Chase me dá um sorriso dentuço de volta e bate com a mãozinha na bandeja, mandando gotinhas de molho para o ar. Eu puxo a cadeira e me sento ao mesmo tempo que Matt coloca o prato de espaguete na minha frente. Ele se senta do outro lado da mesa e eu olho para ele, sentindo minha expressão endurecer.

— Obrigada — agradeço.

— Está tudo bem?

Evito a pergunta e me viro para Ella.

— Como você está se sentindo, meu amor?

— Melhor.

— Que bom.

Olho rapidamente para Matt e percebo que ele está me observando. Desvio a atenção para Luke.

— Como foi o seu dia na escola?

— Bom.

Tento pensar em algo mais para perguntar a ele. Algo específico. Sobre um teste ou alguma atividade, mas não sei como continuar a conversa. Então, em vez disso, como uma garfada de espaguete morno, evitando de propósito os olhos de Matt.

— Está tudo bem? — pergunta ele de novo.

Mastigo lentamente.

— Achei que não ficaria. Mas veja só, está tudo perfeitamente bem — eu digo sem tirar os olhos dele.

Percebo que ele entende o que eu quero dizer.

— Fico feliz de ouvir isso — comenta.

Há uma pausa constrangedora, mas Ella logo quebra o silêncio:

— Papai, eu já acabei — diz ela, e nós dois voltamos o olhar para a nossa filha.

— Espera a mamãe acabar de comer também, meu amor — responde Matt.

Balanço a cabeça.

— Não se preocupe com isso.

Matt hesita e eu dou uma olhada para ele. *Pode deixá-la ir. Libere todos eles para que possamos conversar.*

— Está bem — declara ele, e então volta-se para Ella. — Leve sua tigela pra pia, por favor.

— Posso ir também, pai? — pergunta Luke.

— Claro, amigão.

Luke e Ella saem da mesa e vão para a sala. Matt pega um pouco de papel toalha e começa a limpar o rosto e as mãozinhas de Chase. Dou mais algumas garfadas, observando enquanto ele tira Chase do cadeirão e o coloca no chão. Ele olha rápido para mim antes de voltar sua atenção para Caleb. Enfim deixo o garfo de lado. Estou totalmente sem apetite, não consigo continuar comendo.

— Como você fez aquilo? — indago.

— Trocar as imagens?

— É.

Agora ele está focado em limpar os dedinhos gorduchos das mãos de Caleb.

— Eu falei que ia tirar você dessa.

— Mas como você *fez* aquilo?

Ele não responde e não olha para mim, apenas continua limpando Caleb.

Eu ranjo os dentes.

— Você pode, por favor, responder a minha pergunta?

Ele tira Caleb do cadeirão e se senta de novo, com nosso filho no colo. Caleb enfia os dedos na boca e começa a chupá-los.

— Eu falei que é melhor se você não souber dos detalhes.

— Não venha com essa, Matt. Foi *você*? Ou você contou para alguém?

Ele começa a balançar as pernas para entreter Caleb.

— Eu contei ao Yury.

Sinto como se tivesse levado um soco no estômago. Como ele podia me trair daquela forma?

— Você disse que não contaria.

Uma expressão confusa toma conta de seu rosto.

— O quê?

— Você prometeu que jamais contaria.

Ele pisca e então assume uma expressão de compreensão.

— Não, Viv, eu prometi a você que jamais contaria às *autoridades*.

Eu o encaro profundamente. Caleb está se remexendo, se esforçando para se livrar do colo do pai.

— Eu tinha que contar pelo menos ao Yury. Eu não tinha escolha — justifica ele. Caleb choraminga e começa a se remexer com mais força. — Já volto — murmura Matt, e deixa a cozinha com Caleb preso em seu quadril.

Olho para as minhas mãos, para a minha aliança. É essa a sensação de traição? Quando me casei com Matt, achei que seria sortuda o bastante para nunca passar por isso. Eu não podia sequer imaginá-lo me traindo, nem em um milhão de anos. Coloco a mão direita por cima da esquerda e o anel sai do meu campo de visão.

Ele retorna um instante depois, sozinho, e volta a se sentar. Escuto os sons vindo da sala. Luke e Ella estão jogando cartas. Abaixo a voz e me inclino para a frente.

— Então agora os russos sabem que eu revelei informações confidenciais a você.

— O Yury sabe.

Balanço a cabeça.

— Como você foi capaz de fazer isso?

— Se eu pudesse, teria dado um jeito nisso sozinho. Mas eu não tinha como. A única maneira de resolver a situação era recorrendo ao Yury.

— E alterar *todas as cinco* fotos?

Ele se recosta na cadeira, olha para mim.

— Do que você está falando?

Não respondo. O que devo dizer? Que não tenho certeza se ele é de fato leal a mim?

— Nada disso teria acontecido se você tivesse simplesmente me entregado.

Ele olha para mim como se o traído da história fosse *ele*.

Mas ele está certo. E eu posso sentir um pouco da raiva dentro de mim começando a se transformar em culpa. Ele realmente me disse que eu tinha de entregá-lo. Ele não recorreu ao Yury logo de cara. Aquelas fotos não foram alteradas no primeiro dia.

Se ele estivesse mais preocupado com o programa do que com a nossa família, ele teria agido já naquela primeira noite.

— Mas agora está tudo bem? — pergunto, enfim. Tento afastar o rosto dos outros quatro agentes adormecidos da cabeça, o fato de que, por minha causa, eles vão continuar protegidos. *Você excluiu os arquivos, Viv. Foi você quem excluiu as fotos primeiro*. — Estamos a salvo?

Ele desvia o olhar e eu sei, antes de ele falar, que não estamos.

— Bem, não exatamente.

Não exatamente. Eu me forço a pensar.

— Por que eles ainda vão conseguir identificar que fui eu que excluí os arquivos, não é?

Consigo imaginar a cena. Eu sendo interrogada pela segurança, eles me dizendo que descobriram que fui eu que apaguei aquela pasta. Posso dizer que foi um acidente. Eu não tinha ideia de que fiz aquilo. Isso pode ser uma forçação de barra e pode me manter sob suspeita, ainda que temporariamente, mas, se não tiverem acesso à foto de Matt, é uma opção até que plausível.

— É — responde ele. — Mas não só isso. O Athena mantém um registro de atividade do usuário.

Como é que ele sabe o nome do nosso programa? Tenho certeza de que nunca mencionei.

— Então existe um registro do que você viu exatamente no computador do Yury, Viv. Alguém pode entrar e ver você navegar pelo computador do Yury, recuperar os arquivos que você abriu.

— Eles podem me ver abrindo sua foto.

— Sim.

— Então a sua foto ainda existe no servidor?

— Sim.

Isso quer dizer que as outras quatro imagens também existem. Então não é tarde demais para eu colocar as fotos verdadeiras nas mãos do FBI. Ainda tenho uma chance de contar para a Agência sobre os outros quatro agentes adormecidos, e sobre Matt também. Eu ainda posso fazer a coisa certa e revelar a verdade.

E fazer isso sem sofrer maiores danos, certo? Talvez eles pudessem desculpar o fato de eu ter excluído a pasta. Foi um ato impulsivo de uma esposa assustada.

Mas há um fator complicador, porque só há uma explicação para aquelas cinco fotos terem sido alteradas. Eles vão saber que eu contei aos russos detalhes sobre um programa altamente confidencial. Cometi traição. E só isso já seria o suficiente para me colocar na prisão. O medo transforma o sangue correndo nas minhas veias em gelo.

Penso em Omar, na forma como ele me olhou nos dois últimos dias. "Há um infiltrado no CCI." Se é de mim que suspeitam, tudo o que precisam para confirmar está bem ali naquele servidor.

— Há uma forma de escapar disso — afirma Matt. — Um jeito de apagar tudo. — Ele parece perturbado, reticente.

— Como? — Minha voz não passa de um sussurro.

Ele coloca a mão no bolso e tira um pendrive. Um retângulo pequeno, de plástico preto. Ele o mostra para mim.

— Aqui tem um programa que pode apagar o histórico das suas atividades nos últimos dois dias.

Olho fixamente para ele. Aquilo acabaria com qualquer evidência do meu usuário encontrando a foto de Matt. Eles não teriam nada que pudessem usar para me condenar, para me afastar dos meus filhos.

— O seu histórico e o de todo mundo — acrescenta ele. — Este programa apaga todas as atividades do servidor dos últimos dois dias.

Olho para ele. "Apagar todas as atividades do servidor dos últimos dois dias." Dois dias de trabalho perdido para a Agência inteira. Isso envolveria o trabalho de todos os funcionários.

Mas não me parece tão grave diante da nossa situação, certo?

Eu manteria minha família unida e apagaria a foto de Matt de uma vez por todas. Apagaria as fotos dos outros quatro agentes adormecidos também, mas na minha cabeça não há dúvida de que quero que os russos façam isso. Nem preciso pensar a respeito. Eu deixaria quatro alvos escaparem da prisão para manter a minha família unida. Sei que é errado, e me sinto uma cobra só de pensar nisso, mas é da vida dos meus filhos que estamos falando.

— E então? — pergunto. — Eles vão apenas instalá-lo?

— Bem, aí é que está. — Ele olha para mim. — *Você* teria que instalá-lo.

9

Matt coloca o pendrive na mesa e eu olho para o objeto como se aquilo pudesse explodir a qualquer momento.

— Não há nada que eu consiga fazer com isso. Os computadores são modificados. Eu não tenho uma entrada USB...

— Há um computador com essa entrada na sala de Acesso Restrito.

Olho fixamente para ele. Será que eu já mencionei a sala de Acesso Restrito? Com certeza eu nunca falei nada a respeito dos computadores que temos ali, mas ele está certo. Realmente existe um computador exclusivo para upload de dados coletados no campo.

— Bom, mas não importa. Aquele computador é protegido por senha e eu não tenho acesso...

— Você não precisa. O programa executa tudo sozinho. O pendrive só precisa ser plugado.

A magnitude do que ele está me pedindo me deixa atordoada.

— Você está me pedindo para carregar um programa em toda a rede de computadores da Agência?

— Ele vai apagar qualquer prova de que você excluiu a pasta do computador do Yury.

E vai apagar as fotos também. Todas as cinco. Desvio o olhar, e então digo as palavras que estão ecoando na minha mente, mesmo sabendo que não deveria.

— Você é um agente russo me pedindo para carregar um programa na rede de computadores da CIA.

— Eu sou o seu marido tentando fazer com que você não vá para a cadeia.

— E a sua estratégia é me pedir para fazer algo que poderia me deixar trancafiada pelo resto da minha vida.

Ele estica os braços pela mesa e segura uma das minhas mãos.

— Se descobrirem o que você já fez, você vai passar um bom tempo na cadeia do mesmo jeito.

De repente, escuto Ella no outro cômodo.

— Não é justo! — ela está gritando.

Você está certa, penso, olhando fixamente para o pendrive. *Não é justo. Nada disso é justo.*

— Papai! — berra ela. — O Luke roubou!

— Não roubei! — grita Luke.

Não consigo desviar os olhos do pendrive. Posso sentir os olhos de Matt grudados mim. Nenhum de nós dois se levanta está para ir até a sala apartar a briga. As crianças continuam discutindo, mas agora num tom de voz mais baixo. Quando a conversa deles parece ter voltado ao normal, eu me desvencilho das mãos de Matt e junto as minhas.

— O que exatamente tem aí dentro? Algo que vai permitir que os russos entrem nos nossos sistemas?

Ele balança a cabeça.

— Não. De jeito nenhum. Eu juro que não. É só um programa que vai reinicializar os servidores ao ponto em que eles estavam há dois dias.

— Como você sabe?

— Eu verifiquei. Fiz um diagnóstico do programa. Isso é tudo o que ele faz.

E por que devo acreditar em você? Não digo isso, mas não preciso. Tenho certeza que ele pode ler na minha cara.

— Se você não fizer isso, você certamente vai para a cadeia. — A expressão dele parece completamente aberta, sincera. E com medo também. — Esse programa é a saída que nós temos.

Olho de novo para o pendrive querendo que ele suma, querendo que tudo o que tenho vivido nos últimos dias possa simplesmente desaparecer. Tenho uma sensação de que estou afundando cada vez mais e não tenho forças para impedir que isso aconteça. Será que eu poderia mesmo fazer o que Matt está me propondo?

Levanto a cabeça, dou uma longa olhada para ele. Suas palavras estão ecoando em minha mente. "Fiz um diagnóstico do programa."

— Deixa eu ver.

As feições dele estão confusas.

— O quê?

— Você falou que fez um diagnóstico do programa. Eu quero ver.

Ele recua, como se tivesse levado um tapa.

— Você não acredita em mim.

— Eu só quero ver com os meus próprios olhos.

Olhamos um para o outro, sem piscar, até que ele finalmente fala:

— Certo.

Ele se levanta, deixa a cozinha e eu vou atrás. Ele vai até o depósito atrás da escada, acende a luz e pega a chave de fenda, a mesma que eu usei no dia anterior. Observo enquanto ele ergue a tábua do chão e retira o notebook. Ele se vira para mim, lança-me um longo olhar, que eu não consigo decifrar, e então volta à mesa da cozinha.

Ele abre o notebook e se senta à frente dele. Eu fico em pé logo atrás, observando a tela. A barra branca aparece e o cursor pisca. Olho para o teclado, vou seguindo as teclas que ele digita, de forma lenta e deliberada. Eu reconheço aqueles números: é a sequência dos aniversários das crianças, uma de suas senhas usuais. Mas, no fim, ele aperta algumas teclas extras, e eu levo um instante para entender. É a data do nosso aniversário de casamento. No fim das contas, ele estava mesmo pensando em nós quando criou aquela senha.

— Você não vai entender nada disso, né? — pergunta ele sem se virar para trás.

Ainda bem que Matt está de costas para mim, porque ele está certo. Não sou uma expert em tecnologia, muitos dos detalhes vão passar batidos por mim. Mas não se trata exatamente disso. O que eu quero saber é como ele vai agir agora, o que vai me mostrar. Eu vou entender o bastante para saber se ele está fazendo, de fato, um diagnóstico ou se tudo isso não passa de uma mentira. E talvez isso seja o suficiente.

— Eu entendo mais do que você imagina.

Ele abre um programa, digita um comando e então um texto começa a rolar tela abaixo.

— Isso aqui é um registro de atividade de usuário — murmura Matt.

Ele aponta para uma linha: a data de hoje. E depois para outra: uma marca de tempo de algumas horas antes.

Ele rola a tela para baixo e então aponta para outra seção de texto.

— Este é o conteúdo da unidade — comenta ele.

Examino o texto com cuidado. Boa parte dele é indecifrável, mas os pedacinhos que consigo ler fazem sentido, estão alinhados com o que Matt disse. Nada ali sugere que seja algo mais do que isso.

Mas o mais importante de tudo era a data marcada ali. O fato de que ele tinha algo a me mostrar. Ele fez um diagnóstico na unidade, exatamente como me falou.

Ele não estava mentindo.

Matt vira a cadeira e olha para mim. Ele tem uma expressão de mágoa, e isso me inunda de culpa.

— Você acredita em mim agora?

Dou a volta até o outro lado da mesa, sento-me na cadeira em frente a ele e hesito antes de voltar a falar.

— Eles são bons, sabe? O pessoal da Agência. E se conseguirem rastrear esse programa e ligarem tudo a mim?

— Eles não vão conseguir — declara ele, baixinho.

— Como pode ter tanta certeza?

— Pense nas coisas que eu te contei. As coisas que os russos sabem. — Matt se estica por cima da mesa e coloca as mãos sobre as minhas. — Eles também são bons.

★

Mais uma vez, não consigo dormir. Em vez disso, vago pela casa com o coração apertado. Assisto às crianças dormirem, seus peitos se erguendo e baixando. Eles parecem ainda mais novinhos enquanto dormem. Ando pelos corredores, olhando para cada foto nas paredes, todos aqueles momentos que passamos juntos, os sorrisos felizes. Os desenhos pendurados com ímãs na geladeira. Os brinquedos, repousando na escuridão, esperando até que todos acordem. Só quero que isso continue. Que a nossa vida siga normalmente.

Mas o fato é que eu posso ir para a cadeia. E isso é quase uma certeza, se descobrirem o que fiz. Revelando informação categorizada como confidencial, coloquei em risco as operações da Agência. Não consigo segurar a emoção dentro de mim quando penso em tudo o que vou perder se isso realmente acontecer. Os primeiros passos do Caleb, suas primeiras palavras. Ella perdendo o primeiro dente e toda a empolgação com a Fada do Dente. As apresentações de dança, as partidas de beisebol infantil, todos eles aprendendo a andar de bicicleta. Todos esses pequenos momentos. Não vou poder abraçá-los depois que tiverem um pesadelo, ou quando ficarem doentes. Não vou escutar "eu te amo, mamãe" e o que aprenderam na escola, não vou saber com o que estão empolgados ou assustados.

E claro, isso também significa que o Bureau não irá chegar aos agentes adormecidos, os mesmos que estávamos prestes a capturar. Mas, nesse cenário, o que importa? Havia dúzias, literalmente, de agentes adormecidos no meu casamento. Esse problema é bem maior do que imaginávamos. Cinco agentes são apenas uma gota no oceano.

Estou sentada no sofá na escuridão, pouco antes do amanhecer, quando Matt desce. Ele acende a luz da cozinha e pisca até os olhos se acostumarem com a claridade. Anda até a cafeteira e aperta o botão. Eu o observo em silêncio. Ele, enfim, percebe que estou ali e me encara. Correspondo ao olhar dele. Então, lentamente, levanto a mão, com o pendrive entre o polegar e o dedo indicador.

— Diga tudo o que preciso saber.

★

Vou fazer isso. A magnitude dessa decisão é quase esmagadora. Observo, pasma, enquanto ele esfrega o pendrive com um paninho, do tipo que ele usa para limpar os óculos de sol.

— Para limpar as impressões digitais — diz ele.

Ele o encaixa no fundo falso de uma caneca térmica, para viagem. É reluzente, metálica, algo que nunca vi antes. Onde estava isso? Onde ele guarda essas coisas?

Como pude ter sido tão cega?

— Tudo que você precisa fazer é plugá-lo — informa ele, passando-me a caneca. Ao pegá-la, vejo meu reflexo distorcido no metal. Sou eu, mas parece outra pessoa. — Tem uma entrada USB bem na frente da CPU.

— Ok.

Continuo a olhar para o reflexo na caneca, para o reflexo de uma pessoa que não sou eu.

— Plugue-o, aguarde pelo menos cinco minutos, não deixe ultrapassar dez, e, então, remova. Em dez minutos os servidores começam a reiniciar. Se o pendrive ainda estiver conectado quando a reinicialização estiver completa, eles serão capazes de rastrear o computador que deu origem ao processo.

Cinco minutos? Tenho que ficar lá cinco minutos com o pendrive plugado? E se alguém me encontrar ali?

— Vou esperar até depois do expediente, então.

Ele nega com a cabeça.

— Não dá. O computador tem que estar conectado.

— Conectado? — As palavras dele me enchem de medo. Isso significa que tenho que fazer isso em horário comercial. É Peter quem tem a senha. Normalmente, ele se conecta àquele computador pela manhã e o deixa bloqueado durante o dia, e, então, o desconecta de novo antes de ir embora. Isso que ele está me pedindo parece tão, tão arriscado. — E se alguém me pegar fazendo isso?

— Isso não pode acontecer. — Eu posso ver o medo tomando conta do seu rosto, o primeiro pequeno indício de incerteza desde que ele me mostrou o pendrive. — De maneira nenhuma deixe que isso aconteça.

★

A caneca está no porta-copos ao meu lado enquanto dirijo para o escritório. Eu a seguro com força no caminho do estacionamento até o prédio, e ainda mais forte quando entro no saguão e vejo a bandeira dos Estados Unidos ali hasteada. Cada célula do meu corpo está concentrada em fazer com que eu aparente estar calma, impassível.

Passo por três placas de avisos ao entrar – nunca notei que elas eram tantas. Ali está a lista de itens proibidos na Agência. A lista é longa e compreende praticamente todos os equipamentos eletrônicos. Mesmo que o pendrive estivesse vazio, apenas o fato de entrar com ele já seria uma violação das regras. E não tem nem como dizer que eu não tinha essa informação.

Espero na fila das catracas. À minha direita, uma mulher mais ou menos da minha idade é parada para uma inspeção aleatória. Ron é quem está revistando a bolsa dela. À esquerda, um homem mais velho está sendo revistado com o detector de metais, outra inspeção aleatória. Desvio o olhar. Posso sentir gotas de suor brotando na minha testa e acima dos meus lábios. Quando chega a minha vez, seguro o distintivo acima do leitor, insiro meu código no painel e a catraca destrava, permitindo a minha passagem.

Os sensores soam, um bipe agudo, e dois guardas que não reconheço olham na minha direção. Meu coração está disparado. Bate tão alto que tenho certeza de que as pessoas à minha volta devem conseguir ouvi-lo. Coloco uma expressão confusa no rosto, apenas por um breve instante, e então sorrio, levantando a caneca na direção deles. *Vejam, é só isso. Não se preocupem, não é eletrônico.* Esses sensores que detectam equipamentos eletrônicos são notoriamente inconstantes.

Um dos guardas vem até mim. Ele pega um detector e passa diante do meu corpo, para cima e para baixo, e também ao redor da minha bolsa. O aparelho só apita quando se aproxima da caneca. Com um olhar entediado, o guarda faz um gesto para que eu siga em frente.

Dou um sorriso e aceno com a cabeça. Continuo pelo corredor, no mesmo passo. Quando estou fora de vista, enxugo a umidade da testa com as costas de uma das mãos, tremendo.

Passo o distintivo para entrar na ala onde fica minha equipe e insiro meu código. A porta pesada se abre e eu a empurro. Logo que entro vejo Patricia. Ofereço um sorriso quando passo, um bom-dia como outro qualquer, e então ando até minha baia e me conecto. Rotina normal, cumprimentos normais, tudo está dentro da normalidade.

Eu me sento à mesa e olho fixamente para a porta que diz ACESSO RESTRITO em grandes letras vermelhas. Há dois leitores ao lado dela: um escaneia distintivos e o outro, digitais. Minha tela está com um programa aberto, mas não estou olhando para ele. Não estou fazendo minhas buscas nem abrindo meus e-mails. Tudo o que faço é olhar fixamente para a porta.

Alguns minutos depois das nove horas, Peter chega. Observo enquanto ele segura o distintivo para um dos leitores, insere um código e depois encosta um dedo no outro, mantendo-o ali por alguns segundos. Depois disso, ele entra e fecha a porta pesada atrás de si. Minutos depois, a porta se abre de novo, e ele sai.

Viro meu olhar para a caneca que está bem à minha frente na mesa. O computador já está conectado, posso agir a qualquer momento. Eu preciso fazer isso. Pego a caneca e fecho os dedos ao redor dela. Meu corpo parece se recusar a levantar da cadeira, minhas pernas também relutam em caminhar até a sala.

Passo o distintivo e encosto o dedo no leitor. A fechadura destrava e eu abro a porta pesada. Entro na escuridão e logo acendo a luz. É um espaço pequeno, ainda menor que o escritório do Peter. Dois computadores, lado a lado em uma mesa, com as telas de costas uma para a outra. Há ainda um terceiro, instalado na parede oposta. É esse que chama a minha atenção. Vejo a entrada USB bem na frente, exatamente como Matt havia dito.

Sento em frente a um dos dois outros computadores e coloco a caneca na mesa. Eu me conecto, pois se mais alguém entrar, precisa parecer que estou aqui trabalhando. Abro a informação mais restrita a que tenho acesso, um material que apenas poucas pessoas, em toda a Agência, podem ver. Algo tão sensível que, se alguém entrasse ali naquele momento, eu não teria escolha a não ser pedir que saísse e voltasse apenas quando eu já tivesse acabado. Em seguida, respiro com calma, desatarraxo o fundo da caneca e, quando ela se abre, vejo o pendrive ali dentro. Puxo a manga da blusa até que ela cubra a minha mão, retiro o dispositivo e escondo-o debaixo da roupa. Depois, atarraxo o fundo de volta na caneca.

Fico parada por um instante, tentando escutar alguma coisa, mas tudo está em silêncio.

Sigo na direção do terceiro computador, com a manga cobrindo meus dedos, e plugo rapidamente o pendrive. A ponta dele pisca em laranja quase imediatamente. Em poucos segundos estou de volta à cadeira. Tremendo. Nunca estive tão apavorada em toda a minha vida.

Tudo continua em silêncio. Olho para o relógio na parte de baixo da tela. Cinco minutos. É tudo que preciso. Só preciso ficar sozinha aqui por cinco minutos, tirar o pendrive dali, colocá-lo de volta na caneca e tudo estará terminado e resolvido. Como se nunca tivesse acontecido.

Olho de novo para o dispositivo, a ponta dele brilhando em laranja. O que será que ele está fazendo agora? Imagino que abrindo caminho para os servidores. Preparando-se para apagar todas as atividades dos últimos dois dias. É isso, não é? Precisa dar certo.

Um minuto se passa, mas parece uma eternidade. Vou fazendo as contas na minha cabeça. Um quinto do caminho já foi percorrido. Vinte por cento.

E então ouço um bipe do lado de fora da porta, um distintivo está sendo lido. Fico imóvel por um instante e depois me viro na direção da porta. Ficar calma. Eu *preciso* ficar calma. Quatro minutos. Só preciso de mais quatro minutos.

A porta se abre e é Peter novamente. Ah, meu Deus, é Peter. O medo está me corroendo por dentro. Ele está a par de tudo que eu também estou. Não tenho desculpa nenhuma para tirá-lo daqui, tenho? Ele vai se sentar no computador ao lado do meu... E, então, como eu vou retirar o pendrive sem que ele perceba?

— Oi, Vivian — cumprimenta ele. Gentil, nada fora do normal. Espero que ele não consiga ver o quanto estou em pânico. O quanto estou totalmente apavorada.

— Oi, Peter. Bom dia. — Luto para manter a voz calma.

Ele entra, senta-se no terminal ao meu lado e começa a digitar sua senha. Eu não consigo parar de pensar nem por um segundo no pendrive plugado no computador atrás de nós. Ele não teria um motivo para usar aquele computador, teria? Mas e se ele notar que tem algo estranho ali?

Olho para o relógio. Passaram-se três minutos. Sessenta por cento. Só mais dois e...

— Vivian? — diz Peter.

— Sim? — Eu me viro para ele.

— Você poderia me dar licença por alguns minutos? Preciso verificar uma nova informação do Departamento de Justiça.

Uma divisão à qual não tenho acesso. Ele está fazendo exatamente o que eu havia planejado, expulsar qualquer um que não tem as mesmas permissões. Olho de novo para o relógio. Ainda só três minutos. Juro que o tempo não está passando como deveria.

— Você pode me dar só mais alguns minutinhos pra eu terminar isso aqui? Estou quase acabando.

— Eu realmente não me importaria, mas preciso dar uma olhada nisso antes da reunião de gerência da manhã. São ordens do Nick.

Não, não, isso não pode estar acontecendo. O que devo fazer? Que diabos devo fazer nesse momento?

— Vivian?

— Certo. Claro. Deixa só eu me desconectar.

— Se você puder só bloquear... Eu preciso mesmo dar uma olhada rapidinha nisso.

Hesito. Meu cérebro está me deixando na mão neste momento, sem conseguir reagir e pensar em qualquer outra coisa a não ser concordar com ele.

— Tá bem.

Bloqueio a minha tela, Ctrl+Alt+Del. Eu me levanto e, enquanto abro a porta para sair, meus olhos vão até o pendrive, ainda plugado, com a ponta ainda brilhando em laranja.

Volto para a minha baia e me sento, entorpecida. Meus olhos recaem sobre o relógio – cinco minutos se passaram – e então grudam na porta. Minha mente parece paralisada, incapaz de pensar numa solução. Relembro as palavras do Matt esta manhã: "Aguarde pelo menos cinco minutos, não deixe ultrapassar dez, e, então, remova. Em dez minutos os servidores começam a reiniciar". Seis minutos agora e a porta continua fechada. E se Peter ver o pendrive?

Sete minutos. Estou aterrorizada, com o medo tomando conta de todo o meu corpo.

Oito minutos agora. Será que eu conseguiria atraí-lo para fora? Não faço ideia de como. Fico apenas esperando? Ele disse que tinha de acabar aquilo rápido, não disse?

Nove minutos. Estou congelada, incapaz de me mover. Eu me forço a me levantar da cadeira. Vou dizer que esqueci algo. A caneca. E então posso derrubá-la, a caminho do computador, e puxar o pendrive no momento em que eu agachar para pegá-la...

Um lampejo na minha frente chama a atenção. Por um instante a minha tela ficou preta. Eu me viro, olho pela fileira de baias e vejo outras telas ficarem pretas também. Em série, uma após a outra. Uma tremulação rápida, correndo pelo escritório como uma corrente elétrica. Rapidamente as telas voltam ao normal. As pessoas estão olhando ao redor, murmurando. *O que está acontecendo*?

Ah, meu Deus.

Corro para a porta da sala de Acesso Restrito. Ergo o distintivo e aperto o dedo contra o leitor. As instruções de Matt estão gritando na minha mente. "Se o pendrive ainda estiver conectado quando a reinicialização estiver completa, eles serão capazes de rastrear o computador que deu origem ao processo."

Assim que a fechadura destrava a porta se abre, bem quando começo a empurrar a porta. Eu quase perco o equilíbrio e praticamente caio em cima de Peter.

— Vivian — diz ele, assustado. Ele arruma os óculos no nariz.

— A caneca. Esqueci minha caneca — explico rapidamente.

Muito rapidamente. Ele me lança um olhar esquisito, com uma pontinha de suspeita. Mas agora isso não importa, nada mais importa a não ser chegar àquele pendrive e tirá-lo de lá. Saio de seu caminho e espero que passe. Cada segundo parece uma eternidade.

Peter finalmente sai e eu entro, fechando a porta atrás de mim. Me inclino para arrancar o pendrive no instante seguinte. Depois, pego a caneca, desatarraxo o fundo, coloco o pendrive de volta e atarraxo o fundo de novo.

E então desabo na cadeira, completamente arrasada. Meu corpo inteiro está tremendo, e eu não consigo recuperar o fôlego.

O terror permanece, mesmo depois da tremedeira parar. E não sei por quê. Ele devia desaparecer. Estou com o pendrive. Estou segura, certo? Não há chances de a reinicialização ter sido totalmente completada.

Mas, ainda assim, estou tomada pela estranha sensação de não estar segura, mesmo que isso tenha ocorrido exatamente da forma que deveria.

★

Não demora muito para que a sala cheia de analistas conclua que todo o trabalho dos dois últimos dias foi perdido. Todos estão se solidarizando por causa de documentos e apresentações perdidas. Logo depois, a notícia de que a perda de informações se estende ao sistema se espalha. Mil teorias da conspiração começam a surgir. Falam em serviços de inteligência estrangeiros, *hackers* e funcionários descontentes de TI.

Peter está indo de baia em baia para checar se todas as contas de seus analistas foram afetadas de maneira parecida. Escuto as conversas em voz baixa e ouço ele se aproximando. Quando chega à minha baia, Peter fica parado por alguns segundos, só me observando, em silêncio. O rosto dele está sem expressão, mas, de alguma forma, faz que eu sinta uma nova onda de medo.

— Mesma coisa com você, Vivian? — pergunta ele. — Dois dias de trabalho?

— Parece que sim.

Ele assente, ainda sem expressão, e segue em frente.

Observo-o de costas e o medo se transforma em náusea. De repente, tenho certeza de que vou passar mal. Preciso dar um jeito de sair daqui.

Levanto da cadeira e me apresso pelo corredor, pela fileira de baias, para fora da nossa seção. Com a mão na parede para me equilibrar, vou seguindo até o banheiro. Entro, passo rápido pela bancada dupla de pias e pela fila de espelhos, indo direto para as cabines mais distantes. Tranco a porta e me viro para vomitar no vaso sanitário.

Quando termino, limpo a boca com as costas da mão. Minhas pernas estão tremendo, meu corpo inteiro está fraco. Eu me levanto, respiro fundo e tento acalmar os nervos. O plano deu certo, tem que ter dado. E eu preciso me tranquilizar, aguentar firme o resto do dia.

Depois de um tempo eu me forço a deixar a segurança da cabine e me dirijo à fileira de pias. Vou até a mais próxima e lavo as mãos. Há outra pessoa na parte mais distante da fileira, uma garota que parece recém-saída da faculdade. Ela me dá um sorrisinho pelo espelho. Eu o devolvo e depois olho para meu próprio reflexo. Tenho círculos escuros em torno dos olhos. Minha pele está pálida. Estou com uma aparência horrível. A aparência de uma traidora.

Desvio os olhos, puxo uma folha de papel toalha áspero e marrom e seco as mãos. Preciso me acalmar. Preciso *parecer* calma.

Você está cercada de analistas de CI, pelo amor de Deus. Respire fundo. Respire fundo, Viv.

Volto para o escritório, mas tento me desligar das conversas sobre o ocorrido. Meus companheiros de equipe estão reunidos no corredor; eu me junto a eles, parando perto da minha baia. Eles estão conversando, mas eu mal presto atenção, pescando fragmentos aqui e ali, assentindo no momento certo, emitindo as exclamações certas; pelo menos, espero que sim. Não consigo tirar os olhos da caneca, ou do relógio. Mal posso esperar para sair correndo daqui e ir para casa. Quero devolver o pendrive ao Matt, me livrar desse dispositivo que me incrimina e acabar de uma vez com isso.

— Quem você acha que foi? — pergunta Marta, meio brincando. A voz dela invade a confusão que está a minha cabeça. — Os russos? Os chineses?

Ela está olhando em volta para todos nós, mas é Peter quem responde:

— Se os russos tivessem uma chance de entrar em nossos sistemas, eles fariam mais do que apagar dois dias de trabalho. — Os olhos dele estão voltados para Marta, não para mim, mas a expressão que ele assume é o bastante para me dar calafrios. — Se foi obra dos russos, isso não é tudo. Não mesmo.

★

Estou a caminho de casa, com a caneca no porta-copos ao meu lado. Um pouco da tensão está se dissipando, saindo dos meus ombros, mas meu estômago ainda continua embrulhado. O que eu fui fazer?

Minhas mãos apertam o volante. Uma tempestade de emoções está girando dentro de mim. Alívio, incerteza, arrependimento.

Talvez funcione. Talvez isso me mantenha fora da cadeia. Mas será que eu não vou viver sempre com medo de ser pega? Será que vou conseguir ver meus filhos crescerem e esquecer que tudo isso um dia aconteceu?

Será que eu deveria ter arriscado ser punida por algo tão grave?

Tenho a vaga sensação de que deveria ter pensado melhor antes de tomar essa decisão, de que agi impulsivamente, mesmo que, no momento, pensasse o contrário.

Estaciono o carro na garagem de casa. O carro do Matt está para fora, como sempre. Já está escuro, e as luzes de casa estão acesas. As cortinas da cozinha estão abertas e eu os vejo lá dentro, todos os cinco, em volta da mesa de jantar.

Então percebo que nunca mais ficarei cem por cento confortável, cem por cento feliz. Mas meus filhos poderão ficar. E não é disso que se trata ser mãe ou pai?

Desligo o motor, saio do carro, vou até a caixa de correio. Encontro a pilha normal de envelopes e propagandas. E em cima, um fino envelope pardo, dobrado para caber na caixa estreita, enfiado lá no fundo. Tiro tudo de dentro da caixa e grudo meus olhos no envelope. Sem selo, sem endereço de remetente, só o meu primeiro nome escrito com canetinha preta, em letras de forma: VIVIAN.

Meu corpo inteiro gela. Olho fixamente para o envelope, imóvel, e então forço as minhas pernas a se moverem, a me levarem até a varanda. Eu me sento, coloco o resto da correspondência ao meu lado e seguro apenas o envelope nas mãos. Eu o viro, escorrego um dedo embaixo do lacre.

Eu já sei o que é. Na verdade, só existe uma possibilidade.

Retiro o conteúdo, um fino maço de papéis, três ou quatro, não mais que isso. Meu estômago está ainda mais embrulhado. Ali, no alto, uma captura de tela. O meu computador. Barras de classificação em cima e embaixo, meu número de identificação de funcionária. O Athena está aberto e, dentro dele, a imagem do notebook do Yury. Uma pasta, aberta. *Amigos*.

Levanto a primeira folha para que possa ver a seguinte. As mesmas barras de classificação, o mesmo número de identificação de funcionária, o mesmo arquivo. Só que, dessa vez, uma das imagens está aberta, e uma foto em *close* preenche a tela.

Estou olhando, mais uma vez, para o rosto do meu marido.

10

Não consigo respirar. Eu já apaguei isso. Fiz exatamente como Matt mandou. Corri aquele risco enorme, inseri aquele pendrive no computador da Agência. Ainda assim, aqui está, bem na minha frente, a prova que pode me levar para a cadeia, e que alguém trouxe até *aqui*, até a porta da minha casa.

Levanto mais essa folha para ver a seguinte, e a que vem depois dela. São linhas e mais linhas de linguagem de computador, sequências de caracteres que não compreendo totalmente. Mas não preciso. Sei que é um registro da minha atividade, das minhas buscas. A prova de que eu abri a foto do Matt e de que excluí o arquivo.

Escuto a porta se abrir atrás de mim.

— Viv? — diz Matt.

Não olho para cima. Simplesmente não consigo. É como se as últimas partículas de energia que eu ainda tinha, de repente, se esgotassem. Ficamos alguns instantes em silêncio e posso sentir a presença dele atrás de mim, parado na porta, olhando para mim, para os papéis e entendendo a situação. Será que isso vai chocá-lo da mesma forma como me chocou?

Sinto-o se aproximar. Logo ele está ao meu lado na varanda, sentando-se junto a mim. Ainda não consigo olhar para ele.

Ele pega os papéis das minhas mãos e eu não o impeço de fazer isso. Silenciosamente, ele dá uma olhada em cada uma das páginas. Nem uma palavra. Então, ele as coloca de volta no envelope.

Mais silêncio. Eu foco toda a minha atenção em conseguir respirar, observando a nuvenzinha de fumaça se formar no ar e depois desaparecer a cada respiração. Não sei nem o que perguntar a ele.

Como transformar a confusão de pensamentos na minha cabeça em uma frase coerente. Então, em vez disso, espero que ele fale, que responda às minhas perguntas não verbalizadas.

— É como uma garantia — declara ele, enfim.

Garantia. Só que não. Tem mais coisa além disso, muito mais.

— Isso é um aviso — continua. Então, abaixa o tom de sua voz. — Eles querem ter certeza de que você não vai falar nada.

Eu me viro para ele. Suas bochechas estão coradas e o nariz, vermelho de frio. Ele não está vestindo nenhum casaco.

— Isso é uma chantagem — afirmo, com a voz falhando.

Ele me encara de volta por um momento, e eu tento desesperadamente decifrar a expressão em seu rosto. Não sei dizer se está ou não preocupado. Ele olha para longe.

— Sim, é uma chantagem.

Olho para a rua, para a calçada onde passeamos com o carrinho dos gêmeos, onde Luke aprendeu a andar de bicicleta.

— Eles estiveram aqui — comento. — Eles sabem onde moramos.

— Eles sempre souberam.

As palavras me atingem como um soco. É claro que sempre souberam. De repente, nada mais parece seguro.

— A-As crianças... — consigo gaguejar.

Pelo canto do olho, vejo Matt balançar a cabeça, uma negativa decidida.

— As crianças não correm perigo.

— Como você sabe? — Minha voz é um sussurro.

— Eu trabalho para a Rússia. Na cabeça deles, as crianças são... *deles*.

Sei que aquelas palavras deveriam me tranquilizar, mas elas me deixam ainda mais aterrorizada. Envolvo meu corpo com meus próprios braços e viro de novo para a rua. Tem um carro vindo na nossa direção, o motor roncando e os faróis ficando cada vez mais próximos. É o carro dos Nguyen. A porta da garagem deles se abre, eles entram e então a garagem se fecha antes mesmo que o motor seja desligado.

— O que eu fiz hoje... — eu começo, mas logo perco as palavras. Tento de novo. — O que eu fiz hoje deveria ter apagado tudo.

— Eu sei.

— Por que você não me contou que eles fariam isso?

— Eu não sabia. — A testa dele está com linha profundas; as sobrancelhas estão praticamente grudadas. — Eu juro, Viv. Não sabia. Eles devem ter acesso ao programa, de alguma forma. Ou então têm alguém que consiga entrar nos registros de busca.

Outro par de faróis. Agora de um carro que não reconheço. Ele passa por nós e continua seu caminho. Observo até as luzes traseiras desaparecerem por completo.

— Isso não quer dizer que eles pretendem fazer alguma coisa — expressa ele. — Se fizessem, colocariam em jogo o meu disfarce.

Há um pensamento começando a tomar forma na minha mente. É como se a minha ficha estivesse caindo aos poucos. Tento fazer com que a minha mente processe toda essa informação.

— Eles não vão jogar vinte e dois anos no lixo... — afirma ele.

Aos poucos, vou conseguindo encontrar uma maneira de verbalizar o que se passa na minha cabeça. Cinco palavras que explicam tudo. Eu as falo, lentamente.

— Eu também pertenço a eles.

Como pude ser tão ingênua? Eu sou uma analista de contrainteligência da CIA, pelo amor de Deus. Eu sei como esses serviços tão agressivos de inteligência funcionam. Eles conseguem que você faça algo e, a partir de então, você passa a pertencer a eles. E, depois disso, inicia-se uma sequência de chantagens para que você faça mais. Mais, e mais, e mais. Não há saída.

— Não é bem assim — observa ele.

— É claro que é!

— *Eu* pertenço a eles. Você é minha esposa. Eles não fariam isso com você.

— Ah, não fariam?

Eu volto a olhar para o envelope. *Porque não é o que isso parece*.

Algo passa pelo rosto dele – seria incerteza? – e em seguida, tão rápido quanto apareceu, desaparece. Ele se vira, ficando de frente para a rua, e ambos seguimos em silêncio. Aquelas cinco palavras estão praticamente me destruindo, reverberando no meu cérebro, assustando cada partícula do meu corpo. *Eu também pertenço a eles*.

— Eles vão me pedir para fazer algo a mais — digo, enfim.

Ele balança a cabeça, mas não de forma firme, não com certeza do que quer dizer. Provavelmente porque, lá no fundo, ele também saiba. *Eu também pertenço a eles*.

— É só uma questão de tempo — afirmo. — Eles vão me pedir para fazer algo. E, então, como vai ser?

— Vamos pensar numa solução — diz ele, mas a promessa soa vazia. — Estamos juntos nessa.

Estamos juntos nessa?, penso. Assisto a uma luz da rua bruxulear e, em seguida, queimar.

Será que algum dia estivemos juntos?

★

Algo mudou em mim no dia em que Luke nasceu. Eu estava completamente despreparada para o amor avassalador e esmagador que senti por aquela pessoinha. Aquela necessidade enorme de protegê-lo e de estar presente em absolutamente todos os momentos.

O primeiro mês depois do nascimento dele foi de pura alegria. Exaustivo, é claro, mas maravilhoso. O segundo e o terceiro, nem tanto. Todo dia eu acordava sabendo que estava um dia mais perto de voltar ao trabalho, de deixá-lo sob os cuidados de um estranho, alguém que não poderia nem de perto amá-lo como eu amava, por tantas horas. E pelo quê, exatamente? Eu já não sentia que estava fazendo alguma diferença. Pelo menos, não mais.

Desejei voltar a trabalhar com a conta da África. Mas aquele cargo já havia sido preenchido por outra pessoa, e o meu era melhor, não era? Quando o dia chegou, eu estava tão pronta quanto possível. Estávamos mandando Luke para a melhor creche da região, com a lista mais extensa de credenciais e uma reputação impecável. Eu tinha um freezer lotado de leite materno retirado com a bomba. Garrafas, cuidadosamente etiquetadas. Um lençol para o berço, fraldas e lenços, tudo arrumado e pronto para levar. E eu vestia roupas novas, blusa e calças de seda, que falharam, obviamente, na missão de fazer com que aqueles últimos quilos de peso extra da gravidez desaparecessem e de me dar a confiança extra de que eu precisava para enfrentar alguns dos dias mais difíceis da minha vida.

Com o passar do tempo, tudo se revelou como o imaginado, eu não estava nem um pouco pronta para isso. Nada podia ter me preparado para o sentimento de deixar Luke com uma mulher que eu não conhecia. E, ainda por cima, afastar-me dele com a consciência de que ele ainda estava me observando, alerta, quase confuso, com os olhos grudados em mim, perguntando: "Aonde você está indo? Por que está me deixando?".

Eu desabei no instante em que a porta para o berçário se fechou. Chorei o caminho inteiro para o trabalho, cheguei com os olhos vermelhos inchados e com manchas de lágrimas na minha blusa de seda. Senti como se tivesse perdido um membro do meu corpo. Várias pessoas ao longo daquela manhã vieram até a minha baia, deram-me as boas-vindas e me perguntaram sobre Luke. E, a cada vez que isso acontecia, eu chorava. A história deve ter se espalhado porque os colegas me evitaram de propósito pelo resto do dia, o que, na minha opinião, foi ótimo.

Quando voltei para casa naquele fim de tarde, Luke estava dormindo no berço. Ele não tinha cochilado na creche, então acabou caindo no sono mais cedo. Eu tinha perdido. Eu tinha perdido um dia inteiro com ele. Um dia que eu jamais teria de volta. Como eu podia dar conta disso cinco vezes por semana? Vê-lo por apenas uma hora por dia? Desabei de novo nos braços de Matt.

— Não consigo fazer isso — desabafei e chorei.

Ele me abraçou, fez carinho no meu cabelo e eu esperei que ele concordasse. Esperei que ele dissesse que a escolha era minha. Que se eu quisesse ficar em casa com o Luke, ele daria um jeito. Que se mais para a frente eu quisesse um novo emprego, nós sobreviveríamos com a grana mais curta. Venderíamos a casa, nos mudaríamos daquela vizinhança, nos viraríamos sem as viagens de férias, sem as economias e sem sair para comer fora. Faríamos o que fosse preciso.

Mas quando ele finalmente falou, sua voz estava forçada:

— Aos poucos as coisas vão ficando mais fáceis, amor.

Eu me acalmei, e então olhei para ele. Eu queria que ele visse o meu rosto, que visse que eu estava falando sério. Ele me conhecia. Ele entenderia.

— Matt, eu realmente não consigo fazer isso.

Eu podia ver minha própria dor nos olhos dele. Enterrei a cabeça de novo no ombro dele e comecei a relaxar. Dessa vez ele entendeu. Eu sabia que entenderia. Matt continuou em silêncio e fez carinho no meu cabelo mais uma vez.

Alguns instantes depois, falou:

— Aguenta firme. — Aquelas palavras me cortaram como se fossem uma faca. — Aos poucos as coisas vão ficando mais fáceis.

★

Passaram-se dias, depois semanas. Sigo indo para o trabalho normalmente, para esse emprego que agora é uma mentira. Por força de alguma graça salvadora, não há qualquer sinal de que o computador da sala de Acesso Restrito tenha sido associado ao ocorrido. O pendrive não parece ter causado nenhum dano maior para além daqueles dois dias de trabalho perdidos. Prestei atenção a todos os rumores que corriam por ali e li todos os relatórios aos quais consegui ter acesso. Não tive mais notícias dos russos – do pessoal de Matt – além daquele envelope.

Num primeiro momento a Agência ficou focada no Yury, tentando localizá-lo em Moscou. E o Bureau ficou ocupado tentando identificar as cinco pessoas das fotos – até mais ou menos uma semana atrás, quando um analista topou com um conhecido recrutador de posse das mesmas cinco fotos e mais uma série de informações detalhadas sobre cada um deles. O Bureau ficou no encalço daquelas pessoas, entrevistou-as e, por fim, decretou que não tinham conexão com Yury.

Provavelmente, eram apenas indivíduos que os russos planejavam recrutar. Yury rapidamente deixou de ser prioridade do Bureau, sendo considerado só mais um recrutador sem grande importância. O mesmo aconteceu com a Agência, logo depois.

Respirei aliviada. Quanto menos foco nele, melhor. Além disso, depois que o Bureau estabeleceu que Yury não estava envolvido no programa de agentes adormecidos, os olhares suspeitos de Omar para mim pareceram diminuir, pelo menos um pouco. Falei com ele algumas vezes desde então, e senti que nossas conversas foram ficando gradualmente mais amigáveis, mais normais. Ainda suspeito que ele não confia totalmente em mim, mas as coisas estão melhorando.

E Peter. Bem, Peter não tem estado muito por aqui. A saúde de Katherine piorara, segundo nos contou Bert em uma de nossas reuniões matinais, no terceiro dia seguido em que Peter esteve ausente. A sala ficou em silêncio. Helen começou a chorar e todos ficamos um pouco abalados. Dias depois, Katherine morreu. Peter voltou ao trabalho depois de algum tempo, mas em frangalhos, um homem vazio. A última coisa na cabeça dele sou eu.

Matt e eu seguimos pisando em ovos um com o outro, e eu o culpo por isso. Não se trata apenas do fato de ele ter mentido para mim por anos e ter nos colocado nessa situação, mas sim de ter aberto o jogo com Yury. Ter contado tudo aos russos. Ter me deixado vendida.

Nossa casa não parece mais segura. Troquei as fechaduras, instalei trancas extras e sempre deixo as persianas abaixadas. Desliguei o tablet, o notebook, as caixas de som sem fio e coloquei tudo numa caixa na garagem. Quando estamos todos juntos, as crianças, Matt e eu, desligo meu celular e tiro a bateria. E obrigo Matt a fazer o mesmo. Ele olha para mim como se eu fosse paranoica, maluca, como se nada disso fizesse sentido, mas eu não dou a mínima para ele. Não sei se há alguém nos vigiando ou ouvindo. Mas sempre presumo que sim.

Um dia, não muito depois de o envelope ter chegado, saí cedo do trabalho e fui a uma loja de celulares no shopping do outro lado da cidade. Certifiquei-me de que não havia ninguém me seguindo e comprei um celular pré-pago em dinheiro, um telefone descartável que mantenho escondido. Não contei nada sobre isso a Matt, e nem tive certeza de por que exatamente fiz isso. Só me pareceu algo que eu deveria ter.

As crianças são a minha única salvação. Vira e mexe eu me pego sentada, observando-as, absorvendo cada pequeno momento. As tarefas domésticas, como cozinhar e limpar, nada disso importa agora. Eu deixo que Matt cuide da casa e mantenha a nossa vida funcionando, enquanto só sento e observo. Ele me deve essa e tem consciência disso.

Durante esse tempo, ele me trouxe flores frescas todas as semanas. Manteve a casa brilhando, as refeições preparadas e as roupas limpas e dobradas. Sempre se encarregou do bebê que parecia estar mais irritado e serviu de juiz em todas as brigas das crianças, além de assumir o cargo de motorista para todos os encontros com amigos e para todas as atividades da escola. Era como se, de alguma forma, essas coisas pudessem compensar as mentiras que quase nos separaram, e que ainda podem muito bem, e a qualquer momento, fazer isso.

★

É uma sexta-feira, cinco semanas depois de eu ter encontrado a foto e a nossa vida ter virado de ponta-cabeça. Agora os dias estão mais longos, a temperatura mais alta. As árvores estão verdes de novo. A grama, viçosa. A primavera finalmente chegou, e eu estou começando a sentir que é uma nova estação para nós também. Um novo começo.

Saí do trabalho duas horas mais cedo para que pudéssemos levar as crianças à feira anual da região. Estacionamos num pasto enorme, com longas filas de minivans e SUVs sendo guiadas por voluntários de colete laranja. Caminhamos pelo campo, Matt empurrando o carrinho duplo na grama e eu segurando a mão dos mais velhos. Ella foi praticamente pulando o caminho inteiro de tão empolgada que estava. Não parou de falar nem um segundo.

Passamos o fim da tarde assistindo às crianças se divertindo nos brinquedos: xícara maluca, tobogãs, minimontanha-russa em formato de dragão. O deleite no rosto deles fez os ingressos caríssimos valerem cada centavo. Tiramos fotos com a câmera do celular. Dividimos um algodão-doce entre nós seis e rimos da cara dos gêmeos sujas com o açúcar colorido.

Neste momento estamos parados em frente ao trenzinho, com os pequenos carrinhos circulando pelos trilhos. É a última volta da noite. As quatro crianças estão a bordo, Luke e Caleb em um dos carros, Ella e Chase em outro. Os quatro estão muito felizes. Acho que o meu coração é capaz de explodir.

Matt me dá a mão, um gesto tão natural e, ainda assim, tão estranho. Por semanas eu evitei seu toque, mas hoje não faço isso. Deixo que os dedos dele envolvam os meus, sinto o calor e a maciez de sua pele. E então, do nada, a realidade me atinge. Penso nos russos, na mentira, no pendrive e na ameaça iminente de prisão. Em tudo que me consumiu por semanas, mas que naquelas últimas horas tão felizes não passaram pela minha cabeça.

Sinto um impulso de me afastar, mas não faço isso. Fico ali.

Ele sorri para mim e me puxa para mais perto e, por um momento, somos só nós dois, como éramos antes de tudo acontecer. Sinto a tensão que eu não sabia que ainda carregava começar a se esvair. Talvez seja hora de perdoar. Hora de seguir em frente, abraçar a vida que temos agora e parar de viver com medo. Talvez ele estivesse certo, o envelope era apenas um aviso. Uma advertência que eu não precisava porque eu não cogitava mais entregá-lo. E agora que sei a verdade, talvez eles nos deixem em paz. Talvez possamos encontrar um jeito de deixar tudo isso para trás.

O trenzinho para no início do trajeto. Vou até lá e pego Caleb. Os outros três se viram para descer, Chase em seus passos vacilantes de bebê vem atrás dos dois mais velhos. Prendemos os gêmeos no carrinho e voltamos para o carro, pelo pasto. Ella está segurando firme um balão e Luke está usando um chapéu de plástico de bombeiro, que de início ele disse ser muito velho para usar, mas acabou aceitando logo depois.

Os gêmeos estão quietos no carrinho, que vai dando solavancos pelo campo irregular. Quando chegamos à minivan, os dois estão dormindo.

Eu pego Chase e Matt tira Caleb, e colocamos os dois com cuidado no carro. Pedimos, com sorrisos, para Ella e Luke ficarem mais quietos e tentamos acalmar a empolgação que ainda toma conta de todos eles. Observo Luke colocar o cinto de segurança e então eu mesma verifico se está bem preso.

— Muito bem, amigão — incentivo.

Olho para Matt do outro lado, prendendo Ella e certificando-se de que o balão está do lado de dentro do carro. Então abro a porta dianteira do carona.

Ali está.

Um envelope pardo, meu nome em letras de forma, canetinha preta. Repousando no meu banco. Exatamente igual àquele na caixa de correio.

Fico congelada no mesmo lugar. Encarando, apenas encarando. Há uma pulsação forte na minha cabeça, nos meus ouvidos. Não consigo escutar nada a não ser essa pulsação. A voz das crianças e qualquer outro barulho ao meu redor simplesmente desaparecem.

Mexa-se, diz o meu cérebro. *Pegue-o*. E assim faço. Pego o envelope e entro no carro. Tenho uma vaga consciência das vozes atrás de mim, de Matt abrindo a porta do motorista e entrando no carro também. Mas eu não me viro para ele. Estou olhando fixamente para o envelope no meu colo. Pelo canto do olho, vejo Matt fazer uma pausa, ficar imóvel. E sei que ele também o vê.

Eu me forço a levantar a cabeça e fazer contato visual com ele. Trocamos um longo olhar, pesado e com pensamentos não ditos.

Há vozes no banco traseiro. Ella está perguntando por que não estamos andando e Luke quer saber o que está acontecendo.

— Fiquem calmos — diz Matt, com uma voz forçadamente suave, mas eu consigo perceber que não está tudo bem. — Já estamos indo. Estamos indo.

Ele gira a chave na ignição, engata a ré. Estou encarando o envelope de novo. Sei que preciso abri-lo e ver o que tem dentro.

Quem colocou isso aqui? Yury? Outra pessoa? Como eles entraram no nosso carro trancado? Eles devem ter nos seguido. Será que eles estão nos vigiando neste momento?

Eu viro o envelope e passo o dedo por baixo do lacre. Levanto a aba, espio dentro. Tem um pendrive. Um dispositivo preto exatamente igual ao que Matt me deu e que levei para o trabalho. Eu viro o envelope para que ele caia na minha mão, e então um pedacinho de papel cai com ele. Um bilhete, aquelas letras de forma familiares.

COMO DA ÚLTIMA VEZ.

11

Olho para o pendrive e para o bilhete. Eu deveria estar com a sensação de que o meu mundo está desmoronando. Eu deveria estar pensando: *Justo agora? Bem quando eu finalmente estava me permitindo voltar a aproveitar a vida?* Em vez disso, sinto uma estranha sensação de calma. Lá no fundo, eu sabia que esse dia chegaria. Desde quando eu recebi aquele primeiro envelope na caixa de correio, eu estava certa de que isso voltaria a acontecer. Eu podia não saber exatamente qual seria a abordagem, mas eu sempre soube que as coisas não haviam terminado ali. E o fato de isso ter finalmente acontecido, de certa forma me deixa um pouco em paz. Como se saber das más notícias com antecedência amenizasse a situação. Ao menos era melhor do que não saber absolutamente nada.

Matt está olhando para a frente, os olhos grudados na estrada. O rosto dele está pálido, com um branco quase fantasmagórico, mas talvez seja apenas por causa do luar. O maxilar tenso, entretanto, eu sei que é por causa do envelope.

— Você viu? — pergunto. Minha voz soa abafada.

Vejo a garganta dele funcionando.

— Sim.

— Eu sabia que isso ia acontecer — declaro, num tom baixo.

Ele olha para as crianças pelo espelho retrovisor, depois para mim.

— Vamos pensar no que fazer.

Olho para fora da janela e observo a iluminação da rua até que ela não seja nada além de um borrão. Matt está em silêncio, as crianças estão em silêncio, o único barulho é o do carro em movimento na estrada. Fecho os olhos. Era isso. Era isso o que eu estava esperando. Eu me sinto quase aliviada, como se conseguisse a prova de que eu estive certa todo esse tempo, mas não há satisfação nisso. Absolutamente nenhuma. Só vazio. E, mais uma vez, aquele sentimento de que tudo que amo, de que tudo que é mais importante para mim no mundo, está prestes a ser arrancado da minha vida.

Quando chegamos a nossa casa, todas as crianças estão dormindo. Colocamos os quatro na cama, felizmente o processo esta noite é rápido. Depois de dar um beijo de boa-noite no Luke, pego a babá eletrônica e saio pela porta dos fundos. Não espero por Matt. Me sento em uma das cadeiras da varanda dos fundos e olho para o quintal, pela escuridão, espiando de tempos em tempos o monitor que tenho em mãos, a imagem em preto e branco granulada que se alterna entre os quartos em que as crianças dormem. O ar está com um aroma doce, a fragrância das flores do jardim do vizinho é trazida até aqui pelo vento. As cigarras estão cantando. Tudo ao meu redor parece estar envolvido nessa quietude pacífica, que, de repente, é interrompida pelo rangido da porta dos fundos se abrindo. Eu não me viro.

Matt se aproxima e se senta na cadeira ao meu lado. De início ele não diz nada, só me faz companhia em silêncio.

— Eu sinto muito — ele finalmente diz. — Realmente não achei que isso fosse acontecer.

— Eu achei.

Pelo canto do olho, posso vê-lo concordar com a cabeça.

— Eu sei.

Ele volta a ficar em silêncio.

— Eu podia tentar falar com o Yury — cogita Matt.

— E você vai falar o quê?

Ele fica em silêncio, e eu sei que Matt não faz ideia do que poderia dizer.

— Posso tentar convencê-lo a não fazer isso.

Eu rio, e minha risada soa um pouco cruel. Nem vale a pena responder, de tão ridícula que é a afirmação.

— Eles não podem simplesmente revelar esse segredo. Pelo menos não sem me queimar — afirma ele, quase na defensiva.

— Se tivessem que fazer isso, acha que eles se importariam com você? — pergunto de forma ríspida. — Estou falando sério. Se eles não vão conseguir que eu seja útil de alguma forma, por que manter você atuando?

Ele remexe umas folhas com o dedão do pé e não me responde.

Eu pisco para a escuridão, deixo o silêncio se instalar sobre nós, pesado e denso.

— O que tem naquele pendrive? — digo.

— Posso verificar — vem a resposta dele.

Há uma pausa e, em seguida, ele arrasta a cadeira e se levanta. Matt entra em casa sem dizer nem mais uma palavra. Eu não me viro, não olho para ele, não o vejo indo embora. Só fico sentada encarando o contorno das árvores no escuro, sozinha com os meus pensamentos.

★

Engravidei pela segunda vez quando Luke tinha dois anos. Não fui correndo contar para Matt como da primeira vez. Guardei a novidade para mim o dia inteiro, meu próprio segredinho. Parei no caminho do trabalho para casa e comprei uma camiseta para Luke. IRMÃO MAIS VELHO, dizia ela. Naquela noite, eu dei banho nele, coloquei a calça de flanela do pijama de dinossauros, mas, em vez da parte de cima, o vesti com a camiseta que havia acabo de comprar.

— Vai lá mostrar a sua camiseta nova pro papai — sussurrei para ele.

E assisti enquanto ele corria para a sala, estufando o peito.

Matt olhou para a roupa de Luke e logo vi o rosto dele mudar. Ele se virou para mim e enxerguei nos olhos dele a mesma felicidade descontrolada de quando mostrei o primeiro teste de gravidez, três anos antes.

— Estamos grávidos? — perguntou ele, parecendo uma criança na manhã de Natal.

— Estamos grávidos — confirmei, sorrindo de volta.

Passaram-se semanas. As roupas ficaram mais apertadas, a barriga ficou maior, e enfim deixei minhas calças normais de lado e peguei de volta as peças para gestantes. Fizemos uma ultrassonografia e vimos aquele amendoinzinho. Pouco depois, descobrimos que era uma menina, passamos noites olhando livros com nomes de bebê, jogando sugestões para lá e para cá. Luke adorava beijar a minha barriga, fazer carinho com as mãos e declarar: "Eu te amo, irmãzinha". O primeiro chute que senti foi contra a mão dele.

A vida era boa.

— Vou tirar um tempo quando a bebê nascer — falei para Matt numa noite, quando já estávamos deitados para dormir. Era algo que eu estava considerando há meses, e enfim tive coragem de falar. — Duas mensalidades da creche vão consumir meu salário quase todo...

Ele ficou em silêncio. Eu olhei para ele, mas mal conseguia ver seu rosto no escuro.

— Por quanto tempo?

— Um ano ou dois.

— O seu trabalho ainda vai existir depois disso?

Dei de ombros.

— Não sei dizer com certeza.

Havia boatos de cortes de despesas iminentes, o tipo que faria com que contratações e recontratações ficassem praticamente inviáveis.

Ficamos em silêncio de novo.

— É isso mesmo que você quer, amor? Você trabalhou tanto para chegar onde está hoje.

— Sim, eu tenho certeza disso.

Eu não tinha, não totalmente, mas aquilo parecia o certo a dizer.

— Tudo bem — declarou ele firmemente. — Se é isso o que você quer.

Então fizemos um novo orçamento, em que só contávamos com o salário de Matt. *Não* colocamos a bebê na lista de espera da creche e eu comecei a fazer planos para pedir uma licença. Já sabia exatamente o que ia dizer.

Então, como eu deveria ter imaginado, aconteceu o inesperado.

— A empresa está cortando custos — comentou Matt em uma noite durante o jantar. — Despedindo pessoas.

Dava para ver a preocupação gravada na rigidez de cada traço em seu rosto.

Senti como se o meu coração parasse, apenas por um instante. Meu garfo ficou suspenso no meio do caminho.

— O seu emprego está a salvo? — perguntei.

Ele empurrou purê de batatas pelo prato. Não olhou para mim.

— Parece que sim.

A cada noite depois daquela, tínhamos novidades. O colega da baia ao lado tinha sido despedido. O líder da equipe de Matt estava prestes a ser demitido. E a cada noite eu me sentia menos esperançosa. Nós não falávamos a respeito, mas eu sabia. Eu não poderia deixar o meu trabalho, pelo menos não ainda. Eu tinha um emprego estável e nós teríamos dois filhos para criar. Precisávamos de pelo menos um salário garantido.

Então, esperei. E esperei mais um pouco. A bebê e minha barriga continuavam a crescer. Nós a matriculamos na creche, só para garantir. Logo eu estava me arrastando para o trabalho, me arrastando para o banheiro de hora em hora, me arrastando até o Departamento de Recursos Humanos para marcar a minha licença-maternidade. Para agendar a minha data de retorno, três meses depois que Ella nascesse.

Esse foi o dia em que eu tomei um choque de realidade. Eu não tiraria licença; a vida, mais uma vez, não estava saindo conforme eu havia planejado. Contei tudo a Matt naquela noite, durante o jantar.

— Marquei minha data de retorno hoje — comentei sem esticar o assunto.

Parte de mim esperava que ele fosse argumentar. Mas eu sabia que ele não iria.

— Isso vai ser temporário — observou ele. — Quando os cortes terminarem...

— Eu sei — falei, mesmo que não soubesse.

Eu tinha uma enorme sensação de que aquilo era permanente. Eu ia colocar meu segundo bebê em uma creche. No fim das contas, eu não ia ter aquele tempo que tanto desejei em casa. Não com aquela bebê, não com Luke.

— Eu sinto muito, meu amor — disse Matt. E ele parecia realmente sentir.

Dei de ombros, e então larguei meu garfo. Meu apetite tinha acabado.

— Na realidade, nós não temos escolha.

★

A porta se abre e Matt volta para a varanda. Perdi a noção do tempo. Será que se passou uma hora? Duas? Nada parece muito real neste momento. A lua está alta no céu, uma bola de luz. As cigarras agora estão em silêncio e a brisa deu uma acalmada. Ele se senta ao meu lado e eu o observo, esperando que fale alguma coisa. Ele não diz nada, só gira a aliança no dedo.

— É muito ruim? — pergunto, enfim.

Ele continua girando a aliança, girando e girando. Parece que quer dizer alguma coisa, mas não diz.

— O que o dispositivo pode fazer? — Minha voz está inexpressiva.

Ele inspira suavemente.

— Vai dar acesso a eles. Deixar que entrem em qualquer programa que estiver na rede.

— Programas confidenciais.

— Isso.

Aquilo era exatamente o que eu presumia. Era o que eu faria, se estivesse no lugar deles. Assinto. Eu me sinto anestesiada, como se nada disso fosse real.

— Se eu fizer isso vou dar a eles informação confidencial — digo, baixinho.

Ele hesita.

— Mais ou menos.

— E eles vão poder fazer tudo aquilo que quiserem.

— Até a equipe de TI da Agência identificar a invasão e expulsá-los.

Tento pensar na primeira coisa que eles fariam com acesso. Vão descobrir tudo sobre os nossos informantes e sobre os dados que eles estão nos fornecendo. Vão localizá-los na Rússia e aprisioná-los, ou fazer coisa pior.

Reinicializar os servidores e apagar informações era uma coisa. Mas isso? Pessoas podem morrer se eu fizer isso.

Sinto o sopro de uma brisa que me faz ficar arrepiada. Eu abraço meu próprio corpo e escuto o farfalhar das folhas. Como posso fazer isso? Como posso conviver comigo mesma se levar essa história adiante?

— O seu pessoal de TI — comenta Matt. — Eles são bons. Provavelmente vão descobrir isso rápido.

— Mas o seu pessoal também é bom. Você mesmo me disse isso. — Aperto meus braços com mais força em volta de mim mesma. — E se eles forem melhores que a equipe da Agência?

Ele olha para as próprias mãos e não responde. Me dou conta de que me referi aos russos como "o seu pessoal" e Matt não me corrigiu.

Olho fixamente para a escuridão. Como cheguei a esse ponto? Ao ponto de estar sentada aqui, considerando seriamente fazer algo tão horrível, tão traiçoeiro, que me faz questionar se vou ou não conseguir continuar a conviver comigo mesma se o fizer.

Cheguei até aqui porque fui fraca. Porque não fui firme no início e não fiz a coisa certa. Eu fui me afundando cada vez mais, e a cada decisão tomada se tornava mais remota a possibilidade de eu me arrastar para fora desse pesadelo. Então eu desisti de tentar. Só fui me enterrando cada vez mais.

Sinto outra lufada, mais forte dessa vez. Escuto um galho se desprender de uma árvore, um golpe surdo quando ele atinge o chão.

Foi exatamente isso o que eu fiz com a minha vida também, não foi? Houve tantas vezes em que eu deveria ter sido firme e defendido aquilo em que acreditava, feito o que, no fundo, eu sabia que era certo. Não devia ter comprado esta casa. Devia ter insistido em tirar algum tempo depois do nascimento de Luke, e feito o mesmo com Ella. A vida teria sido tão diferente se eu tivesse sido firme nas minhas posições.

Sinto uma gota de chuva na pele, depois outra. São como alfinetadas frias. Isso não vai ser o fim. Se eu fizer isso, só vou continuar me enterrando, mais e mais fundo.

— Eu não posso fazer isso — sussurro.

Mais gotas de chuva, caindo mais rápido agora. Eu as ouço atingindo o deque, sinto-as ensopando a minha roupa. Não posso ser responsável por isso. Não posso colocar vidas em perigo. E então falo de novo, mais alto desta vez, decidida, como se pudesse convencer a mim mesma.

— Não vou fazer isso.

12

— Você não vai fazer isso? — pergunta Matt. Mesmo no escuro, posso ver a surpresa no rosto dele. Aos poucos ela se transforma, bem diante dos meus olhos, em outra coisa. Frustração, talvez. — Você não pode simplesmente... não fazer isso.

— Talvez eu possa.

Eu me levanto e entro de novo em casa, tanto para escapar dele quanto da chuva. Soo mais confiante do que me sinto. O fato é que não faço ideia se eu realmente *posso* fazer isso. Não sei se é possível, ao mesmo tempo, recusar a ordem do Yury, me manter fora da cadeia e ficar com os meus filhos. No entanto, eu não quero que Matt fique me falando que não posso negar essa ordem.

Ele me segue para dentro e fecha a porta atrás de nós, abafando o barulho da chuva.

— Eles vão fazer com que você vá para a cadeia.

Não falo nada, vou para a escada, na direção de nosso quarto. *Não se eu lutar contra isso*, penso. Mas não digo em voz alta. Eu sei como ele iria reagir. Com escárnio, dizendo que é impossível, que eu simplesmente não tenho escolha.

Bem, talvez eu tenha. Talvez eu *possa* lutar.

Talvez eu seja mais forte do que ele pensa.

★

A gente estava no meio de uma briga no dia em que Luke quase morreu. Não consigo me lembrar exatamente do que se tratava, mas era algo estúpido, frutas orgânicas, talvez; o fato de que a conta das compras estava muito alta por causa delas. A gente estava na garagem. Eu tinha soltado o cinto de segurança do Luke, colocado-o no chão e estava pegando uma sacola de compras no porta-malas. Matt tirava a cadeirinha do carro com Ella, que estava mergulhada num sono profundo. Nenhum de nós notou que Luke tinha pegado sua bicicleta na garagem e montado nela.

Eu escutei antes de ver: a bicicleta foi em direção à rua. As rodinhas avançaram pelo concreto. Eu me virei no sentido do som. Lá estava ele, segurando firme enquanto a bicicleta ganhava velocidade. Mas havia algo mais: um carro descia a rua na direção da nossa casa.

Juro que o tempo parou por apenas um instante. Eu vi tudo aquilo em câmera lenta, a bicicleta se inclinando, o carro se movendo, a colisão prestes a acontecer. Luke. O meu Luke, meu amor, minha vida. Eu jamais chegaria a tempo. A bicicleta já tinha ganhado velocidade. Eu nunca seria capaz de detê-lo.

Então gritei. Um berro horripilante, um som tão alto, tão animalesco, que até hoje não consigo entender como aquilo saiu de dentro mim. E comecei a correr até ele numa velocidade que eu não sabia que era capaz de alcançar. O barulho do meu grito assustou Luke o bastante para ele se virar no sentido do som, girar a cabeça na minha direção e trazer o guidão junto, o suficiente para desequilibrar e tombar a bicicleta. Ele caiu feio no chão, com a bicicleta por cima dele, e o carro passou no lugar onde ele estaria uma fração de segundo depois.

E lá estava eu, pegando-o no colo, beijando seu rosto cheio de lágrimas e o arranhão no joelho. Olhei para cima e Matt estava de pé junto de nós. Ele também se ajoelhou e abraçou Luke, ainda soluçando por causa do joelho arranhado, ignorando o fato de ter chegado muito perto de ser morto. Matt também me abraçou, porque eu ainda estava grudada ao Luke, não conseguia soltá-lo. Dava para ver a cadeirinha no chão da garagem, Ella ainda estava dormindo em paz lá dentro.

— Meu Deus — murmurou Matt. — Essa foi por pouco.

Eu não conseguia falar. Eu me sentia como se mal pudesse me mexer, como se meu corpo tivesse parado de funcionar. Tudo o que conseguia fazer era segurar Luke como se nunca mais fosse soltá-lo. Se ele tivesse sido atropelado por aquele carro, eu também ia querer morrer. Eu definitivamente não conseguiria seguir em frente se o tivesse perdido.

— Eu vi a bicicleta, o carro — declarou Matt, com a voz abafada pela forma como estávamos todos grudados. — Eu vi o que ia acontecer. Vi que não tinha nada que pudéssemos fazer.

Eu apertei Luke ainda mais forte. Minha cabeça trabalhava para processar o que Matt havia dito. Ele viu aquilo prestes a acontecer. Ele viu aquilo e não fez nada. E não posso culpá-lo porque eu não planejei nada antes de gritar. Foi apenas instinto.

Tive aquele instinto que salvou a vida do nosso filho. E eu nem sabia que o tinha.

★

Durmo profundamente naquela noite e acordo dominada por uma sensação de determinação. Convencida de que recusar a ordem de Yury é a coisa certa a fazer e convicta de que não vou deixar que os russos me afastem dos meus filhos. Não vou deixá-los me mandar para a cadeia.

Estou escovando os dentes quando Matt entra no banheiro.

— Bom dia — diz ele.

Nossos olhares se cruzam no espelho. Ele parece descansado, mais do que deveria, diante de todo esse estresse.

Eu me inclino e cuspo na pia.

— Bom dia.

Ao meu lado, ele pega a escova de dentes e aperta o tubo de pasta. E então começa a escovar os dentes também, vigorosamente. Eu o observo pelo espelho, enquanto ele me observa. Ele cospe e se vira para mim, com a escova suspensa no ar.

— E agora? Como é que vai ser?

Faço uma pequena pausa e então volto a escovar os dentes, para ganhar algum tempo. E agora? Quem me dera ter uma resposta para isso. O fato de não saber o que responder para Matt vai minando a minha determinação. Enfim eu me inclino e cuspo.

— Não sei — comento, e aí abro a torneira para enxaguar a escova. Desvio o olhar para baixo. Ele está me deixando desconfortável.

— Preciso dizer uma coisa, amor, você não pode simplesmente ignorar o que eles dizem.

Coloco minha escova de dentes de volta na pia, passo por ele e vou para o closet. Pego uma blusa do cabide, depois uma calça. Ele está certo. Yury sabe de tudo o que fiz. E, pior, ele tem provas de tudo isso, evidências para me condenar. Eu e Matt temos plena consciência disso. A pergunta é: o que ele vai fazer com essas provas?

— Eu tenho tempo — afirmo, outra vez com mais confiança do que sinto. Mas eu realmente tenho algum tempo, certo? Yury não vai queimar Matt num impulso. E isso também significa me perder. Ele vai tentar me convencer a seguir suas ordens de alguma forma. E isso significa que eu tenho tempo.

— Tempo pra quê?

Olho para os botões da camisa que escolhi e começo a fechá-los.

— Para pensar em um plano.

Para convencê-lo a me deixar em paz. Só não faço ideia de como vou fazer isso.

Matt se aproxima e fica parado na entrada do closet. O cabelo dele está amassado na parte de trás, como sempre fica quando acorda. Seria fofo, não fosse a expressão em seu rosto. Irritada.

— Não tem plano nenhum, Viv.

Olho para os botões. Tem que haver um jeito. Yury tem informações que eu não quero que se espalhem. Mas e se eu também tiver informações que *ele* precisa proteger?

— Que tal um acordo?

— Um acordo?

— Sim. Silêncio em troca de silêncio.

Matt balança a cabeça, parece incrédulo.

— Mas o que você poderia ter para negociar com ele?

Só há uma coisa em que consigo pensar que é valiosa o bastante. Ajeito a blusa no corpo e, então, olho para ele.

— O nome do líder.

★

Quando a ideia se planta na minha cabeça, eu me apego a ela. Parece perfeita, como se fosse o único jeito de eu escapar de toda essa confusão. E assim vou para o trabalho, dia após dia, ficando acorrentada à minha mesa até tarde da noite, procurando pelo líder.

Crio outro algoritmo, a mesma ideia do anterior, mas levemente adaptado. Ele contempla uma rede mais larga e eu espero que seja o suficiente para cobrir qualquer um que possa desempenhar o papel crítico de supervisionar contatos como Yury, recebendo ordens diretamente do SVR.

Eu o faço funcionar, cruzo as referências com qualquer um que já tenha tido contato com Yury, com seus contatos, ou ainda com os contatos dos contatos dele. E assim chego a uma longa lista de candidatos em potencial, longa até demais. Preciso encontrar um jeito de filtrá-la, mas até pensar e criar um filtro, eu não paro de pesquisar. Monto perfis de qualquer um que tenha possibilidade de ser o líder. Fotos, dados biográficos, pistas operacionais.

Peguei Peter me observando algumas vezes, parecendo confuso. "Por que essa obsessão repentina?", ele perguntou uma vez. "Eu só preciso achar esse cara", respondi.

Por dias e dias, eu mal vi meus filhos. Tenho chegado em casa bem depois de eles terem ido para a cama. Às vezes, até Matt já está dormindo quando eu chego. E eu sei que ele está odiando esse meu excesso de trabalho. Ele não falou isso com todas as letras, mas sei que pensa que é uma tarefa inútil, que eu deveria apenas fazer o que Yury mandou. Mas eu não posso. Não vou fazer isso.

Enfim imprimo a pesquisa, centenas de páginas de material. Dou uma folheada, olho todas aquelas caras raivosas, uma após a outra.

Um desses caras tem de ser o líder. E quando eu descobrir quem é, quando eu convencer Yury de que estou prestes a expor toda a rede, então vou poder comprar o silêncio dele.

O problema é que há muita informação. Com o desespero aumentando cada vez mais, continuo a folhear as páginas. Preciso encontrar um jeito de filtrar essa busca, mas vai levar tempo. E, na verdade, eu nem mesmo sei quanto tempo ainda tenho. Quanto tempo Yury está disposto a esperar para ter a minha tarefa concluída? Quando vou receber o próximo envelope? Me sinto oprimida, frustrada, cheia de medo. Mas eu sei que conseguir um acordo é a minha única esperança.

Coloco a gorda pilha de papéis em uma pasta. Apoio a mão em cima dela e fico sentada em silêncio à mesa. Preciso encontrar uma saída. Por fim, guardo a pasta numa das gavetas da minha mesa, tranco-a e recolho minhas coisas para ir embora.

Vou para casa mais desanimada do que o normal naquela noite. Espero encontrar o silêncio e a escuridão dos últimos dias. Mas quando entro, percebo que a luz da sala está acesa. Matt está lá, acordado, sentado no sofá. A televisão está desligada. Seus braços estão cruzados e uma de suas pernas está se agitando para cima e para baixo, um hábito que ele tem quando está nervoso. Eu ando até ele, com cautela.

— O que está acontecendo? — pergunto.

— Yury está disposto a fazer um trato.

Eu congelo.

— O quê?

— Ele está disposto a fazer um trato. — Sua perna está balançando mais rápido agora.

Eu me forço a continuar me aproximando, a entrar na sala e a sentar no sofá.

— Você falou com ele?

— Falei.

Não sei se insisto nesse fato ou se sigo o rumo da conversa. Deixo isso para lá, por enquanto.

— Que tipo de trato?

Ele está contorcendo as mãos agora, e a perna não para de balançar nem por um instante.

— Matt?

Ele respira com tremor.

— Essa vai ser a última coisa que eles vão pedir que você faça.

Eu o encaro. De repente, ele ficou imóvel.

— Você faz isso, Viv — ele continua —, e eles destroem aquelas capturas de tela. Destroem o arquivo inteiro. Não haveria evidência alguma do que você fez.

— "A última coisa" — digo. É uma afirmação, não uma pergunta.

— Isso.

Fico em silêncio por vários instantes.

— Vou ter de trair meu país.

— E ter a sua vida de volta ao normal.

Ergo as sobrancelhas.

— Normal?

Ele se inclina para a frente, na minha direção.

— Isso vai ser o suficiente para que eu me aposente. Viv, não vamos ter mais nada a ver com eles depois.

Expiro lentamente. *Não vamos ter mais nada a ver com eles*. Isso é tudo o que eu quero. Quero que eles desapareçam. Só quero voltar a ter uma vida normal. Não quero que nada disso exista. Quando falo, minha voz é quase inaudível.

— Eles concordaram mesmo com isso?

— Sim. — Posso ver a empolgação no rosto dele, a sensação de que ele encontrou uma solução, de que resolveu tudo para nós. — Eles entendem que, depois disso, nós teríamos feito por merecer.

Teríamos feito por merecer. Sinto um arrepio correndo pelo meu corpo. *Mas a que custo?*

Além disso, quem disse que eles honrariam o trato? Eu sei muito bem como essas coisas funcionam. Passei anos estudando essas pessoas. Eles voltariam com uma nova ameaça. Talvez não amanhã, talvez não este ano, mas algum dia certamente voltariam. E então eles *realmente* estariam em vantagem. Essas coisas não acabam assim de um dia para o outro.

Matt está olhando para mim com expectativa, aguardando minha resposta. Esperando que eu concorde e pergunte o que devo fazer em seguida.

— Não — digo. — A resposta ainda é não.

13

O sedã preto está parado no meio-fio do lado de fora da escola. É uma rua calma, com árvores enfileiradas. O motor zumbe suavemente, pouco audível por cima do barulho dos ônibus escolares e do falatório das crianças que chegam para mais um dia de aula.

— É ele — confirma Yury.

Ele tira a mão do volante e aponta para além da janela do passageiro. Ali adiante há um caminho circular e uma fila de ônibus amarelos. Uma cerca branca baixa separa a escola da comunidade.

O passageiro, Anatoly, olha para baixo, para o braço que se estende diante do peito dele, depois para fora da janela na direção do dedo esticado, levando um binóculo até os olhos.

— É o de camiseta azul — informa Yury. — De mochila vermelha.

Anatoly foca o binóculo até o menino ficar nítido. Ele está parado na calçada, depois das portas de um dos ônibus. Camiseta azul-clara, calças jeans e uma mochila quase maior que ele. O garoto está rindo de algo que o amigo falou, o buraco de um dos dentes de leite que já caiu é visível.

— É o Alexander em miniatura — murmura ele.

Agora o menino está falando, conversando com empolgação. O amigo dele está ouvindo, rindo.

— Ele está aqui todas as manhãs? — pergunta Anatoly, e olha para a cerca que está mais próxima dos ônibus, a uma curta distância de onde está o menino.

— Sim. Todas as manhãs.

Anatoly pousa o binóculo no colo. Então, sem sorrir, sem piscar, continua a observar o menino.

14

No trabalho, nos dias seguintes, as palavras de Matt ficam flutuando na minha cabeça. "Isso vai ser o suficiente para que eu me aposente."

"Viv, não vamos ter mais nada a ver com eles depois."

A cada vez, tento afastar essas palavras do meu pensamento. É exatamente isso o que quero, não ter mais nada a ver com eles. Mas como eu poderia fazer isso, o que é que eles querem que eu faça? Carregar o programa? Ser responsável pelo fato de os russos descobrirem todos os nossos segredos e ainda por fazerem mal aos nossos informantes? Não posso. Simplesmente não posso.

Foco toda a minha atenção no meu trabalho. Digito nomes na minha janela de busca, um após o outro. Leio tudo o que consigo encontrar sobre cada um desses caras. Procuro algo, qualquer coisa que sugira que um deles possa ser o líder. Ou então algo que me permita eliminá-los da lista gigantesca.

Quando a semana chega ao fim, consegui reduzir algumas poucas páginas da pilha, risquei pouquíssimos nomes e não consegui aumentar as suspeitas sobre ninguém.

É desanimador.

Eu me arrasto para casa naquela noite, mais uma vez chego com as crianças já na cama. Mas Matt está lá, esperando por mim. Ele está no sofá, assistindo a um daqueles *reality shows* em que eles reformam casas. Quando entro, ele aponta o controle remoto para a TV, e a imagem desaparece.

— Oi — digo, entrando na sala, pairando perto da televisão.

— Oi.

— As crianças estão bem?

— Sim.

Ele parece distante. Não consigo identificar o que é, mas posso dizer que há algo errado. Ele não está se comportando como o Matt de sempre.

— O que está acontecendo? — pergunto.

— Não se preocupe com isso.

Abro a boca para falar, para discutir, mas me detenho.

— Tá bem.

Já tenho muito com o que me preocupar e estou exausta. *Tá bem*.

Olhamos um para o outro por mais alguns segundos constrangedores, e então ele se levanta, recolhe a babá eletrônica da bancada e se dirige às escadas. Ele para no primeiro degrau e se vira para mim.

— Você pensou mais um pouco sobre simplesmente fazer aquilo?

— Inserir o pendrive?

— Sim.

Eu o observo com atenção. Ele definitivamente está distante. Alguma coisa o está perturbando.

— Não posso fazer isso. Eu sei que você acha que eu devo, mas simplesmente não posso.

Ele me lança um longo olhar, com a testa enrugada.

— Tá bem.

E há algo no jeito como ele fala isso, tão resignado, tão *definitivo*, que eu me pego olhando fixamente para Matt, mesmo bem depois de ele já ter subido as escadas e sumido do meu campo de visão.

★

O dia seguinte no trabalho é tão inútil quanto os outros, e esta noite acabo por não ficar até mais tarde. Chego em casa no comecinho da noite e, quando entro, tudo está silencioso.

Está quase na hora do jantar. Luke e Ella deveriam estar discutindo, Chase e Caleb gritando e fazendo bagunça. Matt deveria estar na cozinha, preparando o jantar, apartando as brigas, resolvendo tudo ao mesmo tempo.

Em vez disso, a casa está em profundo silêncio. Uma sensação de pavor começa a tomar conta de mim. Algo não está certo.

— Olá? — falo para o vazio.

— Oi, mãe — escuto.

Avanço mais um pouco e vejo Luke à mesa da cozinha, fazendo o dever de casa. Olho em volta e não vejo Matt em lugar nenhum. Nem as outras crianças.

— Oi, meu amor. Cadê o papai?

— Ele não tá aqui.

Enquanto fala, Luke não olha para mim. Os olhos dele estão no papel à sua frente. Ele rabisca alguma coisa com um lápis.

— Então, cadê ele?

O pânico se instala sobre mim. Luke tem sete anos. Ele não pode ficar sozinho em casa. E onde estão as outras crianças?

— Não sei.

Estou completamente aterrorizada.

— Ele buscou você no ponto de ônibus?

— Não.

Eu mal consigo respirar.

— Essa foi a primeira vez que ele não apareceu para buscar você?

— Sim.

Meu pulso está martelando. Reviro a bolsa em busca do celular. Ligo para Matt e, enquanto chama, dou uma olhada no relógio. A escola fecha em dezenove minutos. Será que as crianças ainda estão lá? A chamada vai direto para a caixa postal. Eu desligo.

— Tudo bem, meu amor — digo, tentando manter o pânico longe da voz. — Então vamos buscar a sua irmã e os seus irmãos na escola.

No carro, tento ligar para o celular de Matt de novo. Mais uma vez a chamada vai direto para a caixa postal. *Cadê ele?* Passo voando pelos outros carros na estrada, meu pé parece um chumbo no pedal. Será que as crianças ainda estão na escola? Não sei por que essa dúvida volta a passar pela minha cabeça, mas o fato é que passa. Por favor, meu Deus, permita que elas ainda estejam.

Eu não consigo esperar até chegar lá para descobrir. Pego o telefone de novo, aperto outra entrada na minha discagem rápida: escola. A secretária atende ao primeiro toque.

— Alô. Aqui é a Vivian Miller — informo a ela. — Não estou conseguindo falar com o meu marido e gostaria de confirmar se ele já passou para buscar nossos filhos.

Há uma prece silenciosa passando pela minha cabeça, repetidamente. *Por favor, meu Deus, permita que eles ainda estejam lá.*

— Vou verificar — declara ela. — Escuto um remexer de papéis e sei que ela está checando as pranchetas de entrada e saída de alunos, as que assinamos quando deixamos e buscamos as crianças. — Parece que não passou, não — informa ela.

Meus olhos se fecham de nervoso. Sinto uma estranha mistura de alívio e medo.

— Obrigada — digo a ela. — Estou a caminho.

As crianças estão lá. No entanto, eu só vou conseguir me acalmar depois que eu enxergá-las com meus próprios olhos. Mas por que elas ainda estão lá? A escola está prestes a fechar. Matt conhece as regras. E ele não teria como saber que eu chegaria em casa a tempo de buscá-las. Aliás, considerando a hora que eu tenho saído da Agência nos últimos dias, ele deveria ter presumido que não, que eu não chegaria.

O terror está correndo pelo meu corpo como eletricidade. Luke, sozinho no ponto de ônibus e sozinho em casa. As outras crianças deixadas na escola até bem mais tarde do que o habitual.

Matt foi embora.

Ah, meu Deus, Matt foi embora.

— Mãe! — A voz de Luke no banco de trás me assusta. Dou uma olhada pelo espelho retrovisor. Ele está olhando para mim com olhos arregalados. — O sinal está verde faz tempo!

Pisco para ele e então olho para a frente. Sinal verde, virando amarelo. Alguém atrás de mim está buzinando sem parar. Piso fundo e acelero.

Penso nas últimas palavras que falamos um ao outro ontem à noite. Eu dizendo que não faria o que os russos querem que eu faça. O jeito que ele disse "Tá bem" e a expressão estranha em seu rosto.

Será que ele percebeu que não conseguiria me convencer a carregar o programa, e então não havia mais motivo para continuar por perto? Mas isso implicaria abandonar as crianças, sem se importar com o que aconteceria a elas. Isso definitivamente não combina com Matt.

Chegamos à escola. Estaciono na primeira vaga que vejo, mal respeitando as linhas que a demarcam. Aperto o freio com muita força, fazendo minha bolsa escorregar do banco do passageiro para o chão. Arranco a chave da ignição, tiro Luke do carro correndo e me apresso para a porta. Consigo visualizar meu relógio com o canto do olho. Estou dois minutos atrasada, isso significa que vou receber mais uma advertência e uma multa, cinco dólares por minuto por criança. Mas isso não tem a menor importância agora. Vejo os três logo que entro, perto da secretaria, esperando com a diretora.

Sou inundada por uma onda de alívio, e não sei bem por quê. Não sei por que estou tão aliviada de vê-los. Será que inconscientemente achei que os russos podiam fazer algum mal a eles? Nunca me passou pela cabeça que Matt pudesse levá-los embora ou algo assim. Ou passou? Não sei. Não consigo fazer a confusão de pensamentos na minha cabeça ter algum sentido agora.

Envolvo-os nos meus braços, trago todos os quatro para perto de mim, sem dar a mínima para o quanto devo parecer maluca aos olhos da diretora. Insisto no abraço em família no saguão, algo que provavelmente acabou de me custar mais um minuto, quinze dólares a mais na multa. Tudo que me importa agora é que eles estão aqui, comigo.

E nunca, jamais, vou abandoná-los.

★

Matt e eu levamos mais tempo do que deveríamos para fazer um testamento. Na verdade, deveríamos tê-lo feito antes de Luke nascer. Mas já tínhamos dois filhos quando fomos até a capital, ao escritório de direito no alto daquele prédio sofisticado, e nos reunimos com um advogado.

O testamento em si foi fácil, mal nos tomou tempo. Nomeamos os meus pais como testamenteiros do nosso espólio, caso algo acontecesse a nós dois. Eles seriam também os tutores das crianças. Não era uma situação ideal, mas nenhum de nós tem irmãos e não tínhamos amigos ou parentes em quem confiássemos o suficiente para isso.

Eu trouxe o assunto à tona no caminho do escritório de advocacia para casa, o fato de meus pais ficarem com as crianças se algo acontecesse a nós dois.

— Não sei como eles conseguiriam se virar com os pitis do Luke — falei com um sorriso e virando para trás para olhá-lo, mas ele já tinha dormido no banco de trás. — É melhor a gente se certificar de que um de nós sempre esteja por perto.

Matt manteve os olhos na estrada, não desviou o olhar nem por um instante. O sorriso desapareceu dos meus lábios quando o observei.

— Você está bem? — perguntei.

Os músculos do seu maxilar estavam tensos, e as mãos, agarradas ao volante.

— Matt?

Ele lançou um rápido olhar na minha direção.

— Sim, sim. Tá tudo bem.

— O que está passando pela sua cabeça? — pressionei. Ele estava agindo de uma forma estranha. Será que era algum incômodo com o testamento? O fato de termos nomeado meus pais como tutores?

Ele hesitou.

— Só estou pensando a respeito, sabe, e se me acontecer algo?

— O quê?

— Tipo, só comigo. E se acontecer alguma coisa e eu não estiver mais por perto?

Eu dei uma risadinha nervosa.

Ele olhou para mim e seu olhar estava sério.

— Não estou brincando.

Eu me virei, olhei pelo para-brisa e observei os carros passarem por nós à esquerda. A verdade era que eu nunca tinha sequer considerado essa possibilidade. Eu sempre tive medo de perder as crianças. Desde o início, quando elas eram recém-nascidas, eu me inclinava sobre o berço para ter certeza de que elas ainda estavam respirando.

Quando elas começavam a comer e engasgavam com os pedaços sólidos, eu me desesperava. O medo de que eu podia deixá-las cair ou algo do tipo estava sempre presente, ainda que de maneira irracional. A vida delas sempre me pareceu tão frágil. Mas eu nunca pensei em perder o Matt. Ele era minha rocha, a presença constante na minha vida, a pessoa que sempre estaria ali ao meu lado.

Mas naquele momento eu pensei nessa possibilidade. Eu me imaginei recebendo uma ligação de um policial me dizendo que ele tinha morrido num acidente de carro, ou ouvindo de um cirurgião a notícia de que ele teve um ataque cardíaco e que eles fizeram tudo o que era possível. Não conseguia dimensionar o buraco que ficaria na minha vida, a incompletude. E respondi honestamente:

— Meu Deus, eu nunca pensei nisso. Mas acho que eu não conseguiria seguir em frente.

E o fato de eu ter dito aquilo, o fato de eu simplesmente *pensar* aquilo, me balançou, fez com que, por um momento, eu não me reconhecesse mais. O que aconteceu com a garota que tinha viajado por quatro continentes sozinha, que tinha trabalhado em dois empregos durante a pós-graduação para conseguir bancar todas as despesas? Como, em poucos anos, eu tinha ficado tão ligada a alguém a ponto de não conseguir mais me imaginar sozinha?

— Você teria que seguir — respondeu ele, baixinho. — Pelas crianças.

— Sim, eu sei. Só quero dizer...

Eu olhei para ele. Ele continuava a olhar para a frente, com os músculos da boca tensos. Perdi minha linha de raciocínio, fiquei em silêncio e voltei a olhar pelo para-brisa.

— Se me acontecer alguma coisa, Viv, faça o que for preciso para cuidar das crianças.

Dei uma espiada nele, vi sua testa enrugada e a preocupação gravada em seu rosto. Será que ele não acreditava que eu seria capaz de cuidar dos nossos filhos sozinha? Será que ele pensava tão mal assim de mim?

— É claro que eu farei — retruquei, na defensiva.

— O que for preciso. Você teria que se esquecer de mim e simplesmente seguir em frente com eles.

Eu não fazia ideia do que pensar, por que ele estava dizendo tudo aquilo, *pensando* em tudo aquilo. Eu não fazia ideia de como responder. Só queria que aquela conversa acabasse.

Ele olhou para mim, tirando os olhos da estrada por um período desconfortavelmente longo.

— Prometa, Viv. Prometa para mim que você faria qualquer coisa pelas crianças.

Segurei com força a alça da porta. Por que eu tinha que prometer aquilo? É lógico que eu faria. Naquele momento, me senti menos do que medíocre, uma completa inútil. Quando falei, minha voz saiu em um sussurro falhado:

— Eu prometo.

★

Levo as quatro crianças para casa, esquento o jantar no micro-ondas e coloco todas à mesa. Elas não param de perguntar sobre Matt. *Cadê o papai? A que horas o papai chega?* E não tenho ideia de como responder às perguntas, a não ser com sinceridade. *Não sei, queridos. Espero que logo.*

Luke mal toca no jantar. Ella está quieta. E eu não deveria estar surpresa. Ele é o porto seguro das crianças. Aquele que eles confiam que sempre vai estar presente.

A minha presença não é garantida, mas a dele, sim.

Dou banho e coloco pijama em todos. O tempo todo fico esperando que Matt entre pela porta. Fico esperando que meu telefone toque. Não paro de olhar para o celular, pensando que talvez tenha chegado uma mensagem e eu não tenha ouvido, embora tenha verificado o volume meia dúzia de vezes. Atualizo meus e-mails, apesar de fazer anos que ele não me escreve um.

Ele vai entrar em contato de alguma forma, não vai? Ele não pode simplesmente desaparecer.

Mais tarde levo as crianças para a cama e depois desço sozinha de volta para a cozinha. Lavo e enxugo os pratos. A casa está silenciosa à minha volta, um tipo solitário e esmagador de silêncio. Recolho os brinquedos e os coloco de volta nas caixas. Parece que estou suspensa no tempo, só esperando que ele entre pela porta, me abrace e peça desculpas por chegar tão tarde. Na realidade, eu estou totalmente ciente de que isso pode não acontecer, de que ele pode ter ido embora para sempre, mas não consigo assimilar esse fato, não consigo acreditar.

Relembro aquela jornada estranha de carro, anos antes. Aquela conversa estranha. "E se me acontecer algo? E se eu não estiver mais por perto?" Será que era um aviso? A forma que ele encontrou de me advertir que um dia desapareceria?

Balanço a cabeça. Não faz sentido. Não da maneira que aconteceu. Ele não abandonaria as crianças desse jeito.

Meu instinto me diz que aconteceu alguma coisa com ele. Que ele está em perigo. Mas o que devo fazer a respeito? Não posso ir à polícia. Não tenho ideia de como encontrá-lo e não posso contar nada a ninguém. Sequer estou certa de que ele está em apuros.

Tudo o que eu sinto é medo e desespero.

Penso de novo no pânico que senti a caminho da escola. Pânico pelas crianças. Se achasse que Matt estava em apuros, eu não deveria estar em pânico por ele também?

Talvez eu esteja errada. Talvez, bem no fundo, eu ache que ele foi mesmo embora. Talvez eu até esteja feliz por ele ter ido.

E então um pensamento me invade. Algo tão óbvio que não sei por que não pensei nisso antes. Subo as escadas em direção ao nosso quarto. Vou até o closet, tiro a caixa de sapatos da estante, aquela dos sapatos sociais. Eu me jogo no tapete com ela no colo. Estou quase com medo de abri-la, temendo e resposta que vou encontrar ali, mesmo que já saiba.

Levanto a tampa e olho dentro dos sapatos. Não há nada ali, eles estão vazios.

A arma se foi.

Isso não é real, não pode ser. Continuo a fitar o espaço vazio, como se a arma pudesse reaparecer. *Ele foi embora*. Essas palavras estão ecoando na minha cabeça. Levo os dedos às têmporas como se, de alguma forma, eles pudessem silenciar meu pensamento. Não é possível. Ele não fez isso. Ele não faria. Tem que haver outra explicação.

Por fim, pego o celular no meu bolso de trás e rolo a tela até outro número na discagem rápida.

— Mãe? — digo quando ouço a voz dela.

— Querida, o que houve?

Fico abismada de ela saber que há algo errado comigo em apenas uma palavra. Engulo em seco.

— Será que você e o papai podem vir ficar aqui um pouco? Seria bom ter uma ajudinha com as crianças.

— Claro. Está tudo bem?

Meus olhos estão ficando cheios de lágrimas. Não consigo formar palavras.

— Querida? Cadê o Matt?

Estou fazendo um grande esforço para me controlar, tentando, ao mesmo tempo, encontrar a minha voz.

— Ele se foi.

— E quando ele volta?

Um choro engasgado me escapa dos lábios.

— Não sei.

— Ah, querida — expressa minha mãe, com a voz dolorida.

E não consigo mais me segurar. Choro silenciosamente na casa escura, solitária, até as lágrimas me embaçarem a visão.

15

A noite fica para trás sem nenhuma palavra de Matt, e quando a manhã chega, eu já não estou mais esperando por notícias dele a cada instante. Ainda não sei se ele foi embora ou se algo aconteceu. E não sei por que não estou mais desesperada, por que sinto como se nada disso fosse real.

As quatro crianças estão à mesa. Os dois mais velhos com suas tigelas de cereal e os gêmeos com seus pratinhos de fruta amassada. Eu estou na bancada, preparando o almoço de Luke – outra tarefa que costumava ser de Matt – e tomando devagar minha segunda xícara de café, depois de mais uma noite em claro. Alguém bate à porta, são umas batidinhas rápidas. Ella se agita e fala de modo ofegante:

— Papai?

— O papai não ia bater — diz Luke a irmã, e o sorriso desaparece de seus lábios.

Abro a porta e a minha mãe entra apressada, trazendo uma onda de perfume e carregando várias sacolas em cada braço, cheias de sei lá o quê. Presentes para as crianças, provavelmente. Meu pai vem logo atrás, hesitante, mais desajeitado do que o normal.

Eu não contei para as crianças que eles viriam porque não tinha certeza de quando chegariam. Mas assim que entram pela porta, os quatro ficam empolgadíssimos. Ella quase não consegue se conter.

— A vovó e o vovô estão *aqui*? — berra ela quando os vê.

Minha mãe vai direto para a mesa da cozinha, coloca as sacolas no chão e abraça Ella, depois Luke, e então beija os gêmeos no rosto. Vejo as marcas de batom que ela deixa nas bochechas das crianças.

— Mamãe, por que eles tão aqui? — indaga Ella, virando-se para mim.

— Eles vão ajudar enquanto o papai está fora — respondo.

Faço um contato visual muito breve com a minha mãe enquanto passo geleia no pão, desviando o olhar rapidamente. Meu pai está rodeando a cafeteira, como se não soubesse o que fazer com o próprio corpo.

— Quanto tempo eles vão ficar aqui? — pressiona Ella. — Quanto tempo o papai vai ficar fora?

A cozinha fica toda em silêncio. De repente, meus pais ficam imóveis. Posso sentir os olhos deles grudados em mim. Os olhos de todos ali estão voltados para mim, esperando uma resposta. Mas tudo o que consigo fazer é olhar para o sanduíche na minha frente, porque não consigo me lembrar de jeito nenhum se o Luke gosta dele cortado em triângulos ou retângulos. Minha mãe interfere.

— Presentes! Eu trouxe presentes.

Ela pega as sacolas e as crianças começam a berrar por quaisquer agrados que estejam ali dentro. Eu expiro lentamente e, quando olho para cima, vejo que meu pai ainda está me observando. Ele me dá um meio sorriso, desconfortável, e desvia o olhar.

Depois que as crianças ganham os presentes – bichos de pelúcia, canetinhas e livros de colorir, potes de tinta guache – e terminam o café da manhã, arrumo a mochila de Ella e ajudo-a a encontrar algum objeto para levar para a atividade de contação de história na escola. Como tinha de começar com a letra V, concordamos em levar a varinha de fada brilhante que ela tanto adora. Dou beijos e abraços no Luke e nos gêmeos e sirvo outra xícara de café na minha caneca de viagem.

Em seguida, lembro aos meus pais a que horas o ônibus do Luke chega e a esquina em que ele para.

— Vocês têm certeza de que vão ficar bem com os gêmeos? — pergunto.

Eles se ofereceram para ficar com Ella também, mas administrar dois bebês já me pareceu trabalhoso o suficiente para os dois. Eu, então, disse que não se preocupassem, pois Ella podia ir para a escola normalmente.

— É claro — responde minha mãe.

Eu hesito, com a chave do carro na mão.

— Obrigada — digo, por fim. — Por estarem aqui. — Posso sentir que estou lutando contra as lágrimas, e então olho para baixo, porque estou morrendo de medo de continuar olhando para a minha mãe e não conseguir segurar o choro. As palavras seguintes são um mero sussurro. — Eu não conseguiria fazer isso sozinha.

— Bobagem. — Minha mãe estende o braço e aperta a minha mão. — É claro que conseguiria.

★

Ella não tinha nem um ano quando engravidei pela terceira vez. Na verdade, foi um acidente. Não tínhamos conversado a respeito de quando – ou mesmo se – teríamos um terceiro filho, e certamente não estávamos tentando. Mas eu tinha guardado minhas roupas de gestante numa caixa, assim como tinha feito com todas as roupinhas de recém-nascido. Eu não queria me desfazer delas, e Matt também nunca sugeriu que eu fizesse isso. As coisas só tinham ido para o porão, para o depósito, junto com a banheira infantil, a cadeirinha de descanso e tudo o mais. Então, diante disso, acho que nós dois assumimos que, em algum momento, teríamos outro bebê. Mas não imaginávamos que seria assim tão rápido. Definitivamente não era isso o que tínhamos imaginado.

Saí mais cedo do trabalho naquele dia e comprei uma camiseta para Ella a caminho de casa. Na verdade, foi difícil achar uma tão pequena, mas consegui. Uma blusinha cor-de-rosa com letras roxas que diziam: IRMÃ MAIS VELHA. Também vesti Luke com a sua camiseta IRMÃO MAIS VELHO, a mesma que ele já tinha usado antes e que ainda servia. Quando Matt ligou para avisar que estava a caminho de casa, comecei a ter taquicardia. Eu sabia que ele ficaria emocionado. Um pouco assustado, um pouco atordoado, como eu, mas certamente emocionado.

Quando escutei a chave na fechadura, reuni as crianças e garanti que ambas estivessem de frente para ele; Ella nos meus braços e Luke ao meu lado. Ele entrou, os cumprimentou com o entusiasmo de sempre e então se curvou para me beijar. Foi então que vi os olhos dele prestarem atenção nas camisetas, na de Luke primeiro, depois na de Ella. Seu rosto congelou, o corpo inteiro dele congelou. Esperei pelo sorriso, pela alegria que o tinha inundado com a notícia dos dois primeiros. Mas isso não aconteceu.

— Você está grávida? — foi tudo o que ele disse. Era quase acusatório.

Você está grávida. As palavras me atingiram como um soco. Das duas outras vezes ele tinha dito "nós estamos grávidos", e então aquilo me irritou. Cheguei a dar umas patadas nele algumas vezes, lembrando-o de que era *eu* quem sentia os enjoos matinais, a azia, as costas doloridas. Mas agora, mais do que tudo, eu queria que ele repetisse aquelas palavras. Que estávamos juntos nessa.

— Sim — falei, tentando espantar aquela sensação ruim que eu sentia. *Ele está em choque. Ele está preocupado. Dê um minuto a ele, espere que processe a informação e então fique animado.*

— Você está grávida — disse ele, ainda sem conseguir sorrir. — Uau! — E isso saiu sem nenhuma emoção.

O sangramento começou naquela noite. Eu me lembro de ver o sangue na calcinha e me sentir aterrorizada. No começo era marrom, depois ficou vermelho e então começaram as cólicas. Eu me lembro de ligar para a médica e ouvir sua voz triste. *Não há nada que você possa fazer.* E então as estatísticas tomaram a minha mente. Um em quatro. Como se, de alguma forma, essa informação fizesse tudo ficar mais fácil. Eu me recordo de me encolher feito uma bola no piso frio do banheiro. De não tomar nada para aliviar a dor porque eu queria senti-la. Eu devia isso a ela, no mínimo.

Ela. Era uma menina. Eu podia sentir. Eu podia ver a carinha dela, uma existência que nunca ocorreria.

Eu não conseguia acordar Matt e muito menos contar para ele. Não depois do jeito que ele tinha reagido à novidade. Pensei em sua reação, em suas palavras... Ele certamente não sentiria o mesmo grau de sofrimento absoluto que eu estava sentindo. Eu tinha certeza disso. Eu precisava passar por isso sozinha. Perder meu bebê, lamentar pelo meu bebê. A experiência mais dolorosa e dilacerante da minha vida, e eu queria passar por ela sozinha.

Me desculpa, sussurrei para ela enquanto a cólica se intensificava, enquanto a dor ficava quase insuportável, enquanto as lágrimas escorriam pelo meu rosto. Eu nem sabia o porquê. Talvez pela reação do pai ao saber de sua existência. Naquela breve existência, ela não deveria ter conhecido apenas amor? Exaltação? Alegria? *Eu sinto muito*.

E então a dor, que eu achei que não poderia ficar pior, ficou. Eu estava toda curvada, imobilizada, suando e cerrando os dentes para não gritar. Eu sentia que ia morrer, tamanha a dor. O sangue estava por toda parte, muito sangue. Ninguém me contou que isso seria como o parto, que seria *tão* doloroso. E, de repente, eu simplesmente não suportava mais. Bem quando eu estava prestes a gritar, Matt apareceu ao meu lado no chão, me abraçando, quase como se pudesse, de alguma forma, sentir a minha dor.

— Tá tudo bem, tá tudo bem — sussurrou ele, mas as palavras estavam erradas, muito erradas, porque não estava tudo bem, nada ali estava bem.

Ele balançou comigo, para a frente e para trás no chão. E então toda a emoção dentro de mim transbordou e soluços profundos castigaram o meu corpo, soluços que eu não conseguia controlar porque eu não queria que ele estivesse ali, porque eu tinha perdido o meu bebê, porque a vida não era justa.

— Por que você não me acordou? — perguntou ele.

Minha cabeça estava enterrada em seu peito. Dava para ouvir as batidas do coração dele, quase mais altas do que as palavras em si.

Eu me afastei, olhei para Matt e sussurrei a verdade:

— Porque você não a queria.

Ele recuou, com os olhos se arregalando. Dava para ver a dor neles, e de repente fui inundada pela culpa. Esse bebê também era dele. É claro que ele a queria. Será que eu podia ter dito algo pior?

— Por que você está dizendo isso? — indagou ele, mal conseguindo sussurrar.

Olhei para o chão, para o rejunte entre os ladrilhos, e o silêncio pairou pesado à nossa volta.

— Eu estava assustado — admitiu ele, em seguida. — Não reagi como deveria.

Olhei para ele, mas a mágoa em seus olhos era maior do que eu poderia suportar, então me apoiei de novo contra seu peito, na camisa que agora estava fria por causa das minhas lágrimas. Senti sua hesitação, mas logo ele me envolveu em seus braços e, pela primeira vez naquela noite, senti que as coisas ficariam bem.

— Me desculpa — murmurou ele, e então eu tive certeza absoluta de que estava errada. Eu nunca deveria ter presumido o pior. Eu nunca deveria ter feito isso sozinha. — Eu te amo, Viv.

— Eu também te amo, Matt.

★

Minha mãe me liga no fim da tarde para avisar que buscou Ella na escola, que o meu pai buscou Luke no ponto de ônibus e que, de algum jeito, Luke tinha perdido a mochila, ela não sabia quando. Mas, fora esse incidente, todos estão em casa, seguros. Eu solto um suspiro de alívio. Insisto que não me importo com a mochila e que podemos comprar outra, depois que ela menciona esse fato pela terceira vez. Tudo o que me importa é que as crianças estejam a salvo. Eu nem me dei conta de que estava esperando por sua ligação, esperando para ter certeza de que todos estavam bem e em casa.

Passei o dia trabalhando freneticamente. Digitando nomes nas buscas, pesquisando registros, tentando desesperadamente encontrar o líder, fazer algum progresso e me colocar numa posição de vantagem. Tudo em vão. Outro dia inútil de buscas.

Outro dia desperdiçado.

Vou embora depois de exatas oito horas de trabalho. Está anoitecendo quando chego à minha rua. Paro na entrada da garagem, deixo o motor do carro ligado por um instante enquanto olho para a casa. Lá dentro, as luzes estão acesas e as cortinas são finas o bastante para que eu possa ver as formas dos meus pais e dos meus filhos.

E então algo me chama a atenção. Uma figura na varanda. Um homem sentado em uma das cadeiras, acomodado na penumbra.

Yury.

Mesmo sem enxergar suas feições, sei que é ele. É quase como um sexto sentido.

Meu coração dá uma cambalhota. O que ele está fazendo aqui? *Aqui*, na minha casa, a apenas alguns metros dos meus filhos. O que ele quer? Sem pensar, tiro a chave da ignição e pego minha bolsa, sem tirar os olhos dele nem por um instante. Saio do carro e vou até a varanda.

Ele está sentado, imóvel, e também me observa. Ele parece maior pessoalmente. Mais malvado. Está vestindo calças jeans e camisa preta, com os dois botões superiores abertos, uma corrente de ouro no pescoço, com algum tipo de pingente e botas pretas, do tipo militar. Paro em frente a ele, torcendo para que a porta se mantenha fechada, para que meus filhos se mantenham trancados no lado de dentro.

— O que você está fazendo aqui? — pergunto.

— Sente-se, Vivian.

Ele fala com um sotaque russo, não tão forte quanto eu teria esperado, e aponta para a cadeira ao seu lado. A *minha* cadeira.

— O que você quer?

— Conversar.

Ele faz uma pausa, observando-me, esperando que eu me sente, mas eu não faço isso. Então, ele meio que dá de ombros e também fica de pé. Ele tira um maço de cigarros do bolso traseiro. Há uma forma marcada em seu quadril, posso ver o contorno pela camisa.

Um coldre, provavelmente. Agora meu coração está disparado.

Yury bate o maço contra a mão, uma, duas vezes. Ele não tira os olhos de mim, está me avaliando.

— Vou ser breve, porque sei que os seus filhos estão esperando por você.

Um calafrio me percorre quando ele menciona meus filhos, e então volto a olhar para seu quadril.

Ele abre o maço, tira um cigarro e o fecha de novo. Não há nada de reve no que ele está fazendo, nem um pouco.

— Preciso que você vá em frente com aquele pendrive.

Tenho o pensamento fugaz de que ele não deveria estar acendendo um cigarro aqui. De que não quero esse cheiro na minha varanda, perto dos meus filhos. Como se eu devesse estar preocupada com isso agora.

Ele coloca o cigarro entre os lábios e procura um isqueiro no bolso da frente. A barra da camisa se levanta apenas o suficiente para que eu veja o plástico preto no quadril. Definitivamente aquilo é um coldre.

— Faça isso, e então nós dois vamos conseguir o que queremos.

O cigarro sobe e desce enquanto ele fala.

— Nós dois?

Ele aperta o isqueiro, uma, duas vezes, e então aparece uma chama. Ele o segura na ponta do cigarro até que apareça um brilho laranja. Então olha para mim, encolhendo os ombros.

— Exatamente. Eu consigo acesso aos computadores da Agência e você volta para a sua vida. Você pode ficar com os seus filhos.

Filhos. Ele não menciona meu marido.

— E quanto a Matt? — As palavras saem antes que eu possa censurá-las.

— Matt? — O rosto dele assume uma rápida expressão confusa. Logo depois, como se a ficha tivesse caído, ele tira o cigarro da boca. — Ah, Alexander. — Ele balança a cabeça, sorrindo. — Você é mesmo muito ingênua, não é? Bem, de todo modo era exatamente com isso que o Alexander contava.

Uma sensação de enjoo está crescendo dentro de mim. Ele traga o cigarro e solta uma baforada de fumaça.

— Não foi ele que meteu você nessa enrascada toda? Que traiu a sua confiança?

— Ele não me trairia.

— Ele já traiu. — Outra risada. — Ele vem nos contando tudo que você conta a ele. Há *anos*.

Balanço a cabeça. *Impossível.*

— Os seus colegas de trabalho? Quais eram os nomes deles? Marta? Trey?

Sinto meus pulmões se comprimindo. Matt negou ter feito isso. Ele jurou. E eu poderia ter jurado que ele estava dizendo a verdade.

O sorriso desaparece do rosto de Yury e uma expressão fria toma o seu lugar. Seus olhos se estreitam e ele tira o cigarro da boca.

— Bem, vamos parar de papo furado. Falar de profissional de inteligência para profissional de inteligência. Você não quer que toda essa confusão acabe?

Ele está esperando uma resposta.

— Sim — digo.

— E você sabe que não tem escolha.

— Eu tenho escolha.

Os lábios dele se curvam num meio sorriso.

— A cadeia? É isso mesmo que você escolheria?

Meu coração está disparado.

— Se você se recusar a cooperar, que motivo eu tenho para não dividir aquelas imagens com as autoridades?

— Matt — sussurro, mas mesmo enquanto digo isso, sei que não é um motivo.

Ele gargalha e depois dá outra grande tragada no cigarro.

— Esqueça seu marido, Vivian. Ele já se foi faz tempo — afirma Yury, as palavras saindo numa nuvem de fumaça.

— Eu não acredito nisso — murmuro, mesmo sem ter a menor ideia das minhas convicções.

Ele me encara com uma expressão que não consigo decifrar. E então dá uma batida nas cinzas da ponta do cigarro.

— Mas ele queria ter a garantia de que nós tomássemos conta de vocês — ele diz. Eu devolvo o olhar dele, seguro o fôlego e espero que continue. — Nós vamos pagar. Vamos pagar o bastante para você bancar seus filhos por um bom tempo.

Eu o encaro, o observo dar outra tragada e soltar a fumaça lentamente pelo nariz, olhando para a rua. Em seguida ele deixa o cigarro cair na varanda, esmaga-o com a sola da bota e lança um olhar penetrante para mim.

— Você é tudo que os seus filhos têm. Nunca se esqueça disso.

★

Depois do aborto, não havia dúvida de que eu queria outro filho. Eu estava sofrendo muito com aquela perda, a menininha cujo rosto ainda aparecia em meus sonhos. Toda vez que eu via uma mulher grávida, eu imaginava o tamanho que a minha barriga já deveria estar, e meu coração doía. Queria ser eu a pessoa com tornozelos inchados, usando calças com faixas de elástico. Eu queria muito transformar nosso quarto de hóspedes num quarto de bebê e lavar e dobrar as roupinhas absurdamente minúsculas de recém-nascido.

E, mais do que tudo no mundo, eu queria um bebê. Eu sabia que nunca mais a teria, aquela que eu tinha perdido, mas eu queria outro. Uma criança para abraçar, cuidar, amar, proteger. Eu queria outra chance.

A gente podia bancar dois numa creche, mas não três. Matt logo fez essa observação, e eu não conseguia tirar da cabeça a reação dele à notícia da última gravidez. Então, embora estar grávida fosse o que eu mais queria, esperamos até Luke entrar no jardim de infância para voltarmos a tentar.

E daquela vez, quando a linha ficou azul, eu fiquei apavorada. Com medo de perder aquele bebê também. Com medo de Matt ter a mesma reação da vez anterior. Então guardei a notícia para mim mesma, por um dia, dois. Esperei o sangramento começar, mas como ele não aconteceu, decidi que precisava contar a Matt.

Não planejei nenhum tipo de anúncio. A camiseta de IRMÃ MAIS VELHA ainda era uma lembrança dolorosa para mim. Então, numa noite, quando as crianças já estavam dormindo e nós estávamos sozinhos, deitados juntos no sofá vendo televisão antes de ir para a cama, eu ergui o teste de farmácia e esperei.

Ele olhou para o bastão e depois para mim.

— Estamos grávidos — sussurrou ele, e um sorriso se espalhou lentamente pelo seu rosto. Então ele me abraçou tão forte que quase fiquei preocupada pelo pequenino que estava dentro de mim.

Algumas semanas mais tarde, tivemos nossa primeira consulta com a obstetra. Eu estava contando os dias, desesperada para ouvir a confirmação de que tudo estava bem, morrendo de medo de me deparar com um sangramento todas as vezes que ia ao banheiro. Quando me sentei na cadeira ao lado da máquina de ultrassom, havia outro medo na minha cabeça. O de que não haveria batimentos cardíacos. De que, de alguma forma, algo estaria errado.

Quando a doutora Brown começou o exame, Matt me deu a mão e eu a apertava cada vez mais forte enquanto olhava para a tela, o pânico estava se instalando. Esperei as imagens distorcidas ganharem foco conforme ela ajustava o equipamento, procurando o lugar e o ângulo certos. Eu seguia desesperada para ver algum movimento, alguma vibração. E então lá estava, uma gotinha branca, um coração batendo.

E ao lado dela havia outra, uma segunda.

Olhei para a tela sabendo exatamente o que estava vendo. E então desviei o olhar para Matt. Ele também sabia o que aquilo significava. Seu rosto ficou pálido e ele me lançou um sorriso, mas era forçado.

Ele pode ter ficado assustado, nervoso, qualquer uma dessas opções, mas eu estava pra lá de empolgada. Gêmeos. Não era apenas um bebê para mimar, mas dois. Eu sentia quase como se estivesse tendo uma segunda chance com o bebê que eu havia perdido um ano antes.

No caminho de volta para casa, ficamos os dois calados, cada um sozinho com seus pensamentos, até que finalmente Matt falou:

— Como vamos dar conta disso?

Eu não consegui decifrar se ele estava falando sobre criar quatro filhos, encarar dois bebês acordando durante a noite, lidar com as finanças ou o quê. Mas respondi à pergunta que achei que estava em sua cabeça. A que estava na minha cabeça também.

— Eu vou ficar em casa.

Matt estava apertando o volante com tanta força que eu podia ver a pele se esticando nos nós de seus dedos.

— Pelo menos por um tempo...

— Mas você não sentirá falta?

Olhei pelo para-brisa.

— Talvez. — Eu me detive antes de dizer qualquer coisa além disso. Eu sabia que sentiria falta do meu trabalho. Eu sentiria falta da promessa de um dia fazer diferença. De ver se aquela nova metodologia que eu tinha desenvolvido nos levaria de fato a alguém envolvido no programa de agentes adormecidos. — Mas eu sentiria muito mais falta das crianças.

— Mas em algum momento...

— Em algum momento eu posso voltar.

Pelo menos, eu esperava que pudesse. Quando todas as crianças estivessem na escola, quando eu já não sentisse que o tempo estava escorrendo pelos meus dedos antes que eu pudesse agarrá-lo. Quando eu pudesse realmente focar no meu trabalho, dar a ele a atenção que merecia, e não sentir que tudo o que eu fazia na vida era medíocre.

— Mas será possível? — ele disse, desviando o olhar.

Fiquei em silêncio. Na realidade, eu sabia que não havia garantias de que eu pudesse voltar depois de tanto tempo. Aqueles rumores de cortes no orçamento tinham se materializado e as contratações estavam suspensas. Se eu saísse, aquela podia ser uma decisão definitiva.

— O plano de saúde vai ser um problema — comentou ele. — Temos muita sorte com o seu. — Ele disse, balançando a cabeça. — A minha cobertura é horrível e não podemos bancar os melhores médicos e hospitais.

Voltei a olhar pela janela. Aquilo era verdade. O emprego do Matt tinha alguns bons benefícios, mas o plano de saúde nunca fora um deles.

— Somos saudáveis — falei. Eu não queria saber de obstáculos naquele momento.

— É só que com gêmeos, às vezes pode haver complicações...

Um carro passou voando por nós na pista ao lado. Eu não respondi.

— Vamos ter que mudar muita coisa para nos ajustarmos apenas ao meu salário.

De repente, comecei a sentir um enjoo, uma pressão no peito, e logo a seguir uma onda de pânico pelos bebês. Eu não podia ficar estressada daquele jeito. Precisava me acalmar. Respirei fundo uma vez, depois de novo.

— Os bebês não vão ser bebês para sempre, sabe? — observou ele.

— Eu sei — respondi com um sussurro.

Tudo lá fora estava um borrão. E se, no fim das contas, eu não estivesse apenas dando um tempo na minha carreira? E se eu nunca mais conseguisse retomá-la? Meu trabalho era parte da minha identidade. Será que eu estava pronta para abrir mão dele completamente?

Eu queria ambos. Tempo com as crianças e uma carreira recompensadora. Mas isso simplesmente não parecia possível.

Alguns instantes depois, a mão dele envolveu a minha.

— Só não consigo imaginar como tudo vai funcionar — declarou ele, baixinho. — Só quero que a gente fique bem.

★

Observo enquanto Yury se afasta na direção de um carro parado do outro lado da rua, um sedã preto de quatro portas. Leio a placa vermelha, branca e azul, da capital, e a repito baixinho, uma, duas vezes. Continuo com os olhos grudados no carro enquanto ele se afasta do meio-fio e desce a rua, até que as luzes traseiras desapareçam por completo. Remexo o interior da minha bolsa, tiro uma caneta, um pedaço de papel e anoto o número da placa.

E, então, eu desmorono. Caio no chão e abraço os joelhos. Estou tremendo descontroladamente. Isso está mesmo acontecendo?

A única razão pela qual estou nesta terrível confusão é porque eu queria proteger Matt, mantê-lo presente na vida das crianças, manter a nossa vida o mais normal possível. Mas agora ele foi embora.

Ele mentiu para mim sobre a Marta e o Trey. Ele contou sobre eles para Yury, é lógico que fez isso. Como pude ser tão estúpida? E por que ele simplesmente não me contou a verdade? Não consigo tirar o rosto do Matt da cabeça, a maneira como ele jurou que nunca tinha dito nada a respeito. Ele não esboçou nenhum sinal de que não estava dizendo a verdade. Eu não tenho mesmo jeito para identificar uma mentira, tenho?

E as crianças. Ah, meu Deus, as crianças. *Você é tudo que os seus filhos têm*. Yury está certo, não está? O que aconteceria a eles se eu fosse para a cadeia?

Escuto a porta se abrindo atrás de mim, com aquele rangido que precisa ser consertado.

— Vivian? — A voz da minha mãe. Ela se aproxima, trazendo seu perfume, e se agacha ao meu lado. — Ah, querida — murmura ela.

Ela me abraça de um jeito que não fazia desde que eu era pequena. Enterro a cabeça em sua ternura, como se tivesse voltado a ser uma criança.

— Querida, o que está acontecendo? É o Matt? Você teve notícias dele?

Sinto como se estivesse me afogando. Nego com a cabeça, ainda enterrada em seus braços. Ela está acariciando meus cabelos. Posso sentir o amor irradiando dela. A sensação esmagadora de que ela quer, de alguma maneira, resolver todos os meus problemas, afastar a minha dor. A certeza de que ela faria qualquer coisa por mim.

Eu me afasto devagar e olho para ela. De certa forma, no escuro, da maneira como a luz vinda da porta da frente está batendo em seu rosto, do jeito que as feições dela estão contorcidas de preocupação, minha mãe parece mais velha. Quantos anos, com boa saúde, ela e meu pai ainda têm pela frente? Decerto não o suficiente para cuidar dos meus quatro filhos. Para criá-los.

Eu me imagino sendo mandada para a prisão e não consigo nem imaginar o que isso faria com eles.

— Você vai ter, querida. Tenho certeza de que vai.

Mas a incerteza está gravada no rosto dela. Eu conheço aquele olhar incrédulo. A percepção de que Matt talvez não seja quem ela sempre achou que era, porque o homem que ela conhecia não ia simplesmente desaparecer do nada. E eu não quero ver isso. Não quero a dúvida ou as mentiras que, de alguma maneira, deveriam fazer que eu me sentisse melhor.

Ela agora também está sentada no chão, e se ajeita perto de mim. Ficamos ali na varanda em silêncio. Uma das mãos dela está nas minhas costas, me acariciando em movimentos circulares, exatamente como eu faço com os meus próprios filhos. Escuto as cigarras, a porta de um carro se abrindo e se fechando.

— O que aconteceu? — pergunta ela, baixinho, enfim verbalizando a pergunta que sei que não saiu da cabeça dela desde que recebeu a minha ligação desesperada. — Por que o Matt foi embora?

Eu olho fixamente para a frente, para a casa dos Kellers, as venezianas azuis, as cortinas abaixadas, pequenos feixes de luz saindo por algumas das janelas.

— Se não quiser falar sobre isso, tudo bem — declara ela.

Eu quero falar sobre isso. Sinto uma urgência opressora de simplesmente começar a falar, soltar tudo e contar a ela os meus segredos. Mas não seria justo dar esse fardo para minha mãe carregar. Não, não posso fazer isso. Esse fardo é meu, só meu.

Mas preciso dar uma resposta a ela, dizer uma coisa qualquer.

— Havia algumas coisas no passado dele — conto com cuidado. — Coisas que ele nunca me contou.

Pelo canto do olho vejo-a assentir, como se fosse exatamente aquilo o que ela esperava ouvir. Visualizo ela e meu pai na noite em que telefonei, tentando pensar em explicações para o que aconteceu. Luto contra uma repentina vontade de rir. *Ah, mãe, não é nada do que você imaginou*.

— Antes de vocês se conhecerem? — pergunta ela.

Concordo com a cabeça.

Ela leva um instante para responder, como se estivesse elaborando seus pensamentos.

— Todos nós cometemos erros — afirma ela.

— O erro dele foi não me contar a verdade — declaro baixinho.

E essa é a grande verdade. Não foi um único momento de fraqueza que nos trouxe a este ponto, mas sim uma década inteira baseada em mentiras.

Vejo-a assentindo de novo. Ela não para nem por um instante de acariciar as minhas costas. Uma das janelas nos Kellers fica totalmente escura.

— Às vezes — começa ela de forma vacilante —, a gente acha que encobrir a verdade vai proteger as pessoas que mais amamos.

Encaro a janela escura, o pequeno retângulo que agora ficou preto. Foi isso o que eu fiz, não foi? Encobri a verdade para proteger a minha família. Eu me vejo na frente do meu computador, com o mouse sobre o comando Excluir.

— Não sei dos detalhes, é claro — acrescenta ela. — Mas o Matt que eu conheço é uma boa pessoa.

Eu concordo, com lágrimas ardendo nos olhos, fazendo o possível para contê-las. O Matt que eu conheço também é uma boa pessoa. Alguém que jamais desapareceria assim do nada.

Mas e se o Matt que nós duas conhecemos não existir na realidade?

★

Quando as crianças estão todas na cama e minha mãe e meu pai já se retiraram para o quarto de hóspedes improvisado, o minúsculo cômodo que abriga um sofá-cama, eu me sento sozinha na sala, com o silêncio pesado à minha volta.

Yury veio até a minha casa. Isso está longe de estar acabado. Eles não vão me deixar em paz como fizeram com Marta e Trey.

Eu cometi um crime e eles têm as provas que podem me mandar para a cadeia.

Eu estou na mão deles.

O aviso que Yury me deu está ecoando na minha cabeça. "Você é tudo que os seus filhos têm." E isso é a mais pura verdade. Matt foi embora. Não posso continuar esperando que ele volte, que apareça de repente e nos tire dessa situação. Eu mesma preciso fazer isso.

Preciso lutar.

Preciso me manter fora da prisão.

Mas enquanto Yury tiver uma prova do que fiz, permanecer livre parece algo impossível. *Enquanto Yury tiver uma prova.* O pensamento me atinge como um soco. E se ele não tivesse mais essa prova?

A CIA não tem nada contra mim. Só os russos. Só Yury.

Ele deve ter uma cópia das imagens que deixou na minha caixa de correio, a comprovação de que vi a foto de Matt naquela pasta. É isso o que ele está usando para me chantagear. E se eu encontrar a cópia dele e destruí-la? Nesse caso ele não teria mais o que negociar. É claro que ele ainda poderia contar tudo isso às autoridades, mas seria a palavra dele contra a minha.

É isso. Essa é a solução, o único jeito de eu permanecer fora da cadeia e ficar com meus filhos. Eu preciso destruir aquela prova.

E para isso, vou ter que encontrá-lo.

A adrenalina está correndo por todo meu corpo. Eu me levanto, vou até o corredor e pego na minha bolsa o pedaço de papel com o número da placa do carro de Yury.

Então, subo até o quarto dos gêmeos, tiro uma caixa da prateleira mais alta do armário – com roupas que já não lhes servem mais –, remexo o conteúdo e então encontro o telefone descartável. Volto para a sala, vejo o número do Omar, tiro a bateria do meu celular e faço a ligação da linha pré-paga.

— É a Vivian — digo rapidamente quando ele atende. — Preciso de um favor.

— Diga.

— Preciso que você investigue uma placa pra mim.

— Tudo bem. — Pela primeira vez, ele hesita. — Você pode me contar por quê?

— Tinha um carro na minha rua hoje. — Até agora, é verdade. — Ficou ali parado por muito tempo e me pareceu suspeito. Provavelmente não é nada, mas achei melhor verificar. — A mentira sai mais fácil do que eu esperava.

— Sim, é claro. Só um segundo.

Escuto barulhos ao fundo e o imagino abrindo o notebook, navegando pela base de dados do Bureau, um programa que guarda informações de registros de toda parte, praticamente todos os dados que circulam por aí. A placa certamente vai me fornecer um nome e um endereço. Com sorte, vou descobrir o nome falso que Yury está usando nos Estados Unidos. E se aquele não for o endereço verdadeiro dele, pelo menos já tenho uma pista. Algo para rastrear.

— Pronto. Pode falar — diz Omar.

Leio para ele a placa do carro e ouço o barulho de digitação no teclado. Há uma longa pausa, e então ele digita mais alguma coisa. Ele lê o número de volta para mim e me pergunta se tenho certeza de que é esse. Verifico de novo o pedaço de papel e digo a ele que tenho certeza absoluta.

— Hum — diz ele. — Que estranho.

Prendo a respiração, esperando que ele continue.

— Nunca vi isso antes.

Meu coração está batendo tão alto que posso ouvi-lo.

— O quê?

— Não há nenhum registro de que essa placa exista.

★

Na manhã seguinte, estou tirando uma xícara de café do armário quando tenho um vislumbre da caneca que Matt me deu há algumas semanas. Aquele objeto de metal brilhante descansando na minha prateleira. Eu congelo.

A placa daquele carro era minha única pista para chegar até Yury. Agora eu não tenho ideia de como encontrá-lo, de como destruir a prova que poderia me colocar atrás das grades.

Lentamente, estendo o braço para pegar a caneca. Tiro-a da prateleira e a coloco na bancada.

Eu poderia fazer isso. Poderia levar aquele pendrive até a Agência e plugá-lo naquele mesmo computador. Exatamente como da última vez. E então tudo isso estaria acabado. Matt me disse isso e agora Yury repetiu a mesma coisa.

"Vamos pagar o bastante para você bancar seus filhos por um bom tempo." A promessa de Yury passa pela minha cabeça. Esse é um dos maiores motivos de eu não ter entregado Matt no começo de tudo, o medo de, em sua ausência, eu não conseguir sustentar as crianças sozinha. Mas agora ele já não está mais presente, e Yury acabou de me oferecer uma maneira de garantir que isso aconteça.

E então as palavras de Matt me vêm à cabeça, as que ele me disse tanto tempo atrás, naquele dia na estrada: "Se me acontecer alguma coisa, faça o que for preciso pra cuidar das crianças".

O que for preciso.

— Vivian?

Eu desperto do meu transe e me viro para dar de cara com a minha mãe. Eu nem a escutei chegar à cozinha. Ela está me olhando, com uma expressão de preocupação no rosto.

— Você está bem?

Eu olho de novo para a caneca, mais uma vez vejo meu reflexo nela, aquela imagem distorcida. Essa não sou eu, certo? Sou diferente disso. Sou mais forte.

Eu me viro de volta para minha mãe.

— Sim. Estou bem.

★

Sento à minha mesa com uma xícara de café na minha frente, aquela com pó flutuando na parte de cima. Encaro a tela do meu computador e abro um relatório da inteligência, algo aleatório. Assim, se alguém olhar para ela, vai parecer que estou envolvida com aquilo. Tento desesperadamente controlar a minha mente.

Preciso achar aquela prova para então destruí-la. Mas não faço ideia de como.

Omar verificou mais alguns bancos de dados, mas não conseguiu informação nenhuma sobre a placa. Ele me perguntou o que estava acontecendo e eu disse que devia ter anotado a placa errada. Mas eu sabia que não tinha feito isso, e o fato de não haver registro algum daquele carro me apavora.

A ideia de pegar as crianças e fugir passa brevemente pela minha cabeça, mas eu sei que isso não é uma opção. Os russos são bons. Eles nos encontrariam facilmente.

Preciso ficar aqui e me manter firme.

★

Bem mais tarde, à noite, depois de as crianças e meus pais terem ido dormir, estou mais uma vez sozinha na sala, com a televisão ligada para evitar que a casa seja invadida por um silêncio pesado. Está passando um programa de namoro, dúzias de mulheres competindo por um homem solteiro, todas elas loucamente apaixonadas, ainda que nenhuma delas saiba de fato quem ele é.

Meu telefone começa a vibrar, dançando levemente no sofá ao meu lado. *Matt*. Essa é a primeira coisa que me vem à cabeça. Mas a tela diz que se trata de um número DESCONHECIDO. *Não é o Matt.* O aparelho continua a vibrar insistentemente. Coloco a televisão no mudo e então pego o telefone, segurando-o junto à orelha cuidadosamente, como se fosse um objeto perigoso.

— Alô?

— Vivian — diz ele, a voz inconfundível, o sotaque russo. Meu estômago se revira num nó. — Mais um dia se passou e você *ainda* não completou a tarefa. — O tom é amigável, como se quisesse estender a conversa. O que é enervante, na verdade, já que as palavras são ameaçadoras.

— Não tive nenhuma oportunidade hoje — minto. Nesse momento, inventar uma desculpa parece ser minha única opção.

— Ah — diz ele, uma sílaba densa que, de alguma forma, faz que fique claro que ele não acredita no que eu disse. — Bom. Vou passar o telefone para alguém que pode — ele faz uma pausa, como se estivesse procurando as palavras certas — convencer você a encontrar a oportunidade.

Há um clique na linha, depois outro. Como se a chamada estivesse sendo transferida. Eu aguardo, tensa, e então escuto.

— Viv, sou eu.

Meus dedos quase esmagam o telefone.

— Matt? Onde você está?

Uma pausa.

— Em Moscou.

Moscou. Impossível. Moscou significa que ele foi mesmo embora. Ele realmente deixou as crianças sozinhas naquele dia, sem um responsável. Até esse instante, eu não tinha percebido que não acreditava totalmente nessa hipótese, que eu ainda estava me apegando à esperança de que ele fosse voltar para nós, que não tivesse de fato partido.

— Escute, você precisa fazer isso — ele diz. Estou anestesiada. Sem palavras. *Moscou.* Isso não parece real. — Pense nas crianças.

Pense nas crianças? Como ele ousa dizer isso?

— E por acaso você pensou? — pergunto, minha voz endurecendo.

Lembro-me de encontrar Luke sozinho à mesa da cozinha no dia em que Matt desapareceu, e dos três mais novos esperando na secretaria da escola.

Não há resposta. Acho que posso ouvi-lo respirando, ou é a respiração do Yury, não posso dizer com certeza. E, no silêncio, eu nos enxergo na pista de dança do nosso casamento, aquelas palavras que ele falou no meu ouvido. Dou uma sacudida na cabeça para afastar o pensamento. Não sei mais em que acreditar.

— Eles vão pagar você por isso — informa ele. — É o bastante para você poder deixar o seu emprego.

— O quê? — murmuro.

— Passar mais tempo com as crianças. Exatamente como você sempre quis.

Não era assim que eu queria que as coisas acontecessem. Nada parecido com isso.

— Eu queria *a gente* — sussurro. — Você e eu. Nossa família.

Há outra pausa.

— Eu também queria.

A voz dele está pesada. Consigo visualizar a expressão em seu rosto, as rugas na testa.

Meus olhos estão se enchendo d'água, minha visão está ficando embaçada.

— Por favor, Vivian — pede ele, e a urgência, o desespero em sua voz, fazem com que o meu corpo seja tomado pelo medo. — Faça isso pelos nossos filhos.

16

Eu continuo segurando o telefone na orelha por muito tempo depois de a linha ficar muda. Quando finalmente consigo colocá-lo de volta na almofada, não posso parar de olhá-lo. As últimas palavras que Matt falou estão reverberando na minha cabeça, a maneira como ele as disse, o medo que havia em sua voz. Algo está errado.

Eu deveria fazer o que eles dizem. Eles insistem na promessa de que essa é a última coisa que eu terei de fazer, que eu serei bem recompensada. Terei dinheiro para bancar os meus filhos e poderei ficar junto deles. Tudo que eu preciso fazer para isso acontecer é plugar aquele pendrive em um computador da Agência, exatamente como já fiz antes.

Mas eu simplesmente não consigo. Não posso ser responsável por todo o mal que vai acontecer aos nossos informantes. Não posso trair o meu país dessa forma. E, além disso, não posso acreditar na promessa deles. Nada garante que eles não vão voltar para me pedir outra coisa assim que a oportunidade aparecer.

Eles querem que eu me sinta como se não tivesse escolha. Como se estivesse sozinha e não fosse forte o suficiente para encarar isso por conta própria.

Mas eles estão errados. Eu tenho escolha, sim.

E quando se trata dos meus filhos, sou muito mais forte do que eles pensam.

★

Eu estava com exatas vinte semanas de gestação quando recebi o telefonema. Eu estava dirigindo do trabalho para casa. Era um número local, provavelmente do consultório da minha obstetra. Eu tinha feito uma ultrassonografia morfológica naquela manhã, um exame que eu ansiava há semanas.

Uma longa série de fotos em preto e branco meio distorcidas estava no banco ao meu lado. Enfim os rostinhos pareciam evidentes, braços, pernas e os dedinhos minúsculos também. O profissional que fez o exame pegou um deles sorrindo e o outro chupando um dedão. Eu mal podia esperar para mostrar a Matt aquelas imagens.

Além das fotos, estava também o envelope. Liso, branco, com a palavra SEXOS rabiscada na frente. Ainda estava lacrado, para evitar que eu não resistisse e desse uma espiadinha antes da hora. Abriríamos o envelope juntos quando eu chegasse em casa, Matt, as crianças e eu.

— Alô? — falei.

— Senhora Miller? — Era uma voz que eu não reconhecia. Não era a recepcionista, a que sempre me ligava para avisar que tudo estava bem com os exames. Minhas mãos se apertaram no volante. Tive uma vaga sensação de que deveria encostar o carro. De que eu não sabia o que aquela mulher tinha para dizer, mas sabia que eu simplesmente não queria ouvi-la. Antes de saber o que era, eu já me flagrei pensando que, no fim das contas, tudo ficaria bem.

— Sim? — consegui dizer.

— Aqui é a doutora Johnson, da cardiologia pediátrica.

Cardiologia pediátrica. Senti como se um peso tivesse caído sobre as minhas costas, algo praticamente impossível de ser carregado. Depois da ultrassonografia, eles tinham feito um ecocardiograma fetal hoje. "Não se preocupe", tinha sussurrado a enfermeira enquanto me conduzia pelo corredor. "Às vezes, no caso de gêmeos, eles só querem dar uma conferida mais atenta." E eu acreditei nela. Acreditei que não deveria me preocupar. Acreditei que os profissionais de ultrassom eram apenas reservados, que não tinham autorização para me dizer nada, e que tudo estava bem.

— Um dos fetos não mostrou anomalia alguma nos exames. — A voz da doutora Johnson estava grave.

Um dos fetos. Um pensamento sombrio latejava no meu cérebro. *Isso quer dizer que o outro mostrou.*

— Certo. — A palavra saiu num tom mais baixo do que eu imaginei.

— Senhora Miller, não há um modo fácil de dizer isso. O outro bebê tem uma séria cardiopatia congênita.

Eu não me lembro de encostar o carro, mas, quando dei por mim, já estava parada no acostamento, com o pisca-alerta ligado, enquanto os carros passavam zumbindo à minha esquerda.

Ela continuava falando, e eu conseguia assimilar apenas pequenos fragmentos. "... válvula pulmonar... cianose, problema para respirar... cirurgia imediata... isso posto, há opções... se a senhora decidir... dois fetos masculinos... interrupção voluntária..."

Dois fetos masculinos. Foi nessas palavras que a minha mente se fixou. Eram dois meninos. Já não haveria mais uma apreensão em volta daquele envelope, com gritinhos empolgados de Luke e Ella. Afinal de contas, que importância tinha o sexo dos bebês diante de uma notícia como essa?

Senhora Miller? A senhora ainda está aí?

— Ã-hã.

Minha cabeça estava a mil. Será que ele teria uma vida normal como as outras crianças? Será que ele correria, praticaria esportes? Será que ele sobreviveria?

— Sei que é uma notícia difícil de digerir, principalmente pelo telefone. Eu gostaria de marcar uma consulta com a senhora assim que possível. Aqui no consultório nós conversaremos sobre as opções.

Opções. Olhei para as fotos ao meu lado, o sorriso no rosto de um dos bebês, o dedão na boca do outro. Fechei os olhos e visualizei os dois se agitando na tela do ultrassom. Escutei o som da batida de um coração, *tum-tum-tum-tum*, e depois o de outro, *tum-tum-tum*. Então pousei a mão na barriga e a senti se mexer, os dois lá dentro, lutando por espaço.

Não havia opções a serem discutidas. Esse era o meu bebê.

— Senhora Miller?

— Eu vou ficar com ele.

Houve uma pausa, breve, mas longa o bastante para que eu pudesse ouvir que havia um julgamento nela.

— Bem, nesse caso, é muito importante sentarmos e discutirmos o que esperar...

Eu a odiava. Eu odiava essa mulher. Eu sabia, com absoluta certeza, que em cada consulta que tivéssemos daqui por diante eu me certificaria de que *não* fosse com ela. Ele era meu filho. Ele alcançaria seu potencial máximo. Eu o manteria seguro, eu lhe daria força. Independentemente de qualquer coisa, eu faria isso por ele.

A voz dela vagueava pelos meus pensamentos. "... uma série de cirurgias no futuro... potencial para desenvolvimento atrasado..."

Senti como se tivesse levado outro soco no estômago. Cirurgias. Terapia. Tudo isso custaria caro. Um emprego estável, com chances de promoções. Ele precisaria de um bom plano de saúde, do tipo que o meu trabalho na Agência nos oferece. Não poderíamos pagar tudo isso do nosso bolso porque isso nos levaria à falência, e ainda assim não proporcionaria a ele os melhores cuidados.

Em um instante o plano de ficar em casa com os bebês evaporou.

Mas eu faria o que fosse preciso. Aquele era o meu filho.

★

Ainda estou olhando para o telefone na almofada do sofá ao meu lado. Estou começando a traçar um plano na minha cabeça.

Ele poderia funcionar, ou me destruir por completo. Mas, no momento, não tenho outra opção. Preciso encontrar Yury. E finalmente tenho uma nova pista.

Tiro a bateria do meu celular e vou atrás do telefone descartável. Digito, seguro-o na orelha e escuto Omar atender a ligação.

— Preciso falar com você — digo baixinho. — Em particular.

Meu coração bate duas vezes antes de ouvi-lo responder:

— Tudo bem.

— Que tal no Espelho d'Água? Amanhã de manhã, por volta das nove?

— Pode ser.

Faço uma pausa.

— Só eu e você, certo?

Meus olhos se desviam para uma foto apoiada na prateleira acima da lareira, Matt e eu no nosso casamento. Escuto a respiração do Omar.

— Certo.

★

Chego antes dele e me sento num banco que fica num ponto mais ou menos central da enorme extensão do lago artificial que faz parte do monumento em homenagem ao ex-presidente Lincoln. O parque está silencioso; as árvores, imóveis. O ar está frio, mas com a promessa de fazer um pouco mais de calor. Turistas andam sem destino perto do Memorial Lincoln, pontinhos coloridos para lá e para cá, mas a área onde eu estou está deserta, exceto por um ou outro corredor de tempos em tempos.

Há três patos na água, eles criam leves ondulações na superfície com seus movimentos. Seria tão bom se eu estivesse aqui com as crianças, elas estariam jogando pedacinhos de pão na água e observando animadas os patos nadarem até a comida para devorá-la.

Não vejo Omar antes de ele chegar até mim. Ele se senta do lado oposto do banco, não me olha de imediato e, por um instante, eu sinto como se estivesse num filme, como se nada disso fosse real. Alguns segundos depois ele se vira para mim.

— Oi.

— Oi.

Olho para ele brevemente. Seus olhos guardam um pouco de suspeita, mas não exatamente como alguns meses antes, quando havíamos conseguido acessar o computador de Yury. Volto a olhar para a água. Um dos patos está se afastando, nadando na direção oposta.

— O que está acontecendo, Vivian? Por que a gente está se encontrando aqui?

Giro a aliança em volta do dedo. Uma, duas, três vezes. Não quero fazer isso.

— Preciso da sua ajuda.

Ele está em silêncio. Eu o assustei. Isso nunca vai dar certo.

Engulo em seco.

— Preciso que você rastreie uma ligação. Que me diga tudo o que puder sobre o número.

Ele hesita brevemente.

— Certo.

Limpo a garganta. Isso é um risco. Não sei se é o certo a fazer. No entanto, sei que é a minha única chance de talvez conseguir rastrear Yury. E Omar é o único com quem posso contar.

— Foi para o meu telefone, ontem à noite. Número desconhecido. Da Rússia.

A boca dele se abre num pequeno círculo, depois se fecha rapidamente.

— Eu posso falar com o meu chefe...

— Não. Você não pode contar a ninguém.

A expressão dele fica sombria. Ele ergue uma sobrancelha. Posso ler a pergunta em seu rosto, mesmo que ele não diga nada.

Sinto o suor brotando na minha testa.

— Lembra que você me contou que havia um infiltrado no CCI? Bem, há um infiltrado no seu departamento também. A Agência está investigando um.

Luto para manter minha expressão aberta, sincera. Omar sabe muito bem como identificar uma mentira. Não posso transmitir nenhum dos sinais a ele.

Ele olha para longe e se mexe no banco, visivelmente incomodado.

— Você é o único em quem eu confio. Precisamos manter isso entre nós dois.

Ele está olhando para a frente, para a água. Desvio meu olhar para lá também. Os patos seguem seu caminho, agora longe de nós, nadando rapidamente.

— O que você está me pedindo para fazer, rastrear uma ligação feita para o seu celular sem documentar a ação, é ilegal.

— Eu preciso de ajuda. E não sei mais para quem apelar.

Ele balança a cabeça.

— Você vai ter que me dar mais detalhes.

— Eu sei.

Percebo que estou girando minha aliança em volta do dedo de novo. O que estou prestes a fazer parece errado. Posso ouvir as palavras de Matt na minha cabeça, aquelas palavras de tanto tempo atrás: "O que for preciso. Você teria que se esquecer de mim e simplesmente seguir em frente com eles".

— É sobre a célula de agentes adormecidos. Acho que estou perto de penetrar nela.

— O quê? — murmura ele.

— Mas alguém está envolvido nisso — hesito. — Alguém importante para mim.

— Quem? — Seus olhos estão buscando os meus.

Sacudo a cabeça em negativa.

— Primeiro preciso me certificar das minhas suspeitas. Não estou pronta para falar sobre isso. Pelo menos, não ainda.

Não até que eu tenha destruído qualquer coisa que eles possam usar para me chantagear.

Há uma corredora se aproximando de nós, de shorts rosa-claro e com fones de ouvido. Nós a observamos passar, com seus passos ecoando no chão à nossa frente, depois se afastando cada vez mais. Eu finalmente me viro de novo para ele.

— Eu vou contar tudo a você. Prometo, mas primeiro me deixe ir a fundo nisso.

Ele passa uma das mãos pelos cabelos e, quando ergue o braço, vejo uma parte do coldre por baixo da camisa. Olho para o objeto.

— Não posso deixar você fazer isso sozinha.

Volto meus olhos para o rosto dele e lanço meu olhar mais sincero, tentando canalizar todo o meu desespero.

— Por favor.

— Não vou contar para ninguém. Só você e eu saberemos disso, Viv. A gente pode...

— Não. — Faço uma pausa. — Olhe, nós somos amigos e foi por isso que eu vim até você. Você disse que se algum dia eu precisasse de ajuda...

Ele passa uma das mãos pelos cabelos de novo e me lança um longo olhar, ao mesmo tempo duro e preocupado. Ele vai fazer isso, certo? Ele tem que fazer isso.

Omar parece hesitante. Hesitante demais, como se estivesse prestes a me dizer não. Preciso de algo mais. Algo que seja impactante o bastante para fazê-lo quebrar as regras por mim. Relembro a nossa conversa no elevador, meses atrás.

"Há um infiltrado no CCI. Se você estiver em apuros, sabe onde me encontrar."

Minha garganta está apertada.

— Você tinha razão a respeito de termos um infiltrado no CCI. — Preciso prometer algo a ele. Preciso ganhar tempo. — Vou conseguir descobrir mais se você rastrear este número pra mim.

— O número está conectado ao infiltrado *e também* à célula de agentes adormecidos?

Eu assinto. Os olhos dele vasculham os meus, e posso ver a empolgação, a fome. Foi como mostrar um biscoito para um cachorro. Agora ele vai fazer qualquer coisa para poder ganhá-lo.

— Só me dê um pouco de tempo — peço.

Enfim, ele expira.

— Vou ver o que posso fazer.

★

Ele vai dar uma olhada no número por conta própria. Eu sei que vai, não tenho dúvidas disso. Foi dada a largada. Eu preciso aproveitar todas as pistas que conseguir para chegar ao Yury antes que o Bureau se aproxime. Tudo o que eu preciso é colocar as mãos naquelas provas antes deles.

Talvez recorrer à ajuda de Omar não tenha sido a coisa certa a fazer. Mas eu não tinha alternativa. Aquela ligação é a única pista real que tenho. Preciso explorá-la.

De volta ao escritório, encaro o telefone, esperando que ele toque. Quando eu me flagro nessa situação, forço-me a voltar à pasta de líderes em potencial; a pasta que está diminuindo muito devagar, mas um pouquinho a cada dia. Toda vez que escuto um telefone eu quase salto na cadeira, mas nunca é o meu. Tento imaginar o que Omar está fazendo, rezo para que não esteja contando aos superiores dele, e para que eles não estejam ligando para os meus, porque se isso acontecesse, eles iriam me fazer falar, alguém rastrearia Yury por conta própria e onde eu acabaria? Na prisão.

Outra chamada, agora finalmente é o meu telefone. Eu atendo rapidamente.

— Alô?

— Estou com o que você precisa — avisa Omar. — O'Neill daqui a uma hora?

— Estarei lá.

★

Entro no O'Neill exatos sessenta minutos depois daquela ligação. Tocam sininhos quando a porta se abre, mas ninguém olha para mim. A garçonete está encostada no bar, digitando uma mensagem no celular. Tem um homem solitário sentado no meio do bar, curvado sobre o copo de uma bebida que tem cor de âmbar. Um casal está à mesa perto da janela da frente, absortos em sua conversa.

Ando um pouco mais, acostumando meus olhos à pouca luminosidade. Examino o local com marcas de cerveja em neon, placas de carro antigas e itens de decoração também antigos. Localizo Omar ao fundo, sozinho numa mesa para dois, me observando.

Vou até lá e me sento em frente a ele. Ele está com um copo na mesa. Algo transparente, com gás. Água tônica, talvez, ou soda. Ele não costuma beber álcool. E certamente não vai fazer isso em horário de trabalho.

Ele está me encarando com um olhar impassível, difícil de decifrar. Acho que está desconfiado. Minhas mãos se apertam no meu colo. Isso não é algum tipo de armadilha, é? Será que ele contou para mais alguém do Bureau sobre a nossa conversa?

— O que você descobriu? — pergunto.

Ele continua calado, me olhando profundamente. Então, alcança uma bolsa aos seus pés, tira uma única folha de papel dobrada ao meio e a coloca sobre a mesa. Posso ver um número de telefone nela, escrito à caneta, código de área local.

— É um celular descartável — informa ele, e isso não me surpreende, mesmo que me decepcione um pouco. — Sem histórico de outra chamada.

Concordo com a cabeça. *Por favor, permita que haja algo mais. Algo que eu possa usar.*

— Foi comprado aqui na cidade, há uma semana. Na loja Cellphones Plus, a noroeste. Eles até têm circuito interno de câmeras, mas as gravações são todas manchadas. Nunca tivemos sorte rastreando os pré-pagos comprados lá.

Sinto como se estivesse murchando, a esperança escorrendo pelas minhas mãos. Isso não vai me levar até Yury.

Omar está me observando com uma expressão que não consigo ler. Então ele me empurra outra folha de papel pela mesa. Há um mapa, uma região contornada de vermelho. Eu olho para ele.

— Esse é o local da chamada, de acordo com a torre de transmissão.

Olho de novo para baixo, examino o mapa com mais cuidado. Trata-se da parte noroeste da capital. A um raio de aproximadamente doze quadras da cidade. Yury estava próximo. Olho para Omar.

— Obrigada.

Ele me encara, depois suspira.

— O que você vai fazer com isso? Tem certeza de que não quer a minha ajuda?

— Você disse que me daria tempo — lembro a ele. — Por favor, só me dê mais algum tempo.

Ele assente, ainda que de leve, uma concordância resignada, seus olhos grudados nos meus.

— Tome cuidado, Vivian.

— Vou tomar. — Dobro o papel no meio, depois no meio de novo e o coloco na bolsa aos meus pés. Empurro a cadeira para trás e me levanto para ir embora. — Obrigada de novo. De verdade.

Ele permanece sentado, me observando. Boto a bolsa no ombro e me viro. Estou prestes a dar um passo quando a voz dele me detém.

— Mais uma coisa — diz ele. — Sobre a chamada. — Eu me viro para encará-lo. Ele balança rápido a cabeça. — Não houve nenhuma passagem de ligação para a Rússia.

17

Dirijo atordoada para casa. Faço o mesmo caminho de sempre, paro nos sinais vermelhos, uso a seta, mas é tudo no automático. Eu não consigo pensar. Tudo à minha volta está um borrão.

Nenhuma passagem de ligação para a Rússia. Isso significa que Matt não está em Moscou. Ele está no noroeste da capital, naquela vizinhança circulada em vermelho no mapa. Matt está com Yury.

Mas por quê?

E por que ele mentiu para mim? Algo está errado. Mais uma vez, o medo está prestes a me dominar por inteiro.

Quando chego em casa, minha mãe está na cozinha, no fogão. Ocupando o lugar que sempre foi de Matt. Ela está usando meu avental, que tenho há anos, mas que normalmente fica numa gaveta, intocado. O aroma que preenche a cozinha me transporta de volta à infância. Bolo de carne, o mesmo que ela fazia para mim quando eu era criança, e purê de batata, lotado de manteiga e feito na hora, não do tipo que eu compro, pré-cozido, para fazer no micro-ondas. Há algo tão familiar nisso, tão intensamente reconfortante.

Dou um oi para ela e para as crianças. Grudo um sorriso na cara e faço as perguntas que devem ser feitas. "Como foi a escola?" "Como os gêmeos se comportaram hoje?" Estou lá, mas não estou realmente presente. Minha cabeça está toda focada naquele quadradinho circulado de vermelho. Matt está lá, em algum lugar.

Meu pai se senta na cadeira de Matt durante o jantar. É estranho vê-lo ali, como se ele não estivesse no lugar certo, como se aquilo não se encaixasse bem. Minha mãe se encolhe ao lado de Ella. É muita gente para aquela mesa, mas damos um jeito.

Não paro de imaginar o que estaria acontecendo com Matt. Visualizo-o amarrado em algum lugar, com uma arma apontada para a cabeça enquanto falava ao telefone comigo, me dizendo que estava em Moscou. Essa é a única explicação, não é? Ao menos, é a única que faz sentido. Só assim para ele mentir para mim daquele jeito. Olho para o bolo de carne, sem apetite. Se é nisso que acredito, então por que não estou entrando em pânico? Eu não deveria estar entrando em pânico?

Minha mãe está perguntando às crianças sobre o dia delas, tentando conduzir os assuntos, tentando preencher qualquer possibilidade de silêncio com conversas normais. Meu pai está cortando o bolo de carne em pedaços pequenos para os gêmeos, e eles estão jogando-os na boca aos punhados, tão rápido quanto o avô consegue cortar.

Ella está respondendo às perguntas da avó, entretida na conversa, mas Luke está em silêncio, olhando para o prato dele, remexendo a comida com o garfo. Não interage com ninguém e nem come. Eu gostaria de poder afastar a dor que ele sente. Gostaria de poder trazer o pai dele de volta, deixar tudo normal de novo. Trazer de volta o sorriso dele.

Ella desembesta a falar sobre uma história que aconteceu no parquinho, durante uma brincadeira de pega-pega. Olho para ela e sigo dizendo as palavras certas na hora certa, pequenas frases que a fazem achar que estou prestando atenção, e então ela segue falando. Mas a minha atenção, na realidade, está voltada para Luke. Em certo momento, vejo minha mãe me observando com uma expressão de preocupação estampada no rosto, por Luke e por mim. Nossos olhares se encontram e eu correspondo, apenas por um instante. Eu sei que ela quer afastar a minha dor assim como eu quero afastar a de Luke.

Mais tarde, naquela noite, três das quatro crianças já estão apagadas e estou colocando Luke para dormir. Sento na beirada da cama dele e noto o antigo ursinho de pelúcia ao seu lado. Agora ele está um trapo, com a espuma de dentro saindo por um rasgo na costura da orelha. Luke o carregava pela casa, o levava para a escola, para a hora da soneca e dormia com ele toda noite. Eu não o via há anos.

— Me diga no que você está pensando, meu amor — falo, tentando encontrar o tom certo, meigo e gentil.

Ele aperta o urso com mais força. Os olhos dele estão abertos na escuridão. São grandes, castanhos e espertos, tão parecidos com os de Matt.

— Eu sei que é difícil ficar longe do papai — continuo. Eu estou de mãos atadas. Como posso fazer com que ele se sinta melhor quando não tenho a menor ideia do que devo dizer? Não posso falar que o pai dele vai voltar logo. Não posso dizer que ele vai telefonar. E, certamente, não posso dizer a verdade a Luke.

— Não tem nada a ver com você ou com os seus irmãos — explico, e logo que digo me arrependo das palavras que escolhi.

Por que eu disse isso? Não é o que falam para dizer quando um dos pais vai embora? Assegurar aos filhos de que não é culpa deles?

Ele aperta os olhos e uma única lágrima pula. O queixo dele está tremendo. Luke está tentando reter tudo com tanta força. Faço carinho em sua bochecha, desejando desesperadamente aliviar a dor que ele sente e pegá-la para mim.

— É isso? — pergunto. — Você está achando que a culpa é sua de o papai ter ido embora? Eu garanto para você que não é, filho, de jeito nenhum...

Ele nega firmemente com a cabeça. Funga uma vez.

— O que é então, meu amor? Você só está triste?

Ele abre a boca com delicadeza e o queixo treme mais.

— Eu quero que ele volte — sussurra.

Mais lágrimas escorrem pelo rosto.

— Eu sei, meu amor. Eu sei.

Meu coração está partido por ele.

— Ele falou que ia me proteger.

A voz dele está tão fraca que chego e ter dúvidas de que ouvi direito.

— Proteger você?

— Daquele homem.

As palavras me deixam imóvel. O pânico percorre o meu corpo e, repentinamente, eu fico gelada.

— Que homem?

— O que foi na minha escola.

— Foi um homem na sua escola? — Escuto os batimentos no meu ouvido. — Ele falou com você?

Ele concorda com a cabeça.

— E o que foi que ele disse?

Ele pisca rapidamente e fica com um olhar vago, como se estivesse se lembrando de algo. Uma situação desagradável. Em seguida ele balança a cabeça.

— O que o homem disse, meu amor?

— Ele sabia o meu nome. Ele falou assim: "Diga para sua mãe que eu mandei um oi". — Outra fungada. — Ele falava esquisito e tinha uma voz esquisita também.

Um sotaque russo, sem dúvida.

— Por que você não me contou, querido?

Ele parece preocupado, assustado, como se tivesse feito algo errado.

— Eu contei pro papai.

Juro que meu coração para, só por um segundo.

— Quando isso aconteceu? Quando você contou pro papai?

Ele pensa por um instante.

— No dia antes de ele ir embora.

★

Matt e eu levamos cinco meses para sairmos juntos, só nó dois, depois que os gêmeos nasceram. Meus pais vieram de Charlottesville para passar o fim de semana em casa. Tínhamos, enfim, conseguido estabelecer uma rotina para a hora de dormir de todas as crianças; e os gêmeos já estavam dormindo algumas horas seguidas em seus berços. Tudo indicava que meus pais conseguiriam segurar as pontas durante o início da noite.

Matt disse que faria planos, e eu fiquei satisfeita de poder simplesmente desligar, ansiosa por uma surpresa. Achei que ele faria uma reserva no novo restaurante italiano que certa vez eu disse que gostaria de conhecer, mas que era muito silencioso para levar as crianças.

Ele não me contou aonde iríamos até chegarmos ao local. Achei charmoso e divertido o fato de ele insistir em manter o suspense. Quer dizer, até chegarmos lá e eu perceber a verdade, pois ele sabia que se tivesse me contado aonde estávamos indo, eu teria recusado.

— Um clube de tiro? — falei, olhando para a placa em frente ao enorme e horroroso galpão, com um estacionamento imundo lotado de picapes. Matt entrou com o Corolla, dando solavancos na direção de uma vaga, e não me respondeu nada. — É *essa* a sua surpresa?

Eu odiava armas. Ele *sabia* que eu odiava armas, mesmo que sempre tivessem feito parte da minha vida. Meu pai tinha sido policial. Ele carregava uma arma todos os dias – e eu havia passado toda a minha infância com medo de ele ser acertado por uma bala. Mesmo depois de aposentado, continuou carregando-a com ele. E aquela era uma questão sensível entre nós; eu não queria mais armas na nossa casa, mas ele não queria ficar sem a sua. Então fizemos um acordo. Ele podia trazer a arma quando nos visitasse *se* – e apenas se – estivesse descarregada e ficasse trancada num cofre portátil durante todo o tempo.

— Você precisa treinar — disse Matt.

— Não. Eu não preciso treinar nada.

Eu tinha me habilitado muito tempo atrás. Nos meus primeiros anos na Agência, eu queria preencher todos os requisitos, estar preparada para qualquer missão. Mas depois acabei deixando meu certificado vencer, e estava perfeitamente feliz sendo uma funcionária de escritório, perto de casa. Fazia anos que eu não tocava numa arma.

Ele colocou o carro em ponto morto e se virou para mim.

— Precisa, sim.

Dava para sentir a raiva começando a crescer dentro de mim. Não havia absolutamente nada que eu quisesse menos naquele momento do que treinar tiro. Não era assim que eu queria passar essa tão aguardada noite. E ele deveria saber disso.

— Eu não vou fazer isso, Matt. Sem chance.

— Isso é importante pra mim.

Ele me lançou um olhar suplicante.

Escutei o eco de tiros dentro da construção e o som me deu arrepios.

— Por quê?

— Por causa do seu trabalho.

— Do meu *trabalho*? — Eu estava totalmente confusa. — Eu sou uma analista. Eu passo o dia sentada na frente de um computador.

— Você precisa estar preparada.

A essa altura, eu estava exasperada.

— Pra quê?

— Pros russos!

A explosão dele me deixou em silêncio. Eu não fazia ideia de como reagir àquilo.

— Olha, você trabalha com a conta da Rússia, não é? — O tom dele se suavizou. — E se um dia eles vierem atrás de você?

Eu vi a preocupação no rosto dele. Antes disso, eu nunca tinha percebido que o meu trabalho o deixava tão assustado, que ele se preocupava tanto com a minha segurança.

— Não é assim que as coisas funcionam. Eles não...

— Ou das crianças — disse ele, interrompendo-me. — E se um dia eles vierem atrás das crianças?

Eu queria discutir. Dizer a ele que não era bem assim, que os russos simplesmente não "viriam atrás" de uma analista, não dessa forma. E eles certamente não viriam atrás dos nossos filhos. Será que ele achava mesmo que eu teria um emprego que colocaria nossos filhos em perigo? Mas havia algo em sua expressão que me impediu de ir em frente, que me tirou o argumento.

— Por favor, Viv? — ele pediu e me lançou novamente aquele olhar suplicante.

Aquilo era importante para ele. Aquilo devia estar martelando em sua cabeça havia muito tempo. Aquilo era algo de que ele realmente precisava.

— Tá bom — concordei. — Tá bom. Eu vou treinar.

★

Se tem uma coisa de que tenho certeza absoluta a respeito do Matt é o fato de que ele ama nossos filhos.

E, do fundo do meu coração, acredito que ele também me ama. Mas, nesse caso, ainda pode restar alguma suspeita; afinal de contas, eu sempre fui seu alvo. Mas as crianças? Não tenho a menor dúvida de que ele as ama profundamente. A forma como ele olha para elas, interage com elas, aquilo é real. É por isso que vinha sendo tão difícil para mim acreditar que ele teria partido, deixado Luke andar do ponto de ônibus até nossa casa sozinho, deixado os outros três esperando na creche.

E é por isso que agora ficou impossível para mim acreditar que ele se foi por conta própria. Porque se ele tivesse conhecimento de que alguém tinha envolvido o Luke nisso tudo, não havia a menor chance de ele ter fugido e nos abandonado.

Ele teria ido atrás da pessoa que abordou nosso filho.

Tarde da noite, quando a casa está mais uma vez silenciosa, desço a escada sem fazer nenhum barulho e espio o cantinho em que meus pais estão dormindo. Meu pai está roncando baixo e posso ver o peito da minha mãe subindo e descendo. Ando silenciosamente até a mesinha que fica ao lado do meu pai e pego o chaveiro que está em cima dela.

O ronco segue. Dou uma olhada na minha mãe para ver se o peito ainda está subindo e descendo num ritmo constante. Vou até a bagagem deles, que está apoiada contra a parede, e abro a mala maior. Levanto algumas roupas dobradas e logo encontro o que procuro. O cofre portátil, enfiado lá no fundo.

Eu o tiro com cuidado. Encontro a menor chave do molho, escorrego-a na fechadura e viro. Escuto o clique ao se abrir e logo congelo. Dou uma olhada para meus pais, mas eles continuam dormindo. Então, abro o cofre e tiro a arma, ela parece ao mesmo tempo leve e pesada nas minhas mãos. Pego o carregador e a caixa de balas, coloco tudo no tapete e tranco o cofre novamente. Arrumo-o de volta no fundo da mala e recoloco as roupas por cima. De acordo com o nosso trato, papai não pode tocar na arma enquanto está em casa, por isso ele nunca vai se dar conta de que ela desapareceu.

Ponho as chaves de volta na mesa, com cuidado para que elas não façam barulho. Deslizo o carregador e a caixa de balas para dentro dos bolsos do meu roupão, e então saio dali tão silenciosamente quanto entrei, segurando a arma com força na mão.

18

Fico acordada naquela noite com a arma na mesinha de cabeceira ao meu lado. Olho para ela no escuro. Isso tudo é surreal. Agora até mesmo as crianças estão envolvidas. Pode não ter sido uma ameaça explícita, mas o recado é óbvio: eles estão dispostos a usar meus filhos para conseguir aquilo que querem. E isso muda tudo.

Não consigo parar de pensar naquele dia no clube de tiro. Matt insistindo para que eu treinasse. Ele também mencionou especificamente os russos. É como se soubesse que esse dia poderia chegar, soubesse que eu precisaria estar preparada.

Viro de costas para a arma e de frente para o lugar em que Matt deveria estar deitado. A cama parece especialmente vazia esta noite, especialmente gelada.

Depois de um tempo, eu me levanto. Minha cabeça não desliga, não me deixa dormir. Ando pela casa silenciosa. Dou uma espiada nas crianças, verifico, pela terceira vez esta noite, se as portas e as janelas estão trancadas. Vou até o hall, tiro o papel dobrado da minha bolsa e o levo comigo para a sala, o espaço onde as crianças brincam, onde uma grande parte da nossa vida aconteceu. Eu me afundo no sofá, desdobro o papel e olho fixo para o mapa, para o espaço contornado em vermelho.

Yury está lá, em algum lugar naquele raio. O homem que abordou meu filho, que o deixou amedrontado. E Matt está lá também. Algo aconteceu e ele deve estar encrencado.

Olho para as ruas, para a disposição delas. Percebo que o meu antigo apartamento está ali, a rua onde nós nos conhecemos faz parte da área demarcada. Como foi que chegamos a esse ponto? Quem teria imaginado, uma década atrás, que estaríamos aqui um dia, sendo chantageados pelos russos, à beira de perder tudo o que temos na vida?

Entro na cozinha e coloco o mapa sobre a bancada. Ligo a cafeteira, ouço o barulho da água fervendo. Quando me estico para pegar uma xícara no armário, vejo de novo a caneca de metal. Vacilo ligeiramente e, então, fecho a porta.

Com o café passado e a caneca em mãos, eu vou de novo até a bancada, olho para o mapa mais uma vez. Andei por essas ruas há muito tempo. Aliás, Matt e eu andamos. E agora ele está lá, em algum lugar. Só não tenho ideia de como encontrá-lo.

Não tenho ideia do que fazer.

Tomo o último gole de café e coloco a xícara na pia. Depois pego o monitor da babá eletrônica na bancada e o levo comigo para cima, ajeito-o na pia do banheiro e entro no chuveiro. Fecho os olhos e deixo a água quente cair sobre o meu corpo. O vapor vai tomando conta do ambiente, até que o ar esteja tão pesado e quente que mal consigo enxergar, mal consigo respirar.

★

— Ninguém pode buscar meus filhos, a não ser nossos contatos de emergência — aviso à diretora da escolinha bem cedo na manhã seguinte. Estou segurando a mão de Ella com muita força, tanto que ela chegou a reclamar no estacionamento enquanto caminhávamos até a portaria. Minha outra mão está segurando a de Luke. Ele murmurou alguma coisa sobre esperar no carro, mas eu não lhe dei ouvidos. Aquilo não aconteceria, ao menos não nessa manhã. — Ou seja, meus pais e minha vizinha, Jane.

O olhar dela vai das minhas olheiras para a minha mão esquerda.

— Se for uma questão de custódia, nós vamos precisar de um...

— Meu marido, eu e nossos contatos de emergência — esclareço, agarrando as mãos das crianças ainda mais forte. — Verifique as identidades, se vier alguém diferente. E me ligue imediatamente. — Anoto o número do celular pré-pago e lanço a ela um olhar mais frio. — *Mais ninguém*.

Levo Luke para a escola e ele fica emburrado porque preferia pegar o ônibus, como faz todos os dias. Espio ao longo da cerca, pela rua com árvores enfileiradas e quase corro com ele para dentro do prédio, com o braço em volta do seu ombro. Quando chegamos à porta da sala de aula, eu me agacho para ficarmos cara a cara.

— Se aquele homem aparecer de novo, ligue para a mamãe na mesma hora — instruo.

Aperto um pedaço de papel na mão dele, é o número do celular pré-pago. Vejo um lampejo de preocupação em seu rosto e, naquele instante, eu o enxergo novamente como um bebê. O meu bebê, que não sou capaz de proteger. O desespero toma conta de mim enquanto o observo abrir a porta e entrar na sala de aula.

Quando a porta se fecha atrás dele, vou até o escritório do diretor. Digo a ele que Luke foi abordado por um estranho na área da escola e uso cada fragmento de raiva e indignação que consigo reunir. Tenho certeza de que ele está acostumado a lidar com situações parecidas com os outros pais. Os olhos dele se arregalam e a cor se esvai de seu rosto, e rapidamente se compromete a reforçar a segurança no perímetro da escola e dar atenção especial a Luke.

Eu me junto ao tráfego matinal, o mesmo trajeto de sempre, a viagem tediosa em direção ao centro da cidade. E eu odeio fazer isso, porque sinto que deveria estar com as crianças. Mas a verdade é que não posso mantê-las trancadas em casa comigo para sempre, e também não posso estar na escola, na creche e no trabalho ao mesmo tempo.

O carro avança pela estrada e estou cada vez mais perto da saída que eu pegava para chegar ao meu velho apartamento, a saída que leva à parte noroeste da cidade. Eu olho fixamente para o desvio, para a pista que está livre. E quando estou próxima o bastante, giro o volante e acelero. Yury está lá em algum lugar. E Matt também.

A saída me leva a ruas muito familiares. Eu me enredo por elas, visualizando o pedaço contornado de vermelho na minha cabeça, dirigindo o carro até dentro dele. Meus olhos estão verificando as ruas atentamente, procurando o carro de Matt e o de Yury. Prestando atenção em cada sedã preto, checando as placas. Nenhuma bate.

Por fim, estaciono numa rua silenciosa, saio do carro e começo a andar. Minha bolsa está no ombro, a arma está guardada num estojo de maquiagem com um fundo falso. A manhã já está quente. O clima é agradável. Em manhãs como esta, na época em que morávamos nesta parte da cidade, Matt e eu costumávamos sair a pé para tomar café da manhã na pequena lanchonete da esquina de que tanto gostávamos.

As memórias voltam com tudo, Matt e eu naqueles primeiros dias, naqueles dias felizes e descomplicados. Passo pelo meu antigo prédio e paro exatamente no mesmo local onde trombei com ele pela primeira vez, há tantos anos. Visualizo a cena: eu carregando aquela caixa e a nossa colisão. Quase posso ver as manchas de café no concreto e o sorriso que ele me lançou. Será que, se eu pudesse, mudaria o passado? Seria possível transformá-lo completamente para que nunca tivesse conhecido Matt? Sinto como se o meu coração estivesse muito apertado. Chacoalho a cabeça, afastando esse pensamento, e continuo andando.

Chego à esquina onde eu estava quando o vi pela segunda vez. A livraria já fechou faz tempo, agora há uma butique de roupas no lugar. Ainda assim, olho para ela, imagino a livraria de novo, visualizo Matt ali na frente, com um livro nas mãos. Revivo os sentimentos de empolgação e alívio por tê-lo reencontrado. Agora, tudo o que sinto é tristeza.

Passo pela cafeteria onde nos sentamos à mesa no fundo e conversamos até o café ficar frio. Pelo restaurante italiano onde fizemos nossa primeira refeição, e que agora se transformou em mais uma lanchonete que serve *kebab*.

Sinto como se eu estivesse vagando pela minha vida, e é uma sensação estranha, porque aqueles são os momentos que me definiram, que me trouxeram até onde estou hoje, e nenhum deles foi verdadeiro.

E então vejo o banco logo à frente, a agência de esquina com o telhado abobadado. Sinto um peso no peito quando olho para ele, quando o vejo refletindo a luz do sol. Nunca prestei muita atenção ao local, nunca fiz ideia de que Matt vinha até aqui regularmente para se encontrar com a mesma pessoa que eu perseguia dia e noite no trabalho enquanto as crianças estavam na creche.

Ando até lá, encontro o pequeno pátio na lateral, um quadrado gramado com árvores, canteiros de flores bem-cuidados e dois bancos de madeira escura e ferro trabalhado. Olho para o da direita, o que fica de frente para a porta. Tento imaginar Matt sentado ali. E Yury fazendo o mesmo.

Sento no banco e olho em volta, vejo o que Matt deve ter visto por tantas vezes, o que Yury deve ter visto também. O pátio está vazio, silencioso. De repente, tomo consciência de que foi ali, na parte de baixo daquele banco, que Yury deixou aquele primeiro pendrive para Matt. Estendo a mão até ali embaixo e tateio, mas não há nada.

Vou depressa até a outra ponta do banco e tateio ali por baixo também. Nada. Levanto-me lentamente e junto minhas mãos. Pisco para o vazio, sentindo-me anestesiada. É claro que eu não encontraria nada ali. Matt e Yury estão juntos.

É só que não sei mais o que fazer. Não tenho a menor ideia de como encontrar Yury, de como encontrar Matt, de como resolver toda essa situação.

★

Paro no estacionamento da creche pontualmente às cinco, no horário de pico, quando todos os pais aparecem para buscar as crianças. O lugar está lotado, há carros parados em fileiras que eu normalmente encontro vazias. Vejo uma minivan saindo da fileira do meio e aguardo enquanto ela dá ré, bem lentamente, e então vai embora. Estaciono naquela vaga.

Estou saindo do carro quando o vejo. Na fileira mais distante do estacionamento. O carro dele está parado de ré, e ele está apoiado no capô, com os braços cruzados no peito, olhando diretamente para mim. Yury.

Fico plantada no lugar. O terror faz meu coração querer sair pela boca. O que ele está fazendo aqui? E o que eu devo fazer, ignorá-lo? Voltar com Ella e só então deixar que ele me confronte?

Eu me forço a me mover, a andar até ele. Nós dois nos encaramos. Ele está mais uma vez vestindo calças jeans e uma camisa de botões, com dois botões abertos em cima, sem camiseta por baixo. Sua corrente de ouro reflete a luz. A expressão dele agora é dura, ele não parece estar mais disposto a se fingir de amigável.

— Deixe os meus filhos fora disso. — A frase escapa com mais confiança do que sinto.

— Eu não estaria aqui se você tivesse feito o que eu pedi. Isso tudo já estaria acabado.

Eu lanço um olhar penetrante.

— Deixe os meus filhos fora disso.

— Essa é a última vez que venho até você, Vivian. Este é o meu último aviso.

Ele persegue o meu olhar, seus olhos estão fuzilando os meus.

Escuto passos se aproximando e me viro. É uma mãe que não reconheço, com uma criança pequena no colo e outra um pouco maior ao seu lado, de mãos dadas bem apertadas. Ela está falando com o mais velho, sem prestar a menor atenção em nós. Eles andam até a SUV a alguns espaços do carro de Yury. Nós dois ficamos em silêncio enquanto ela coloca as crianças no carro, prende-as nas cadeirinhas e depois entra no veículo.

Quando a porta se fecha, Yury fala de novo:

— Obviamente a ameaça de cadeia não foi o bastante. — Ele sorri de leve e sua mão passa pelo quadril, encostando no coldre por cima da camisa. — Mas, por sorte, eu ainda tenho mais quatro pontos de vantagem.

Meu corpo gela. *Quatro*. São meus filhos. Ele está ameaçando os meus filhos.

O motor da SUV liga e o barulho me faz pular. Dou um passo na direção dele.

— Não *ouse*.

O sorrisinho irônico dele se intensifica.

— Ou o quê? Sabe, Vivian, acho que você ainda não percebeu que sou eu que mando aqui. — Ele aperta um dedão no peito, o suficiente para fazer balançar o pingente de ouro. — Eu.

A polícia. Preciso recorrer às autoridades. A Omar. Esquecer dessa chantagem, parar de tentar ficar fora da prisão. Eu não ligo a mínima para o que pode acontecer comigo. Nesse momento, eu passaria o resto da vida – de bom grado – atrás das grades, se isso significasse que meus filhos estariam em segurança.

— Eu sei o que você está pensando — afirma Yury, enquanto pisco para ele e volto à realidade. — E já adianto que é melhor você esquecer isso.

Eu olho para ele, para seus olhos, sua expressão implacável. Será que ele sabe mesmo? Será que ele pode mesmo saber no que estou pensando?

— Se você procurar as autoridades — diz ele, e então percebo que sim, ele sabe no que estou pensando —, nunca mais vai voltar a ver o Luke.

Eu fico imóvel, congelada no lugar, enquanto ele se vira e entra no carro, o mesmo que eu acabara de procurar por toda a capital. Eu observo enquanto ele dá partida e vai embora. Há muitas pessoas ao meu redor, pais que entram sozinhos na creche e saem de lá carregando suas crianças, as menores no colo ou em carrinhos, as maiores saltitando de mãos dadas, com mochilinhas nas costas. Eu fico ali parada por um tempo, com o olhar vidrado no carro de Yury até perdê-lo de vista.

Em seguida deixo um suspiro escapar, uma grande respiração engasgada, e minhas pernas vacilam. De repente, elas ficam muito fracas para aguentar o peso do meu corpo. Me apoio no carro mais próximo para não cair. Luke. Meu Luke. Como isso pode estar acontecendo? Meu Deus.

Está bem. Eu vou fazer o que ele está me pedindo. Eu visualizo o pendrive. Imagino-me inserindo-o no computador novamente, deixando os russos entrarem na nossa rede, sendo responsável por tantas vidas que vão se perder, daqueles indivíduos sem nome e sem rosto cujas informações estão nos relatórios que leio, em que confio. Pelo menos não se trata de Luke. Vejo o sorriso dele, escuto sua gargalhada. Ele é tão inocente. Pelo menos vão deixar meu bebê em paz.

Pelo menos por agora.

Sinto, mais uma vez, como se todo o ar dos meus pulmões tivesse acabado.

Porque, em algum momento, *vai ser* o meu bebê. Ou, pelo menos, um deles. Essa história, uma hora ou outra, vai atingi-los. Isso não acabaria assim. Yury saberia que tudo que precisa fazer é ameaçar meus filhos, depois eu faria qualquer coisa que ele me pedisse. Seria apenas uma questão de tempo até que ele voltasse com novas ameaças.

Faço meus pés se moverem e não sei exatamente de onde tiro forças para isso. Estou toda destruída por dentro. Tudo parece surreal e, ainda assim, muito real. Olho para a porta da creche, mas meus pés não estão indo naquela direção. Eles seguem para o lugar onde está meu carro.

Eu entro e ponho o cinto de segurança com as mãos tremendo. Então, dou partida e saio com o carro, mais rápido do que deveria. Viro exatamente onde ele virou, com uma das mãos no volante e a outra alcançando a bolsa, pegando o celular pré-pago. Mexo nele desajeitadamente e quase esmurro os números que sei de cor.

— Mãe? — digo quando ela atende. Escuto Luke ao fundo, falando com meu pai, e sou tomada por uma onda de alívio ao saber que ele está em casa, em segurança. — Você pode buscar a Ella na creche para mim, por favor?

★

Nós ficamos na raia mais distante do campo de tiro. Eu estava observando Matt carregar uma das pistolas alugadas, com desenvoltura nos movimentos, como se aquilo lhe fosse familiar. Tiros ecoavam à minha volta. Mesmo com a proteção de ouvido, o barulho era muito alto.

— Quando você fez isso pela última vez? — perguntei, praticamente gritando, minha voz soando abafada.

Ele já tinha atirado antes. E isso era uma das coisas que eu sabia a seu respeito, mesmo que não tivesse maiores detalhes ou me lembrasse de quando exatamente ele havia me dado essa informação. Era como se eu soubesse que ele já tinha pescado ou jogado golfe.

— Há anos — respondeu ele, lançando-me um sorriso. — Mas é tipo andar de bicicleta.

Carreguei a outra pistola enquanto ele ajeitava o alvo. Eram contornos de pessoas em papel, com pequenas zonas marcadas para onde devíamos mirar. Peito e cabeça. Ele posicionou no sistema de roldana e me perguntou se eu estava pronta para começar.

Eu assenti e me posicionei corretamente. Alinhei a mira, como tinha aprendido tanto tempo atrás, com um dos olhos fechados. Apontei a arma, botei o dedo no gatilho e apertei devagar, com a voz do meu antigo instrutor no ouvido. "Deixe que ela te surpreenda."

Pow. A arma ricocheteou com força e os meus braços se moveram para trás. É tipo andar de bicicleta mesmo. Eu revivi tudo aquilo, mais rápido e claro do que eu poderia ter imaginado.

Matt começou a rir.

— Qual é a graça? — eu quis saber.

Eu já estava preparando meus argumentos de defesa. Fazia anos que eu não atirava; ele podia, pelo menos, deixar que eu aquecesse um pouco.

Ele apontou para o alvo.

— Olhe.

Eu segui o braço dele. Bem no centro do peito do alvo havia um pequeno buraco redondo.

— Fui eu que fiz aquilo?

Ele estava com um sorriso enorme no rosto.

— Faça isso de novo. Bote outra bala bem naquele buraco.

Respirei fundo, ergui a arma, mirei. Coloquei o dedo no gatilho e apertei devagar. *Pow.* Dessa vez eu olhei, vi outro buraco, bem próximo do anterior, e escutei a risada de Matt novamente.

— Tem certeza que você não andou treinando? — disse ele com um sorriso malicioso.

Foi a minha vez de rir.

— Que isso sirva de lição. Não venha com gracinhas pra cima de mim.

O sorriso desapareceu do rosto dele, e ele me encarou por um longo instante.

— Você conseguiria fazer isso se algum dia fosse ameaçada?

Olhei para o alvo, tentei me imaginar atirando numa pessoa de verdade.

— Não — respondi com sinceridade. — Acho que não conseguiria.

— Se alguém a ameaçasse, você acha que não conseguiria atirar?

Balancei a cabeça em negativa. Eu simplesmente não conseguia me imaginar numa situação em que manteria uma arma apontada para uma pessoa. Se eu estivesse sendo ameaçada, não ia querer uma arma perto de mim. A probabilidade de eu acabar baleada era grande.

Ele não desviava os olhos de mim. Eles estavam buscando os meus, fazendo com que eu me sentisse desconfortável. Então, me virei de volta ao alvo e alinhei a mira de novo. Coloquei o dedo no gatilho e estava prestes a apertar quando ouvi a voz dele:

— E se alguém ameaçasse as crianças?

O alvo se transformou, diante dos meus olhos, numa pessoa real, que queria machucar meus filhos. Apertei de novo o gatilho e ouvi o estalo. O buraco no qual eu estava mirando, o primeiro que fiz, bem no meio do peito, estava um pouquinho mais largo. Eu tinha acertado, bem na mosca. Eu me virei para Matt, com a expressão tão séria quanto a dele.

— Eu mataria.

★

Eu o alcanço pouco tempo depois. Vejo a traseira do sedã preto alguns carros à minha frente, com as luzes traseiras brilhando vermelhas quando ele para no sinal. Eu me abaixo um pouco no banco, quase que num reflexo, e o observo.

Graças a Deus estou com o Corolla, um carro tão comum quanto o dele. Mas, ainda assim, ele pode muito bem estar me vigiando, procurando algum tipo de sombra pelo espelho retrovisor. Ele deve estar habituado a isso.

Eu aprendi a fazer isso séculos atrás. Outra daquelas aulas no trabalho que nunca imaginei que usaria, e aqui estou eu. Eu me mantenho a alguns carros de distância para ficar fora do campo de visão dele. Observo as pistas dos dois lados, espero que ele vire, faça um retorno, qualquer coisa.

Finalmente o sedã para na pista da direita. Fico na minha pista, um pouco mais para trás, e observo. Agora eu vou descobrir. Será que ele está consciente de que está sendo perseguido? Ou está certo de que eu não disse nada a ninguém e imagina que eu esteja, nesse momento, arrastando-me de volta para casa, apavorada e desamparada?

Depois de um curto período de tempo, ele vira, e então percebo que estive segurando a respiração. Um carro atrás dele também vira, depois outro. Eu também poderia fazer isso, afinal, há tantos carros seguindo o mesmo caminho que isso não levantaria suspeitas. Estou me aproximando da curva quando consigo ver a placa. O característico "M" azul e uma seta para a direita. O metrô fica nessa direção.

Eu olho para a direita quando me aproximo da curva. Ela leva diretamente a uma garagem de estacionamento. O sedã está diante da cancela, parando para pegar um tíquete. Só tenho uma fração de segundo para decidir. Não posso segui-lo para o interior de uma garagem. Seria muito perigoso e, além disso, eu não posso simplesmente segui-lo a pé, sozinha. Ele certamente me veria.

Eu piso no acelerador e passo reto pelo desvio. Ainda tenho tempo de ver a cancela de abrindo e o carro dele entrando. Agora estou ofegante, freando um pouco para me acalmar. Agora que ele não está mais na minha frente, eu me sinto perdida.

Mas eu não posso me perder. Não posso ficar sem ação. Preciso me manter firme.

Remexo minha bolsa à procura do mapa que Omar me deu. Abro-o e revezo minha atenção entre a estrada e o papel. Olho atentamente para o mapa até que vejo um "M" azul. Há uma estação de metrô no meio da área demarcada.

Então, piso fundo no acelerador.

★

Na verdade, aquele é apenas um palpite. Posso estar completamente errada. Ele pode estar apenas desviando de uma possível perseguição. Entrando e logo depois saindo da garagem para continuar seu caminho. E mesmo que ele tenha de fato entrado num trem, pode estar se dirigindo a qualquer lugar da cidade. *Qualquer lugar*.

Mas, mesmo assim, eu vou até a área demarcada, encontro um lugar na rua com visão para a saída do metrô e fico ali parada. Esperando e observando. No silêncio do carro, penso nos meus filhos. Tudo que sempre quis foi ser uma boa mãe para eles. E agora todos estão em perigo.

— Por favor, meu Deus — sussurro. — Proteja meus bebês.

Faz anos que eu não rezo e me parece errado fazer isso bem agora. Mas se existe uma mínima chance de alguma força maior ajudá-los, vale a tentativa. Porque cada segundo que passa, cada segundo sem que eu veja Yury saindo do metrô, faz com que a probabilidade de isso dar certo diminua. E se isso não funcionar, não sei o que posso fazer em seguida.

Ergo os olhos para o teto do carro como se, de alguma forma, isso facilitasse a minha comunicação com Deus.

— Não me importo com o que aconteça comigo — declaro. — Por favor, só mantenha meus filhos em segurança.

E estou incrivelmente consciente do fato de que a arma do meu pai está bem ao meu lado, escondida no fundo daquela bolsa.

★

Quase não o vejo quando ele emerge das escadas do metrô. Agora ele está usando um boné vermelho desbotado de um time de beisebol. E uma jaqueta também, um blusão preto. Ele está andando na minha direção, vindo para o meu lado da rua, e isso faz com que eu praticamente pare de respirar. Meu corpo inteiro endurece. Mas a cabeça dele ainda está baixa e o boné é a única coisa que consigo ver. Eu o observo por detrás dos meus óculos escuros, imóvel, implorando silenciosamente para que ele não olhe para cima. Não respiro quando ele passa pelo meu carro, e depois expiro ruidosamente, observando-o pelo espelho retrovisor, com a cabeça ainda baixa e o corpo curvado para a frente.

Mantenho os olhos grudados nele enquanto a distância entre nós vai aumentando, e com isso o pânico começa a tomar conta de mim. Preciso ir atrás dele. Preciso ver para onde ele vai. Mas se eu sair de carro agora, vou ter que fazer a volta e isso vai fazer com que eu o perca de vista, ou, pior, *ele* pode me avistar, e então tudo terá sido em vão.

Giro a chave na ignição com os dedos tremendo, meus olhos ainda no espelho retrovisor, grudados nas costas dele, ficando cada vez mais longe. Meus olhos o deixam apenas por um instante para que eu possa verificar o trânsito e me preparar para sair do lugar. Um segundo depois, já estou olhando para ele de novo. E, bem quando estou prestes a sair do meio-fio, eu paro. Ele virou. Está subindo degraus e entrando em uma casa.

Uma onda de adrenalina corre pelo meu corpo, uma explosão de alívio. Fico olhando até ele estar fora de vista. Memorizo a porta azul e o arco acima dela. Caixa de correio branca. A terceira casa depois do hidrante.

Pego o celular pré-pago na bolsa, vou nas chamadas recentes e ligo de novo para o último número que disquei. Em seguida, volto os olhos para a porta azul.

— Alô? — atende minha mãe.

— Oi. Sou eu. Como estão as coisas com as crianças?

— Ah, elas estão bem, querida. Estão todas em casa, seguras e felizes.

— Obrigada por buscar a Ella.

— Sem problema.

Há uma pausa esquisita. Escuto pratos batendo ao fundo. A tagarelice estridente de Ella.

— Vou chegar mais tarde hoje — aviso.

— Tudo bem — responde ela. — Leve o tempo que precisar. O seu pai e eu podemos colocá-los na cama.

Concordo com a cabeça e pisco rapidamente, torcendo para que eu consiga controlar as ondas de emoção dentro de mim só mais um pouco. Dou uma olhada na bolsa no banco ao meu lado, visualizando a arma que está ali dentro.

— Diga a eles que os amo, tá bem?

Então abaixo o espelho retrovisor, afundo no banco, volto os olhos para a porta azul e aguardo.

19

Já são dez e dez da manhã quando a porta azul finalmente se abre. Já falei com meus pais, pedi desculpas por passar a noite toda fora e me certifiquei de que a crianças estão bem. Eu me endireito no banco e observo enquanto Yury sai. Ele está com outro boné, um preto dessa vez, calças esportivas e uma camiseta escura. Ele tranca a porta e desce os degraus mantendo a cabeça sempre baixa. Ele aperta um botão em um chaveiro que tem na mão e um carro do outro lado da rua pisca e bipa. É outro sedã, agora branco. Ele entra no banco do motorista e arranca.

Minha cabeça pensa imediatamente nas crianças, mas ele certamente me daria algum tempo depois da nossa conversa, tempo suficiente para eu fazer o que ele queria. Por enquanto, eles estão seguros.

Tiro a arma da bolsa e a ajeito na cintura da calça, o metal gelado e rijo contra a minha pele. Depois pego o cartão de crédito e o grampo de cabelo – que encontrei no fundo da bolsa, provavelmente retirado do coque de balé de Ella – que eu havia deixado a postos no painel desde a noite passada. O grampo agora está dobrado, exatamente como Marta me ensinou. Eu seguro ambos os objetos com firmeza enquanto saio do carro e ando rapidamente até a casa, também com a cabeça baixa, exatamente como Yury.

Quando chego à porta azul, faço uma pausa para tentar escutar, ouço alguma coisa lá dentro. Nada. Bato à porta uma, duas vezes. Seguro a respiração e tento ouvir. Nenhum som. Uma visão passa pela minha cabeça novamente: Matt amarrado a uma cadeira com fita adesiva na boca.

Pego o grampo, escorrego-o para dentro da fechadura e o movimento até que ele faça contato com a trava. Com a outra mão, forço o cartão de crédito no espaço entre a porta e o batente, fazendo bastante pressão. Minhas mãos estão tremendo tanto que quase deixo o cartão cair. Estou com medo de olhar em volta, rezando para que ninguém esteja olhando, para que o meu corpo esteja cobrindo o que estou fazendo.

Finalmente a fechadura se solta. Tonta de alívio, giro a maçaneta e abro a porta com um estalo. Eu meio que me encolho e espero soar algum alarme. Estou pronta para levar um susto, mas nada acontece. Abro a porta mais um pouco e espio lá dentro: uma sala com pouca mobília, apenas um sofá e uma grande televisão, e uma cozinha depois dela. Há uma escada acarpetada que leva ao andar de cima; e outra, provavelmente para o porão.

Eu entro e fecho a porta atrás de mim. Nada de Matt por enquanto. Talvez em algum outro cômodo da casa? E se Matt não estiver aqui, será que ao menos consigo as imagens que Yury está usando para me chantagear?

De repente, eu me encho de dúvida. E se eu não conseguir encontrar Matt nem as imagens? Pior, e se o Yury voltar? O que ele faria se me encontrasse aqui dentro?

Agora que já estou aqui, preciso tentar. Eu me forço a dar um passo, depois mais um.

E então escuto algo.

No andar de cima. Passos.

Ah, meu Deus.

Eu congelo. Tiro a arma da cintura, balanço-a na minha frente e miro o topo da escada. Isso não pode estar acontecendo, pode?

Mas está, é real. Mais passos, agora descendo as escadas. Estou absolutamente congelada de medo. A pessoa está prestes a entrar no meu campo de visão, pés descalços, pés masculinos. Observo pela mira da arma. Agora vejo as pernas, musculosas. Shorts esportivos largos e camiseta branca. Mantenho a arma apontada para ele, espero que ele se vire para mim para que eu possa mirar no peito.

— Já está de volta? — vem a voz dele.

A voz de Matt.

Eu assimilo essa informação ao mesmo tempo que ele fica de frente para mim. Matt. Tiro os olhos da mira, olho por cima da arma, para o rosto dele. Parece impossível. Mas é verdade. É Matt.

Ele me vê e fica paralisado, como se tivesse visto um fantasma. Seu cabelo está molhado, ele certamente acabou de sair do chuveiro. Ele parece estar... à vontade. Mantenho a arma apontada para ele. Uma tempestade de confusão está se formando dentro de mim.

— Ai, meu Deus, Viv, o que você está fazendo aqui? — exclama ele enquanto desce os degraus correndo na minha direção, com uma expressão de alívio no rosto. Gostaria que ele parasse, diminuísse o ritmo, me desse tempo para processar, porque isso não está certo. Nada disso está certo. Eu imaginei encontrá-lo amarrado feito um refém. Não assim, sozinho e livre, tomando banho na casa do Yury.

Matt está quase em cima de mim agora, ignorando completamente a arma apontada para ele, sorrindo como se não pudesse estar mais feliz em me ver. Então, eu abaixo a arma porque é o meu marido que está na *mira*, mas chega a ser difícil fazer isso, é como se meus braços – ou meu cérebro – protestassem contra esse meu recuo. Ele me envolve num abraço, mas meu corpo continua rígido.

— Como você me encontrou? — pergunta ele, incrédulo.

Eu não me mexo nem devolvo o abraço. Não entendo. Simplesmente não consigo entender nada disso. Ele se afasta, me segura bem à frente dele e olha profundamente nos meus olhos.

— Viv, eu sinto muito. Ele foi até a escola do Luke. Ele falou com o Luke. Eu não podia esperar. Eu tinha que partir...

Eu retribuo o olhar; o rosto dele, mais uma vez, parece tão sincero. Eu tenho a sensação de não estar sentindo as extremidades do meu corpo, como se ele estivesse falhando. Foi exatamente isso que pensei, não foi? Ele nos deixou para proteger Luke, para dizer a Yury que ficasse longe das crianças. Então, por que meu cérebro não consegue aceitar essa situação?

Porque ele está aqui, sozinho. Ele não é um prisioneiro, não está amarrado a uma cadeira em algum lugar da casa. Aquela imagem que estava me assombrando nunca foi verdade. Eu o examino da cabeça aos pés, o cabelo molhado, as roupas. Estou com o estômago embrulhado. *Por que você ainda está aqui? Por que não voltou para casa?*

— Se eu sair daqui, ele vai matar o Luke.

Essas palavras me causaram arrepios.

— Talvez eu devesse ter tentado... Mas eu não sabia exatamente se conseguiria impedi-lo... — Ele parece envergonhado quando diz isso, e sinto um aperto tão grande no peito. — Eu não abandonei vocês, Viv. Eu juro.

Ele parece estar prestes a chorar.

— Eu sei — digo, mais para me convencer do que qualquer outra coisa.

— Eu não faria isso.

— Eu sei, eu sei.

Mas será que sei mesmo?

Os olhos dele examinam os meus, e então um breve lampejo de pânico passa pelo seu rosto.

— Yury deve voltar logo. Ele só saiu para tomar café. Você precisa ir embora, Viv.

— O quê?

A voz dele é urgente.

— Você precisa ir embora. Precisa sair daqui.

Uma porção de emoções se reviram dentro de mim. Pânico, confusão, incerteza, desespero.

— Eu preciso daquele arquivo; o que eles estão usando para me chantagear.

Ele me lança um longo olhar que não consigo decifrar.

— Isso é perigoso. As crianças...

— Onde está? — Eu o observo, sem piscar. *Você teve tempo o suficiente para procurar.*

Os olhos dele estão vidrados nos meus, e então se suavizam.

— Está lá em cima.

Ele realmente o procurou. Ele o encontrou. Sou invadida por uma onda de alívio.

— Você pode...

Paro no meio da frase, viro na direção da porta. Uma chave entra na fechadura, está girando. Ergo a arma e aponto para a porta fechada, no canto que vai se abrir a qualquer segundo. Ele voltou. Yury voltou.

Observo o canto da porta pela mira. Ela se abre e eu o vejo, de cabeça baixa, com uma bandeja descartável nas mãos, com dois copos de café. Ele ainda não me viu. Mantenho a arma apontada para ele. Yury dá um passo para dentro e começa a fechar a porta.

E então ele me vê.

— Não se mexa — ordeno.

Ele fica imóvel.

— Feche a porta.

Eu me certifico de que a mira está bem no meio do peito dele. Se ele fizer o mais leve movimento para sair, vou atirar. Juro por Deus que vou. Esse é o cara que disse que vai matar meu filho.

Ele fecha a porta devagar, com cuidado.

— Coloque as suas mãos para o alto — digo.

Estou surpresa com o quanto minha voz parece calma. Soo imponente, confiante, quando, na realidade, não sinto nada disso. O que sinto é um terror absoluto.

Ele obedece, mais ou menos. Mantém as duas mãos à frente, segurando com uma delas a bandeja, que estende na minha direção, e a outra aberta, com a palma também voltada para mim.

— Tente alguma coisa e *eu atiro*.

Minha voz soa mortalmente séria. Uma sensação atordoante toma conta de mim, como se eu estivesse me assistindo em um filme.

Ele olha para mim, impassível, depois seus olhos seguem na direção de Matt. Eles permanecem sem expressão.

Preciso aparentar saber exatamente o que estou fazendo. Preciso permanecer no controle. Tento forçar minha mente a trabalhar, a encontrar uma solução.

— Amarre-o — falo para Matt.

Yury volta o olhar para mim. Seus olhos se estreitam de leve, mas ele não se mexe.

Não olho para Matt, mas o escuto deixando a sala. Yury e eu nos encaramos. Há um esboço daquele sorrisinho irônico em seu rosto e isso aumenta o meu desconforto. Esse, provavelmente, é o objetivo dele.

Matt volta instantes depois. Desvio o olhar para ele e vejo que está carregando uma cadeira de madeira com encosto reto e um rolo de fita adesiva. Agora é Yury quem desvia o olhar para Matt, olha para ele de um jeito que não consigo decifrar. Gostaria que ele falasse. Como eu queria que ele dissesse algo. Qualquer coisa seria melhor que esse silêncio. Minhas mãos estão grudadas na arma.

Matt coloca a cadeira no chão e Yury se senta, sem hesitar, cuidadosa e lentamente. Ele fixa o olhar em mim e coloca os braços atrás da cadeira. Sem resistir, sem lutar. Matt começa a prendê-lo pelos punhos com fita adesiva, depois os tornozelos. Em seguida, amarra o corpo dele junto à cadeira, primeiro o peito, depois a barriga. Yury mantém os olhos grudados em mim. Neles eu vejo uma confiança que não deveria estar ali, não naquela situação de impotência, não com uma arma apontada para o seu coração.

Quando Matt termina, ele larga a fita adesiva e se vira para mim, com a expressão vazia. Sem medo, sem raiva, nada. Abaixo a arma, mas a mantenho ao meu lado.

— Você pode pegar as imagens? — pergunto a ele. Ele assente e se dirige ao andar de cima. Eu o observo ir e tenho uma estranha sensação de que é uma boa ideia deixá-lo fora de vista.

Yury também o observa subir e então se vira para mim. Outro sorrisinho se insinua em seus lábios.

— Você acha que vai conseguir resolver toda essa situação com isso?

A pergunta faz o meu peito se apertar.

— Sim.

Ele balança a cabeça negativamente. A dúvida me causa arrepios. Mas se a prova desaparecer, pelo menos eu me mantenho fora da cadeia. Ele não vai poder me chantagear. O resto eu resolvo depois.

Escuto os passos de Matt na escada e olho para cima. Meus dedos se apertam em volta da arma, meus músculos estão contraídos, a postos. Tudo que consigo visualizar é meu marido descendo essa escada momentos antes, aparentemente à vontade. Ele aparece de novo, adequadamente vestido agora, e meus olhos vão direto para as suas mãos. Não há nada nelas, a não ser uma pilha de papéis. De repente, minhas pernas ficam fracas.

O que estava passando pela minha cabeça? É Matt quem está aqui comigo. Relaxo um pouco a mão que segura a arma e observo enquanto ele se aproxima e estende os papéis para mim sem falar nada. Pego-os com a minha mão livre e olho para a primeira página, uma captura de tela que reconheço. É exatamente o mesmo conjunto de impressões que Yury deixou na minha caixa de correio, mas algo está errado. Eles não ficariam só nisso, apenas mais uma cópia em papel.

— Onde está o resto? — pergunto, olhando para cima.

— O resto?

— A cópia digital.

Matt me lança um olhar vazio.

— Isso foi tudo o que eu encontrei.

Sinto que um buraco se abriu no meu peito. Dobro os papéis ao meio, coloco-os na cintura, entre a calça e minhas costas. Então me viro para Yury.

— Eu sei que você tem outra cópia. Uma cópia digital. Onde está?

Tento manter a voz dura, mas posso ouvir o pânico tomando conta dela.

Ele ainda está olhando para mim com aquele sorriso insinuado.

— É claro que existe outra cópia.

Eu vou encontrá-la. Não importa o que eu tenha que fazer com ele. Dou um passo à frente, Yury inclina a cabeça para me observar.

— Mas não está aqui. Ela não está comigo.

Eu fico gelada.

— Ah, Vivian. Você achou mesmo que tinha sido mais esperta do que eu? — Agora é um sorriso completo. Condescendente. — Alguém nos forneceu esses resultados de busca, lembra? Alguém que tem acesso ao Athena, a toda a sua informação confidencial. Alguém lá de dentro da Agência.

A náusea se agita dentro de mim.

— Meu informante tem uma cópia. E, se acontecer alguma coisa comigo, esses papéis vão direto para o FBI.

★

A sala parece estar girando.

— Quem? — digo, e minha voz parece a de um alienígena, não se parece nada com a minha. — Quem está com essa cópia?

Yury sorri, um sorriso satisfeito, que alimenta a fúria dentro de mim. Destruir aquela prova era minha última esperança. Por um momento, eu realmente acreditei que isso poderia funcionar.

— Pode ser um blefe — comenta Matt, e eu não me viro. Não é. Sei pelo olhar de Yury que ele não está blefando.

— Quem? — repito, e dou um passo adiante, levantando a arma. O rosto de Yury não demonstra medo.

Sinto um toque que incendeia todos os meus nervos. Viro a arma e é Matt atrás de mim. A mão dele está no meu antebraço. Ele me solta, ergue as duas palmas.

— Calma, Viv. Sou eu — diz ele, calmamente.

Mantenho a arma apontada para ele. Ele olha para ela, depois de volta para o meu rosto.

— Tá tudo bem, Viv. Só quero que você pense com calma. Não seja impulsiva.

Meu cérebro parece quebrado, como se não conseguisse processar o que está acontecendo. *Não seja impulsiva*.

— Ele ameaçou Luke — afirmo. Viro-me para Yury e aponto a arma de novo em sua direção. — Eu vou matá-lo.

A expressão no rosto de Yury não se altera nem por um segundo.

— E que benefício isso traria? — pergunta Matt. Eu o encaro. Ele não quer que eu atire em Yury. Será que é porque os dois estão do mesmo lado? — Matá-lo não vai facilitar as coisas. Pelo contrário.

Por que ele está tão calmo? Eu tento colocar minha cabeça para funcionar. O que ele diz é verdade. Se eu atirar em Yury agora, nunca saberei quem está com a outra cópia. Talvez ainda haja um pouco de esperança, uma chance de que eu consiga encontrá-la.

Matt me lança um olhar empático, depois coloca uma de suas mãos no meu braço, empurrando gentilmente a arma para baixo.

— Viv, nós estamos com ele — afirma Matt, baixinho. — Ele não pode fazer mal às crianças.

Examino o rosto de Matt e sei que ele está certo. Yury está aqui, impotente. Finalmente a ameaça aos meus filhos está fora das ruas. Se eu chamar as autoridades aqui, Yury vai para a prisão pelo resto da vida. Ele é um espião russo que dirigiu uma célula de agentes infiltrados. Ele não vai ter a menor chance de chegar perto dos meus filhos.

De repente, a arma parece pesada na minha mão.

— Então, o que fazemos agora?

Chamamos a polícia, mesmo que Matt e eu também fôssemos passar o resto de nossas vidas atrás das grades?

A incerteza aparece nas feições de Matt.

— Talvez se você só fizesse o que eles estão pedindo, plugasse aquele pendrive... — sugere ele, com um vislumbre de esperança no rosto, e eu sinto como se o chão se abrisse embaixo de mim. Nós vamos mesmo voltar a esse assunto? Por que isso é tão importante para ele?

— Isso não vai proteger nossos filhos.

— Yury garantiu que...

— Daqui a pouco eles vão pedir algo mais. Vão ameaçar as crianças de novo.

— Você não tem como saber. E, de qualquer forma, isso ao menos nos daria algum tempo...

Eu sinto a minha garganta se fechando. Já tivemos tantas conversas sobre inserir esse maldito pendrive. Ele está quase desesperado. Por que ele se importa tanto, por que ele quer tanto que isso aconteça? Será que Matt realmente está no time *deles*?

— E depois? — pergunto. — Matt, esse é o homem que *ameaçou nossos filhos*. Ele disse a você que ia matar o Luke. Você quer mesmo que a gente simplesmente o deixe escapar?

Ele muda o peso de uma perna para a outra, parece desconfortável. Eu não consigo tirar os olhos dele. Na minha cabeça, eu o vejo descendo aquelas escadas, relaxado, prestes a tomar café enquanto bate um papo com Yury.

Eu me lembro de quando ele jurou que não contou nada aos russos a respeito da Marta e do Trey. Ele mentiu para mim. E eu acreditei na mentira dele. Eu acreditei que era a verdade.

Sinto como se, pela primeira vez, eu estivesse enxergando quem meu marido realmente é.

Algo muda em seu rosto e tenho de novo aquela sensação de que ele sabe exatamente o que estou pensando.

— Você não acredita mesmo em mim — declara.

Verbalizo a primeira coisa que vem à minha mente.

— Tá, talvez você não pudesse partir. Mas você não deveria ter feito *alguma coisa*?

Ele gira a aliança em volta do dedo.

— Eu tentei ligar pra você uma vez, mas seu telefone estava desligado... — Ele está lutando para que as palavras saiam. — Então, Yury descobriu o que eu fiz e apareceu em casa com a mochila do Luke. Disse que se eu tentasse mais alguma coisa, da próxima vez...

A mochila do Luke. Foram eles que a pegaram. Eles chegaram assim *tão* perto do meu filho. Não só nas dependências da escola, estiveram também dentro da sala de aula dele, chegaram até o cantinho onde fica a mochila dele, onde ele guarda o almoço. E a mensagem deles não poderia ser mais clara: eles podem chegar até Luke quando e onde quiserem. Olho para Yury, que está nos vigiando com um sorriso.

Acho que vou desabar. É claro que Matt não poderia ter feito nada depois disso. Como poderia? A vida de Luke estava em perigo.

Tento me manter firme e pensar, mas não se trata apenas do fato de ele estar aqui. Tem muito mais. A mentira sobre a Marta e o Trey. Sugerir *de novo* que eu insira o pendrive.

— Nada que eu diga vai fazer diferença, né? — pergunta ele.

— Não sei. — Continuo olhando para ele, mas me mantenho firme. — Você insiste muito para que eu faça o que ele pediu, só não consigo entender por quê.

— *Por quê*? — Ele me lança um olhar de total descrença. — Porque eu conheço essas pessoas. Eu sei que não há saída. — Ele estende a mão para mim, depois a abaixa. — E porque não quero que nada aconteça aos nossos filhos.

Estamos de pé, encarando um ao outro. Ele é o primeiro a quebrar o silêncio que se instalou por alguns segundos.

— Se eu estivesse do lado deles, Viv — ele continua —, se eu quisesse tanto facilitar esse acesso, por que eu já não teria feito isso antes?

— Como assim? — digo, mas é mais uma evasiva do que qualquer coisa, porque a pergunta dele está perfeitamente clara.

— Eu dei um pendrive a você antes. E você o inseriu no computador da Agência. Se eu realmente estivesse do lado deles, por que eu já não teria dado o dispositivo com o programa de acesso desde o início?

Não consigo responder. Ele está certo. Isso não faz sentido.

— Ou por que eu não mentiria pra você dizendo que o segundo pendrive não era nada de mais, só mais um que reinicializaria o servidor ou outra coisa qualquer?

Se ele tivesse dito, eu teria feito aquilo. Eu definitivamente teria inserido o pendrive.

— Eu estou do seu lado, Viv — diz ele com suavidade. — Só não sei se você está do meu.

Minha cabeça está uma confusão. Não sei o que pensar, nem o que fazer nesse momento.

E então meu celular começa a vibrar no fundo do bolso. Eu olho e reconheço o número, é da escola do Luke.

Ele já deveria estar lá a essa altura, não? Ele não deve ter chegado. Ah, meu Deus, o que será que houve? Eu devia ter ligado para os meus pais, dado uma conferida, me certificado de que eles o colocassem no ônibus, talvez até o levassem até a porta, garantindo que ele estivesse em segurança. Aperto o botão verde.

— Alô? — digo.

— Oi, mãe.

É Luke quem está na linha. Solto uma respiração que não sabia que estava segurando, sinto meu mundo girar. E então uma nova onda de pânico se quebra sobre mim. Por que ele está me ligando da escola?

— Luke, meu amor, o que há de errado?

— Você me falou pra ligar se eu visse ele de novo.

— Quem? — digo, uma resposta automática, mas quando falo isso, já sei.

— O homem, mãe. O homem estranho que falou comigo na escola.

Não. Não é possível.

— Quando foi que você o viu, filho?

— Agora mesmo. Ele tá lá fora. Perto da cerca.

Não pode ser. Dou uma olhada para Yury, que está ouvindo tudo, com um sorriso estampado no rosto.

— Luke, tem certeza de que é ele?

— Tenho. Ele falou comigo de novo.

Eu mal consigo forçar as palavras seguintes a saírem.

— O que ele disse?

Ele abaixa a voz e escuto tremor nela.

— Ele disse pra te falar que o seu tempo tá acabando. O que isso quer dizer, mãe?

Cada partícula do meu corpo está em pânico. Olho para Matt e sei que ele ouviu a conversa. Há um vislumbre de raiva no rosto dele que parece quase animal, e, naquele instante, ele é o meu marido de novo, o homem que faria qualquer coisa para nos proteger, para manter a nossa família segura.

— Vá — digo a ele, cobrindo o bocal com a mão. Ele olha para Yury, depois de volta para mim, parece não ter certeza de que essa é uma boa ideia. — Eu vou ficar bem. Pelo amor de Deus, vá buscar o Luke.

Ele nunca deixaria ninguém ferir nossos filhos. Ao menos disso, eu tenho total certeza. Trocamos um olhar, e então ele pega o telefone da minha mão.

— Luke, fique bem onde você está — diz ele. — Não saia daí, amigão. O papai já chega aí pra buscar você.

20

A porta se fecha atrás de Matt, e então vem o silêncio. Estou tremendo. Sinto uma mistura de medo, raiva e desespero se agitando dentro de mim. Isso não vai acabar com o Yury na prisão. Quem quer que esteja na escola de Luke nesse momento, acabou de deixar isso claro. Há mais alguém envolvido nisso. Yury não é nossa única ameaça.

Chamar as autoridades não vai proteger os meus filhos.

Será que alguma coisa pode protegê-los?

Yury está me observando com uma expressão divertida. Eu me curvo na altura dele e encaro bem no fundo de seus olhos.

— Quem está ameaçando o meu filho? — pergunto de um jeito que soa assustador até para mim.

Como pude me deixar enganar dessa forma? Se tem uma coisa que aprendi com o meu trabalho é nunca presumir nada. E, ainda assim, foi exatamente isso que eu fiz. Ouvi falar que havia um homem, alguém com sotaque, e logo presumi que fosse Yury.

Alguém com sotaque. Foi isso mesmo que Luke disse? Foi por isso que achei que era o Yury? Luto para relembrar a conversa, lembrar das palavras exatas que Luke usou. "Ele tinha uma voz esquisita." Meu Deus, eu nem sei ao certo se era um sotaque russo.

Será que é a pessoa que Yury diz estar infiltrada? Ninguém que eu conheça com acesso ao Athena tem a voz esquisita. Poderia ser alguém de cargo mais alto, alguém de TI?

Ou poderia ser outro agente russo?

— Quem está ameaçando o meu filho? — pergunto de novo. Ele não fala nada, só zomba de mim com o olhar. E aí o meu instinto de mãe fala mais alto. Dou uma coronhada forte em sua testa, um choque tanto para ele quanto para mim. Nunca bati em ninguém na vida. — Eu vou te matar — aviso, e estou falando sério. Se isso fosse proteger os meus filhos, eu o mataria sem pensar duas vezes.

Ele me olha com escárnio, de soslaio, com um galo já se formando na testa. A força do golpe, o jeito que o pescoço dele foi para trás, deixou a gola da camisa desajeitada ao redor do pescoço. O pingente da corrente de ouro escorregou para fora da camisa, e está refletindo a luz. É uma cruz de mau gosto.

— E por que não faz isso agora, de uma vez? — responde ele. — Você não tem nada a perder.

A raiva borbulha dentro de mim.

— Quem é ele?

Aperto a arma contra a sua têmpora. Quem quer que seja, provavelmente já vai ter ido embora quando Matt chegar. E, então, como é que vamos encontrá-lo?

— Pode ser uma porção de gente. Tenho muitos amigos para quem eu posso ligar — sorri Yury.

Ele está jogando comigo. Eu me viro para que ele não possa ver meu rosto, não possa ver meu desespero, o pavor que estou sentindo. *Muitos amigos*. Há um pensamento girando na minha cabeça, tomando forma lentamente. Quem quer que Yury tenha infiltrado na Agência, essa pessoa conhece a identidade de Matt. E eles não deveriam estar escondendo essa identidade, se a célula é de fato tão compartimentada?

E os agentes no meu casamento? Todos reunidos no mesmo local, no mesmo horário. Talvez o sistema deles não seja tão compartimentado quanto imaginamos. Talvez a nossa compreensão seja cheia de falhas. Talvez...

Dmitri, o Oferecido. De repente, o nome dele me passa pela cabeça e tudo começa a se encaixar. Dmitri afirmou que havia dúzias de células de agentes adormecidos nos Estados Unidos. Mas nós logo achamos que ele era um agente duplo, alguém que os russos haviam nos enviado para difundir informações falsas. Mas, no fim das contas, ele estava certo, não estava? Se havia aquele monte de agentes no meu casamento, ele estava certo.

Ele estava dizendo a verdade.

Quebro a cabeça tentando me lembrar do que mais ele disse. Ele nos passou outras informações que não batiam com aquilo que sabíamos, e por isso nós as ignoramos, as consideramos pistas falsas.

Ele contou que os nomes dos agentes adormecidos ficavam protegidos nos próprios contatos. No corpo deles, o tempo todo.

Olho para Yury. Minha cabeça está a mil, juntando as peças de um quebra-cabeça que eu nem sabia que existia. Os nomes são guardados no corpo dos contatos o tempo todo. E o que sempre acreditamos ser verdade, com base em toda a experiência da contrainteligência, era que os nomes estavam arquivados eletronicamente. A minha ficha cai.

Será possível? Olho para o rosto dele e minha respiração fica presa. É isso. Posso ver no rosto dele a percepção de que eu *sei*. Há um desespero ali, o mesmo tipo que venho sentindo há semanas. Ele está preso na cadeira, não pode se esconder, não pode se proteger. Agora o sorrisinho desapareceu.

Avanço para mais perto do Yury, até ele não ter opção a não ser olhar para mim, exposto e vulnerável. Posso ver o medo crescer nos olhos dele. Pego o pingente, analiso os contornos e o tamanho daquela cruz dourada. Então, eu o viro e vejo quatro parafusos minúsculos.

Agarro o pingente com força. Olho-o nos olhos e arranco a corrente do pescoço dele com um puxão rápido e forte. A cabeça de Yury vai para a frente, depois para trás quando a corrente arrebenta.

— É isso, não é? — pergunto. E antes que eu possa pronunciar outra palavra, escuto um clique atrás de mim, uma arma sendo destravada.

21

Fico completamente imóvel. Alguém entrou na casa e eu não escutei. Não trancamos a porta depois de Matt sair, trancamos?

Yury está estendendo o pescoço para o lado a fim de encarar a porta. Os olhos dele estão grudados na pessoa que acabou de entrar. O rosto demonstra reconhecimento. O sorriso vai lentamente retornando a seus lábios. E isso me enche de pânico. Vou morrer. Vou morrer aqui, agora, neste instante.

Estou paralisada, esperando pelo tiro. Não consigo me forçar a virar, para ver a pessoa que vai me matar.

O sorriso de Yury está ainda maior agora. Vejo seus dentes, tortos e amarelados. Ele abre a boca para falar:

— Olá, Peter. Que bom ver você aqui.

★

Peter.

Escuto o nome, mas isso não me parece real. Não pode ser o meu chefe, pode? Eu me viro, lentamente. Calças com vincos, mocassins, óculos – e um revólver apontado direto para mim. É ele. Instintivamente, largo a minha arma, levanto as mãos e me afasto dele.

Lembro-me de Omar dizendo que havia um infiltrado no CCI, alguém que trabalhava comigo. E Yury disse que eles tinham alguém com acesso ao Athena. Eu deveria ter juntado os pontos.

Mas Peter? *Peter*?

— Vivian, acho que você conhece o Peter, certo? — diz Yury, e então começa a rir. Uma risada louca, maníaca. Ele está adorando tudo isso.

Os meus olhos ainda estão grudados em Peter. Ele abaixa a arma, mantendo o braço num ângulo estranho, como se ele não soubesse direito o que fazer com ela.

— Aqueles dados que você conseguiu, Vivian? — diz Yury. — Eu disse a você que eles não importavam. O nosso amigo Peter aqui tem outra cópia. Não tem, Peter?

— Como você foi capaz? — sussurro, ignorando Yury, com a minha atenção totalmente voltada para Peter.

Ele pisca para mim e não fala nada.

— Preciso dizer que seu *timing* foi perfeito — continua Yury. — Eu estava agora mesmo falando de você.

Os olhos de Peter também não largam os meus. Não sei se ele ouviu o que Yury disse.

— Quando você não apareceu hoje de manhã, Vivian, tive um pressentimento de que poderia estar aqui — declara Peter.

Peter é o infiltrado. Ele vem trabalhando para os russos esse tempo todo, ajudando-os a me chantagear.

— Como você foi capaz? — repito.

Ele empurra os óculos para cima com o dedo indicador da mão que está livre, abre a boca para falar, mas hesita. Limpa a garganta e então desembucha:

— Katherine.

Katherine. É claro. Katherine era a única coisa que importava mais para Peter do que seu trabalho na Agência, protegendo seu país. Ele tira os óculos e usa as costas da outra mão, a que está com a arma, para esfregar os olhos. O revólver aponta em todas as direções. Não estou certa de que ele sequer se lembra de que está segurando um. E o dedo dele ainda está no gatilho.

— Aquele tratamento experimental... — conta ele, colocando os óculos de volta, ajustando-os na ponte do nariz. — Ela não entrou.

Não entrou? Eu olho fixamente para ele, querendo que ele continue. Na cadeira atrás de mim, Yury está em silêncio.

— Ela só tinha mais alguns meses de vida, no máximo. Não consigo descrever o que eu passei... — A voz dele vacila. Ele balança a cabeça e limpa a garganta novamente. — Um dia ela estava bem, tínhamos o resto de nossas vidas pela frente. E, no dia seguinte, aquela notícia: *só mais dois meses*.

Sinto uma pontada de empatia por ele, que muito rapidamente se dissipa. Esse não é o Peter que eu conheço. Meu mentor, meu amigo. Esse é outro homem, alguém que está diante de mim com uma arma, pronto para me matar.

Ele pisca e olha de novo para mim.

— Então apareceu alguém na minha porta. Um deles. — Ele faz um gesto com a cabeça para Yury. Sua voz permanece monótona. — Ele prometeu que nos arranjaria os remédios do tratamento experimental, caso eu trabalhasse pra eles.

— E então você fez isso — digo.

Peter dá de ombros, de forma desanimada. Ele parece envergonhado. Ao menos isso.

— Eu sabia que era um erro. É claro que eu sabia. Mas ele estava me oferecendo a coisa mais valiosa no mundo: tempo. Tempo com a pessoa que significava tudo pra mim. Como se pode colocar um preço nisso? Como é que eu podia dizer não?

Ele está suplicando, como se precisasse que eu entendesse, que o perdoasse. E, de certa forma, eu o perdoo. Por mais que odeie admitir, eu perdoo. Eles o acertaram no ponto em que era mais vulnerável. E fizeram o mesmo comigo, não fizeram?

— Eu nunca contei nada disso pra Katherine. Ela não teria permitido que eu fosse adiante. Eu disse a ela que, no fim das contas, ela tinha sido admitida no tratamento. Eu jurei que quando tudo acabasse, eu ia me entregar. Eu contaria à segurança exatamente o que eu tinha revelado aos russos. Eu consertaria todos os erros que havia cometido.

Eu sinto uma espécie de onda de esperança me invadindo. Agora acabou, não acabou? Katherine se foi.

— As drogas funcionaram por um tempo. — Yury está com a atenção toda voltada para Peter, como se também estivesse ouvindo tudo isso pela primeira vez. — Então ele me deu o pendrive. Disse que eu tinha de carregá-lo no computador da sala de Acesso Restrito. — Peter empurra os óculos para cima no nariz. — Eu neguei, disse que não faria aquilo. Contar a eles sobre o problema de Marta com álcool ou sobre o namorado de Trey era uma coisa, mas dar a eles acesso aos nossos sistemas... às identidades dos nossos informantes na Rússia... Não havia a menor chance de eu fazer isso.

A mandíbula de Peter se aperta forte.

— Ele ameaçou cortar os remédios de Katherine, e foi exatamente isso o que ele fez. Ela morreu quatro semanas mais tarde.

Minha boca se abre e eu solto o ar que estive segurando todo esse tempo. Meu coração fica do lado dele de novo, imaginando a agonia daquelas semanas, sabendo o que a sua decisão custou a eles dois. E então sinto uma nova onda de ódio por essas pessoas. Esses monstros.

— Eles acham que não vou falar nada — continua Peter. — Eles acham que não há chance de eu ir às autoridades agora porque sei que vou acabar na prisão pelo resto da vida. O que eles não percebem é que eu não tenho mais nenhum motivo para continuar vivendo.

Yury parece que foi atingido. Está atordoado, sem fala.

Peter o ignora. Há lágrimas em seus olhos dele.

— Eu não queria ir em frente, mas tive que fazer isso. Eu tinha que consertar tudo o que havia feito. — A voz dele estremece. — Principalmente o que havia feito com você.

— Comigo? — murmuro.

— Eu contei a eles que estávamos prestes a conseguir acesso ao notebook de Yury. Foi então que carregaram a foto do Matt para que você pudesse encontrá-la.

Faz sentido. Isso explicaria por que os arquivos não estavam criptografados. Porque eram apenas fotos, nada mais. Era uma armadilha.

Eles sabiam exatamente como eu reagiria. Estavam certos de que eu não entregaria Matt. E, então, eles seriam capazes de me manipular. Eles sabiam disso desde o princípio.

— Eu sou o responsável por você estar nessa situação — diz Peter baixinho.

Eu deveria dizer algo, mas não sei o que, não consigo encontrar as palavras. É informação demais para que eu possa processar.

E então vejo Peter focar em algo atrás de mim. A expressão dele é tomada pelo medo.

— Largue a arma — escuto. É a voz de Matt.

Eu me viro e lá está ele, parado no canto da sala. Atrás dele posso ver que a porta que vai da cozinha para o pátio está entreaberta. Ele entrou pelos fundos. Está com uma pistola na mão e o olhar vidrado em Peter.

A minha cabeça está em parafuso, como se não conseguisse acreditar que isso está realmente acontecendo. Nada nessa sala faz sentido. Matt não deveria estar aqui. Ele deveria estar na escola, buscando nosso filho, protegendo-o.

— Cadê o Luke? — pergunto. — Por que você já está de volta?

Ele não olha para mim. Não tenho nem certeza de que ele está me ouvindo.

— Matt, cadê o Luke?

— Eu liguei pros seus pais. Eles vão buscá-lo.

Como ele sabia que meus pais estão em casa? E por que ele mesmo não foi? Nada disso parece estar certo.

— Por quê? — consigo perguntar.

— Eles estão mais perto. Chegariam lá mais rápido. — Ele me encara, sua expressão se acalmando. — Eles ficaram felizes em ajudar. E eu não podia deixar você aqui sozinha. Vamos lá, Peter, continue.

Mas Peter está em silêncio. As mãos dele estão estendidas à frente, o revólver no chão, aos seus pés. Eu olho para Yury, que está absorvendo tudo atentamente. O medo que vi apenas alguns instantes atrás foi embora, substituído pela expressão convencida que me apavora, embora eu esteja confusa demais para entender exatamente o porquê.

Matt fala de novo.

— *Continue.* — A voz dele está irritadiça.

— Yury está certo, Vivian. Eu baixei os resultados de busca antes de o sistema reinicializar. Eu sou o motivo de todas as chantagens que estão fazendo com você. — A expressão de Peter se endurece. — Mas ele está errado em uma coisa. Eu não guardei uma cópia. — Ele leva uma das mãos até um de seus bolsos e Matt levanta a arma.

— Matt, pare — digo. Posso ouvir o pânico na minha voz.

— Está tudo bem — diz Peter. Ele já tirou a mão do bolso, trazendo algo pequeno. — É só isso.

Ele mostra um pendrive, pendendo de um chaveiro prateado. Eu encaro o dispositivo suspenso no ar e aguardo que Peter nos dê uma explicação. Tem que haver uma explicação. Eu confio nele. Ele foi meu mentor por anos.

— São as fotos que você encontrou, menos a de Matt. Isso foi tudo que eu guardei. — Ele estende o pendrive para mim. — Não há nenhuma prova de que você as tenha visto algum dia. Absolutamente nada que possam usar para continuar com as chantagens.

Peter dá um passo à frente, o pendrive continua suspenso em uma das mãos.

— Faça o que quiser com isso e também com a identidade do quinto agente adormecido. — Ele lança um rápido olhar para Matt. — Eu confio que você vai tomar a decisão certa, Vivian, seja ela qual for. Mas eles não vão manipular você da mesma forma que fizeram comigo.

Desvio os olhos dele para o pendrive, e então eu o pego de sua mãos. Matt está me observando com a expressão indecifrável. As palavras de Peter ficam ecoando na minha cabeça. "Eu confio que você vai tomar a decisão certa, Vivian, seja ela qual for."

Olho para a arma na mão de Matt. Minha mente volta para a caixa de sapato no nosso closet. Lembro-me do momento em que encontrei o espaço vazio onde ela ficava escondida. E então outro estalo, outra ficha cai.

— Você tinha uma arma esse tempo todo.

As palavras saem antes que eu possa processá-las, filtrá-las.

— O quê?

— Por que você não atirou em Yury? Por que ficou aqui?

— Caramba, Viv, você está falando sério?

— Você disse que não sabia se conseguiria impedi-lo, mas você tinha uma *arma*.

— Eu não sou um assassino. — Ele parece incrédulo. — E matar Yury não nos ajudaria em nada.

— Ele ameaçou o nosso filho. Ele levou a *mochila* do Luke até você.

Eu vejo a emoção no rosto dele se transformar em mágoa.

— Meu Deus, Vivian, o que eu preciso fazer para que você acredite em mim?

Não consigo responder a essa pergunta. Nós nos encaramos, sem piscar, e vejo a mandíbula dele se contrair, as narinas se alargarem, minimamente.

Um som desvia minha atenção. Yury está dando risada.

— Isto está melhor do que nos filmes — comenta ele com uma gargalhada.

Ele acredita que o Matt está do lado dele. A revelação me atinge como um tapa. Eu sinto como se o ar tivesse sido tirado de mim.

E então o sorriso de Yury desaparece, do nada. O rosto dele vira pedra.

— O menino morre amanhã — afirma ele, com os olhos queimando nos meus. As palavras arrancam todo o ar da sala, elas são tão inesperadas, tão *terríveis*. — Se você não fizer o que eu mandei, seu Luke morre amanhã.

Não tenho a menor dúvida de que ele está falando sério. De repente, somos apenas eu e ele, esse homem que pretende matar meu filho. Estou paralisada, não consigo parar de encará-lo.

— E então mato outro depois dele. Ella, talvez. — A expessão em seus olhos faz o meu estômago se revirar. — Pensando melhor, ela está virando uma menininha muito bonita. Acho que vou deixá-la por último. Depois de Luke, vou para os gêmeos. Vou deixar que ela fique um pouco mais velha...

Minha visão está borrando, toda a força no meu corpo se foi. Olho para Matt, a única pessoa que poderia entender a profundidade do meu pavor neste momento. Abro a boca para falar, mas tudo o que sai é um apelo estrangulado, angustiado.

Algo muda no rosto dele. Um olhar de determinação e, inexplicavelmente, sei o que vai acontecer. Observo enquanto Matt ergue a arma.

E, então, um tiro.

★

Há um zunido nos meus ouvidos. Tudo está amortecido, indistinto. O estouro reverbera na minha cabeça. Eu pisco, tento focar. Isso não é real. Isso não pode ser real. Matt deixa a arma cair. Suas mãos voam para a frente, como se ele não soubesse o que fazer com elas. Há uma expressão no rosto dele que eu nunca vi antes. Revolta e descrença, como se não tivesse ideia de que fosse capaz do que acabou de fazer. Ele respira de forma ofegante uma vez, depois outra.

Yury está caído na cadeira, com a cabeça abaixada. O sangue escurece o centro de sua camisa e vai se alastrando.

A realidade me atinge um instante depois. Matt acabou de matar alguém. Meu marido acabou de tirar a vida de uma pessoa. A vida de um monstro, mas ainda assim uma *vida*.

— Vocês precisam ir embora — escuto. É a voz de Peter. Mal consigo ouvi-lo através do zunido nos ouvidos e das batidas fortes do meu coração. — O Bureau está no meu encalço. Eles chegarão aqui a qualquer momento.

O FBI. Aqui. Ah, meu Deus.

— Vocês precisam ir embora — diz Peter de novo, dessa vez com mais urgência. Ele se abaixa e pega a arma de Matt.

Eu preciso ir embora, mas não consigo me mexer.

E então há um barulho atrás de mim, batidas. Um estouro alto, depois outro, e logo a porta é colocada abaixo. Vejo vultos entrando, agachados, com rifles erguidos à procura de um alvo. Eles estão gritando.

— FBI! Mãos ao alto!

Levanto os braços. Vejo os coletes, as letras de forma grandes. Os canos dos rifles apontados para Peter e para mim.

Só para Peter e para mim. Matt foi embora.

— Largue a arma!

Olho para os agentes e há um rosto que reconheço. Omar. Ele está mirando Peter, gritando. Todos eles estão gritando:

— Largue a arma! Largue a arma!

A pistola de Matt ainda está na mão de Peter, e ele está novamente com o braço naquela inclinação estranha. Não consigo decifrar o rosto dele. Há mais gritos, mais instruções para abaixar a arma e colocar as mãos ao alto. Então escuto a voz de Peter sobre as deles:

— Me deixem falar. *Me deixem falar.*

Os gritos cessam. Os agentes ficam imóveis, todos em postura de tiro, os braços estendidos à frente, armas apontadas, duas para Peter, uma para mim. Peter também está consciente disso.

— Ela não fez nada de errado — declara ele. Peter está calmo, surpreendentemente calmo. — Ela está aqui por minha causa. Eu só precisava que ela estivesse aqui para ouvir a minha explicação.

A arma continua apontada para mim.

— Tudo bem, ela é uma de nós — diz Omar.

Depois de uma leve hesitação, o cano é desviado de mim.

— Peter, largue a arma — ordena ele.

— Preciso falar. — Peter balança a cabeça. — Preciso que vocês me escutem. — Os óculos escorregaram do nariz de novo, mas dessa vez ele não os ajeita. Em vez disso, inclina a cabeça para baixo e olha por cima deles. — Fui eu quem fiz isso — continua ele, apontando para a cadeira com a mão livre. — Eu matei esse homem. Yury Yakov. Ele é um agente russo. — Os olhos dele estão repletos de desespero. — Eu trabalhava para ele. Eu sou o infiltrado.

Omar está atordoado. Meus olhos se voltam para a arma na mão de Peter.

— Eu falei dos meus colegas aos russos. Eu sou o motivo de Marta e Trey terem sido abordados. Talvez outros, também. Eu contei a eles que estávamos investigando Yury, que estávamos prestes a conseguir acesso ao computador dele. — A testa de Peter está encharcada. A luz está refletindo seu suor. — E depois inseri um pendrive no computador da sala de Acesso Restrito e apaguei o histórico de busca dos servidores da Agência.

Respiro profundamente. Lembro-me daquele dia, de trombar com ele na porta. Ele sabia de tudo. E agora ele está confessando para me proteger.

E então me dou conta da verdade: há um motivo para ele estar confessando tudo bem aqui e agora. Há um motivo para ele não ter largado a arma.

— Não! — grito.

— Me perdoe, Vivian — sussurra ele, com os olhos ainda em mim.

Então, ele ergue a arma.

Eu vejo aquilo acontecer, escuto aquilo acontecer. Gritaria. Uma chuva de balas. Peter, caindo no chão na minha frente, jorrando sangue para todos os lados.

Eu berro, um som entorpecido no início, cada vez mais alto conforme minha audição vai retornando, até eu perceber que estão vindo até mim.

22

Estou sentada no sofá da sala de Yury, encolhida na beirada, abraçada a uma almofada gorda e de um tecido grosso marrom. O barulho das sirenes da polícia do lado de fora da casa não cessa. São muitas e estão fora de sincronia, criando uma sinfonia discordante. Há luzes piscando também. Elas criam um padrão na parede da sala, um pequeno espetáculo de manchas azuis e vermelhas dançantes. Eu as observo, porque, se não me ater a isso, vou acabar olhando para o lençol cobrindo o corpo do Peter, e eu não suportaria.

Omar está ao meu lado, mas não tão perto. Posso sentir os olhos dele pousados em mim. Os dele e os dos outros agentes presentes no recinto. Agora há uma multidão de agentes do FBI aqui. Eles estão catalogando, fotografando, andando de um lado para outro, falando sem parar e lançando olhares na minha direção.

Acho que Omar está esperando que eu fale primeiro, e eu estou fazendo a mesma coisa. Esperando até ouvi-lo me dar voz de prisão. Estou muito ciente das impressões dobradas na minha cintura, a prova que me trancafiaria pelo resto da vida.

— Posso pegar alguma coisa pra você? — diz ele, enfim. — Água?

Nego com a cabeça. Meus olhos ainda estão grudados nas luzes na parede. Estou tentando colocar tudo o que aconteceu em ordem na minha cabeça, tentando dar sentido a tudo. Eu estou com a cópia física da prova, e Peter destruiu a cópia digital de segurança. Yury está morto; ele já não pode mais me acusar de nada. E Peter confessou o meu pior erro, inserir o pendrive que reinicializou o sistema da Agência.

— Vamos ter que falar sobre isso, viu? — diz Omar, com a voz gentil.

Eu concordo, com a cabeça a mil. Será que ele está me pedindo isso como amigo e colega de trabalho? Ou ele desconfia de mim? Eu poderia fingir que acabei de descobrir que Matt é um agente adormecido, que Yury me contou pouco antes de morrer. Deixar o Bureau investigá-lo. É uma boa oportunidade para tentar acertar as coisas. Entregar Matt como eu deveria ter feito no primeiro dia, quando tudo começou. Ele entenderia. Afinal de contas, foi o que ele me disse para fazer.

"Luke morre amanhã." Mas, se eu não inserir o pendrive, eles vão atrás de Luke. E eu não faço ideia de quem o está ameaçando, e não posso contar ao FBI sem explicar todos os detalhes. Não posso ser jogada na prisão enquanto Luke estiver em perigo dessa forma. Não confio no Bureau para encontrar o cara que o está ameaçando. Pelo menos, não a tempo de impedi-lo.

— Você pode começar me dizendo por que está aqui? — pressiona Omar. Eu desvio o olhar e, sem pensar, meus olhos pousam no lençol que cobre o corpo de Peter. Omar segue o meu olhar, então assente, como se eu tivesse acabado de responder à pergunta dele. — Aquela chamada telefônica do outro dia. Era dele?

Meus olhos permanecem no lençol. Não tenho certeza de como responder. Preciso de uma história consistente, que bata com tudo o que aconteceu aqui. Preciso de tempo para elaborá-la, mas tempo é tudo o que eu não tenho.

— Ou do Yury?

Eu pisco. O que faria mais sentido? O que eu contei a ele sobre a chamada? Eu luto para me lembrar da nossa conversa. "Alguém está envolvido nela... Alguém importante para mim."

— Vivian — diz Omar, com a voz tão gentil que está quase carinhosa. — Eu nunca devia ter dado aquela informação a você. Não sem saber o que estava acontecendo.

— Tudo bem — gaguejo.

O que mais ele sabe? O que contei a ele naquele dia?

— Eu devia ter confiado no meu instinto, imaginado por que você precisava dela. — Ele balança a cabeça.

— Você me fez um favor.

Ele volta a olhar para o lençol. O rosto dele expressa uma tristeza profunda. Peter também era amigo dele, não era?

— Você estava tentando ajudá-lo — comenta ele. É uma afirmação, não uma pergunta.

Engulo em seco.

— Ele era meu mentor. Meu amigo.

— Eu sei, mas ele era um traidor.

Eu assinto, à beira das lágrimas, com a emoção ameaçando transbordar.

— Nós estávamos com ele sob vigilância. Suspeitávamos que fosse o infiltrado. Nós o seguimos até aqui. E então, quando ouvimos o tiro... O que foi que ele disse antes invadirmos? Ele explicou *por que* fez isso?

— Katherine — digo. — Eles usaram a Katherine.

É tudo o que consigo botar para fora. Terei tempo de explicar isso com mais calma depois. Essa parte eu quero explicar, *preciso* explicar. Peter não era um cara mau. Eles tiraram vantagem dele, o coagiram. Usaram o que era mais importante no mundo para ele.

— Eles geralmente vão no ponto mais fraco, exploram a vulnerabilidade das pessoas — murmura Omar.

Escuto o lamento das sirenes lá fora.

— Desde o início, ele planejou ajeitar as coisas. Era o que ele estava tentando fazer agora.

Estremeço. Por fim, ele realmente ajeitou as coisas. Pelo menos para mim. Admitiu meu maior pecado, assumiu a culpa pela reinicialização do sistema. E, ainda por cima, manteve a identidade de Matt preservada. Preocupou-se até mesmo em me entregar as quatro fotos que eu apaguei, as que me senti tão culpada por ter escondido.

As quatro fotos. O pendrive. Apalpo o meu bolso e me certifico de que ele está ali. Pego-o e estendo-o para o Omar.

— Ele me deu isso. Disse que as fotos dos agentes adormecidos de Yury estão aqui.

O olhar de Omar gruda no dispositivo. Ele hesita, mas logo o pega de mim, e então chama um colega. Em minutos há um notebook na mesinha de centro à nossa frente e Omar está inserindo o pendrive. Assisto enquanto aparecem fotos na tela, a mulher com os cachos laranja, o homem com os óculos redondos e os outros dois. Os quatro que apaguei. Estão todos aqui, menos Matt.

— Quatro? — ouço o outro agente dizer. — Só quatro?

— Que estranho — murmura Omar. — Deviam ser cinco, não? — Ele olha para mim.

Pisco para a tela e concordo distraidamente. Estou vagamente ciente de que os agentes estão conversando, algo sobre o significado de quatro em vez de cinco, teorias de por que só haver quatro. Um agente adormecido morreu. Talvez tenha se aposentado. O programa pode não ser tão robusto quanto o imaginado.

Posso sentir Omar me observando. Um olhar longo e intenso. Que deixa meus nervos ainda mais a flor da pele.

Há mais conversa, mais discussão, e por fim, chega um agente, pega o computador e desaparece com ele. Os outros agentes se dispersam.

— Vou deixar você ir para casa — declara Omar. Ele abaixa a voz. — E amanhã, Vivian, você vai me contar tudo. *Tudo*. Entendeu?

Amanhã. "Luke morre amanhã." Eu assinto, porque não consigo mais fazer minha voz funcionar nesse momento.

Ele se inclina mais para perto, com os olhos atentos aos meus e diz:

— Sei que tem mais coisa nessa história do que você está contando.

★

Ainda estou muito abalada quando chego em casa. Os tiros não param de ecoar na minha cabeça. A todo momento relembro o rosto de Peter enquanto se desculpava, levantava a arma e então caía. Mas, mais do que tudo, não paro de ouvir as palavras de Yury, a ameaça ao meu filho.

Matt está no hall quando entro, e é estranho vê-lo aqui, na nossa casa. Parece que há algo errado, quase como se ele não pertencesse mais a este lugar. Eu me detenho e, então, olhamos fixamente um para o outro. Nenhum dos dois fala, nenhum dos dois faz qualquer movimento na direção do outro.

— Por que você não foi embora quando Peter falou para sairmos dali? — pergunta ele, enfim.

— Não consegui.

Na minha cabeça, visualizo os agentes invadindo a casa, eu me virando para trás e me dando conta de que ele não estava mais lá. *Por que você foi embora sem mim?*

— Achei que você estava bem atrás de mim. Quando cheguei lá fora e percebi que você não tinha saído, fiquei apavorado. — As palavras soam verdadeiras, mas os olhos não transparecem a mesma emoção. — O que aconteceu lá?

Balanço a cabeça. *Coisa demais para te contar aqui, agora.*

— Você está bem?

A voz dele está monótona, como se não ligasse para a forma como estou me sentindo. E então me dou conta: ele acha que a culpa é minha. Matt me culpa pelo fato de ele ter matado alguém. E está furioso comigo por isso.

— Sim.

A expressão dele não muda e estou prestes a dizer algo mais quando escuto a voz de Ella.

— A mamãe chegou! — grita.

Ela vem correndo até mim e abraça as minhas pernas. Coloco uma das mãos na cabeça dela, depois me agacho e dou um beijo na sua bochecha. Olho para cima e vejo Luke esperando logo atrás. Eu me desvencilho de Ella, vou até ele e o envolvo num abraço, com alívio correndo pelo meu corpo. Graças a Deus ele está bem.

E então as palavras do Yury se instalam novamente na minha cabeça, sem ser convidadas. Eu o aperto ainda mais forte.

Vou até a sala. Meu pai está no sofá e a minha mãe no chão, tentando se levantar. Na frente dela, uma elaborada cidade de Lego.

— Ah, querida, você chegou — comenta ela. Há preocupação em seu rosto. — Não acredito que você trabalhou a noite inteira. Eles te obrigam a fazer isso com frequência? Isso não é saudável, Vivian, trabalhar a noite inteira assim.

— Não acontece com frequência — respondo.

— E com o Luke doente e tudo o mais — continua ela, balançando a cabeça.

Dou uma olhada para Luke, cuja cabeça está abaixada, depois para Matt na cozinha, que dá de ombros levemente, evitando meus olhos. Acho que eles teriam que mentir mesmo, não é? Eles tiveram que dar alguma desculpa aos meus pais para que o buscassem mais cedo na escola. Há uma pausa esquisita enquanto ficamos todos ali, olhando uns para os outros.

— Bem — diz minha mãe, enfim. — Agora que o Matt voltou, podemos deixar vocês em paz.

Ela lança um sorriso para Matt e vejo que meu pai também está olhando para ele do sofá, sem sorrir, naturalmente. Ele nunca foi de deixar as coisas para lá com facilidade, ainda mais se achasse que alguém me magoou.

Volto a olhar para Matt, mas ele ainda não está olhando para mim. Eles não podem ir embora. Ainda não.

— Na verdade — declaro —, se vocês pudessem ficar mais um tempo... — O sorriso da minha mãe desaparece. A expressão do meu pai se endurece. Ambos fitam Matt como se ele estivesse prestes a ir embora. — Se não puderem, eu entendo. Sei que vocês têm trabalho e...

— É claro que podemos ficar — concorda minha mãe. — Conte conosco para o que você precisar, meu amor. — Os olhos dela se voltam, outra vez, para Matt. Tudo bem. Eu posso consertar isso depois. Posso consertar tudo isso. — Sabe, seria bom eu e seu pai pegarmos umas roupas limpas. Que tal se formos a Charlottesville esta noite e voltarmos para cá pela manhã?

— Vocês podem lavar roupa aqui — afirmo.

Ela me ignora.

— E a casa. Temos que dar uma olhada na casa.

Ela quer nos dar privacidade, não quer?

— Bem, se vocês preferem assim — respondo.

Não tenho forças para discutir. E, além disso, vai ser mais fácil Matt e eu conversarmos se eles não estiverem aqui.

Eles vão embora pouco tempo depois, e então somos só nós seis novamente. Tranco a porta logo que saem, e em seguida verifico as trancas das outras portas e de todas as janelas. Quando estou abaixando as persianas, escuto Matt na cozinha.

— O que a gente vai jantar hoje, princesa?

O tom dele está leve, mas posso identificar um certo fingimento.

— Macarrão com queijo? — ouço a voz de Ella.

— No jantar? — exclama Matt.

Há uma pausa de silêncio e olho para a cozinha. Ela está balançando a cabeça para cima e para baixo, com um sorriso malandro no rosto.

Matt se vira para Luke.

— E você, amigão, o que acha disso?

Luke olha para mim, como se estivesse esperando eu dizer não. Como fico quieta, ele se vira para Matt e encolhe os ombros, com um sorriso surgindo no canto da boca.

— É uma boa ideia.

— Então vamos de macarrão com queijo — declara Matt, pegando uma frigideira no armário. A voz dele carrega uma rispidez que espero que as crianças não percebam. — Por que não?

— Com ervilhas? — pergunta Ella de forma inteligente, como se estivesse negociando.

Normalmente, esse é o nosso acordo quando fazemos macarrão com queijo para o almoço. Um acompanhamento de ervilhas.

— A gente não precisa das ervilhas — repreende Luke, com a voz baixinha. — Ele já concordou.

A testinha de Ella fica enrugada.

— Ah.

Caleb começa a ficar inquieto, então o coloco no cadeirão e sirvo alguns biscoitos salgados na bandeja para ele. Chase vê o que está se passando com o irmão e então começa a choramingar, jogando os braços na minha direção, com os dedos gordinhos abertos. Eu o pego no colo e o coloco em seu próprio cadeirão, também com biscoitos salgados na bandeja.

Luke e Ella desaparecem indo para a sala e eu observo Matt no fogão. Ele está de costas para mim, calado. *Porque não sou um assassino*, eu o imagino respondendo à pergunta que lhe fiz mais cedo. Mas se tornou um. E ele me culpa por isso.

— Você quer falar alguma coisa? — pergunto.

Vejo-o ficar parado, mas ele não se vira, não diz uma palavra.

Eu me sinto ainda mais desesperada, ainda mais desanimada, vendo-o assim. Como posso lidar com essa ameaça a Luke se Matt não fala comigo e sequer olha para mim? Como posso estar tão próxima de perder tudo, de uma só vez?

— Eu não pedi para você fazer aquilo — afirmo baixinho.

Ele se vira, com uma colher de pau na mão.

— Você deixou bem claro o que esperava.

— O que eu *esperava*?

Isso não é justo. Ele não pode estar botando a culpa toda em mim. Ele também escutou o que Yury falou sobre Ella...

Ele abaixa a voz ainda mais.

— Você nunca mais confiaria em mim, a não ser que eu fizesse aquilo.

— Por que eu *deveria* confiar em você?

Eu praticamente explodo. Falo alto o suficiente para as crianças escutarem. Luke e Ella ficam quietos na sala, com a brincadeira suspensa.

— Mamãe? — diz Ella, numa tentativa. — Papai? Vocês podem parar de brigar, por favor?

Matt e eu trocamos um longo olhar, e então ele balança a cabeça, virando-se de volta para o fogão. Não falamos nem mais uma palavra.

23

Damos comida, banho e colocamos as crianças na cama. Em seguida, caímos naquilo que costumava ser a nossa rotina, Matt limpa a cozinha e eu recolho os brinquedos na sala. O único porém é que nada nesta casa parece normal. Nós acabamos de passar por um inferno, há uma ameaça à vida das crianças e Matt nem mesmo olha para mim.

Eu o observo, vejo o alto de sua cabeça, o pequeno ponto onde o cabelo está começando a rarear, ainda que bem aos poucos. Ele está esfregando algo na pia. Eu me sento sobre meus calcanhares.

— Precisamos conversar.

Ele não se vira. Continua esfregando a louça.

— Matt.

— Quê?

Ele levanta a cabeça e me dá uma olhada, penetrante e dolorida ao mesmo tempo. Em seguida, volta a olhar para baixo.

— Precisamos falar sobre Luke — insisto, e ouço o desespero na minha voz.

Preciso falar com ele. Preciso de um parceiro nisso.

As mãos dele ficam imóveis, mas ele não olha para cima. Percebo seus ombros subindo e descendo a cada respiração. Foco naquele ponto onde o cabelo dele está rareando, tão diferente agora do que era há uma década, quando nos conhecemos. Tanta coisa está diferente agora.

— Certo.

Ele fecha a torneira e ouço as últimas gotas caindo na pia.

Eu expiro, grata por ele ter me dado essa chance. Então, tento focar a conversa no que realmente interessa agora.

— Luke contou mais alguma coisa sobre o homem que falou com ele na escola?

Ele joga o pano de prato no ombro, vem até a sala e se senta no braço do sofá, com o corpo tenso.

— Eu o pressionei a respeito. Fiz ele me contar tudo que conseguia se lembrar. Era um sotaque russo, com certeza. Mostrei a ele alguns áudios no meu telefone, com diferentes sotaques. Ele não tinha dúvidas de que era um sotaque russo.

Há uma frieza na maneira como ele fala. Tento ignorar isso, tento manter a minha atenção no maior problema que temos.

— Certo.

Sotaque russo. Outro agente russo. Um pensamento surge na minha cabeça. *O líder*. Será que pode ser? Será que Yury teria recorrido ao seu contato? Pedido ajuda?

— E sobre a aparência, ele disse que o homem tem cabelo castanho-escuro, olhos castanhos. Altura e peso na média...

Faz sentido. Faz mais sentido do que qualquer outra ideia que eu já tenha tido sobre o assunto. Yury não deve ter contato com mais nenhum outro agente russo, ninguém a não ser seu líder.

— ... disse que usava calça jeans da vez anterior e calça preta dessa vez. Estava de camisa social das duas vezes. E tinha um colar...

Um colar. Ele continua a falar, mas eu não continuo a escutá-lo. Minha cabeça está girando de novo.

— Um colar? — pergunto.

Ele para no meio da frase, qualquer que fosse a frase.

— Sim. Uma corrente dourada.

Sem pensar, minha mão vai até o bolso da frente da minha calça. Sinto que o pingente ainda está lá, mas disfarço. Meus olhos encontram os de Matt – será que pareço tão culpada quanto me sinto? – e vejo a confusão neles. Mágoa. É como se ele percebesse de imediato que não estou contando alguma coisa, que não confio nele o suficiente para fazer isso.

Ele se levanta e se afasta de mim.

— Espera — digo.

Ele para e, por alguns segundos, fico na expectativa do que ele vai fazer. Então, ele se vira de novo para mim.

— Eu menti para você, Viv. E sinto demais por isso, do fundo do meu coração. — O queixo dele treme um pouquinho. — Mas eu deixei você me odiar por semanas. E não posso suportar isso pra sempre.

— O que isso quer dizer?

Parece um adeus. Como pode ser um adeus bem agora, bem quando precisamos nos livrar juntos dessa ameaça e proteger nossos filhos?

— Achei que a gente fosse forte o bastante pra passar por isso. Mas não tenho mais tanta certeza. — Ele balança a cabeça. — Não tenho certeza se você vai acreditar em mim algum dia.

A confusão gira dentro de mim. Eu *deveria* acreditar nele? Ele mentiu para mim por mais de dez anos. Mas entendo por que fez isso. Ele não tinha saída. E desde que descobri a verdade, ele foi sincero.

Eu o vejo descendo a escada na casa de Yury, recém-saído do banho. Mas ele estava lá porque não podia sair. Porque Luke estava em perigo. Para começar, a única razão de ele estar lá era proteger a vida de Luke.

Ele não nos abandonou, como eu tinha temido. Ele foi embora para manter nossos filhos em segurança.

E ele também não contou nada a respeito de Marta e Trey para os russos. Peter admitiu ter feito isso.

— Eu o matei, Viv. Eu matei um agente russo e você *ainda* não é capaz de acreditar em mim.

Lembro do horror no rosto dele quando percebeu que tinha matado Yury. E não porque era especificamente *Yury*, mas porque ele tinha matado uma pessoa.

Matt fez algo de que vai se arrepender pelo resto de sua vida. E fez isso por mim.

— Desculpa — sussurro.

Estendo um braço na direção dele e ele só olha. O abismo entre nós nunca esteve tão grande.

O jeito que ele está me olhando, a mágoa que existe ali, é algo tão intenso que chega a me assustar.

Eu acho que confio nele. E os motivos para não confiar parecem estar evaporando. E, mais do que tudo, preciso de Matt ao meu lado neste momento. É o melhor para Luke. E o melhor para todos nós.

Meus dedos vão até o bolso, agarram o pingente e eu o estendo na direção de Matt, quase como um oferecimento, uma forma de provar a minha confiança.

— Tirei isso do pescoço do Yury logo antes do Peter chegar.

Ele parece não entender, mas sua expressão fica cautelosa.

Viro o pingente e olho de novo para os quatro parafusinhos na parte de trás.

— Você pode pegar uma chave de fenda, por favor?

Ele hesita, mas em seguida concorda. Sai da sala e volta instantes depois com uma caixa de ferramentas. Pego a menor chave de fenda que temos. Serve. Afrouxo os quatro parafusos, os retiro e então uso a ponta da minha unha para abrir o pingente em duas partes. Encaixado em um dos lados há um minipendrive. Dou uma chacoalhada e ele cai na minha mão. Eu o seguro contra a luz, depois olho para Matt.

— Acho que os nomes estão aqui.

— Os nomes?

— Os cinco agentes adormecidos do Yury.

Ele me lança um olhar vazio e então percebo: ele não tem essas informações. Eu titubeio, mas só por um segundo.

— Cada contato fica com o nome dos cinco agentes adormecidos em sua posse. Se acontecer algo a ele, o substituto deve encontrar os nomes, entrar em contato com Moscou pedindo um código de descriptografia e assumi-los. É assim que eles protegem a identidade dos agentes adormecidos nos Estados Unidos.

Ele enruga a testa.

— Por que eles não perguntam os nomes a Moscou simplesmente?

— Os nomes não estão em Moscou. Eles só ficam armazenados localmente, junto com o contato.

Ele está calado, e quase posso ver as engrenagens girando.

— Eles não estão em Moscou?

Nego com a cabeça. Posso ver que tudo o que eu digo faz sentido para ele.

— Então quando nos disseram que o novo contato ia se comunicar com a gente...

— Isso só aconteceria se eles encontrassem os nomes — digo.

— E é por isso que temos a recomendação de refazer contato com Moscou caso nada aconteça dentro de um ano.

Concordo com a cabeça.

— Porque se o substituto não conseguir os nomes, esse é o único jeito que eles têm de voltar a se comunicar com vocês.

— Eu não fazia ideia — murmura ele.

Ele pega o pendrive das minhas mãos com cuidado. Segura-o entre o dedão e o dedo indicador, estuda-o, como se aquele dispositivo, de alguma forma, guardasse todas as respostas. Depois ele olha para mim. Sei que estamos pensando a mesma coisa. Se esse é o único registro dos nomes, Matt pode se manter fora da prisão.

Yury está morto. A prova contra mim se foi. Os cinco nomes se foram.

Quem quer que Moscou envie como substituto de Yury, ele não vai conseguir encontrar os nomes, vai ter que esperar que os agentes adormecidos façam o contato. E, se Matt não fizer, então estará livre de uma vez por todas.

Será que isso seria o bastante para nos manter em segurança, para impedir que qualquer um descobrisse o crime que eu cometi e a identidade verdadeira de Matt? Seria uma doce vitória, não fosse pela nuvem negra que paira sobre nossas cabeças. Não importa nem um pouco se Matt e eu estamos seguros. Alguém está planejando ferir o nosso filho. Os nossos filhos. E eu não faço ideia de quem seja.

Um pensamento me atinge com tanta força que quase fico sem ar. *Mas Luke pode saber quem é.*

★

O saguão está vazio quando chego, a não ser por uma segurança solitária vagamente familiar perto das catracas. Meus passos ecoam no salão enquanto me aproximo. Cumprimento-a com a cabeça enquanto passo meu distintivo para entrar e avanço pelas catracas. Ela assente de volta e me observa, inexpressiva.

Ando pelos corredores silenciosos até a porta da minha seção. Encosto o distintivo no leitor e digito meu código. Ouço um bipe e depois um clique quando a porta destrava. Empurro a porta pesada. Está escuro lá dentro, e silencioso. Eu acendo as luzes, inundando o espaço com uma iluminação fluorescente desagradável, e ando até a minha baia.

Destranco a gaveta da minha escrivaninha, pego a pasta e coloco-a sobre a mesa, perto do quadro de cortiça com as fotos da minha família e desenhos das crianças. Está mais grossa até do que eu me lembro, cheia de pesquisas sobre possíveis candidatos a líder. *Fotos* de possíveis candidatos.

Eu me sento, puxo a pilha de papéis à minha frente e começo a selecionar rapidamente, separando fotos e dados biográficos do restante da pesquisa, diminuindo a pilha a quase metade. Luke pode reconhecer alguém. Se conseguirmos identificá-lo, conseguiremos proteger as crianças. Não será mais uma ameaça sem nome e sem rosto. Será uma pessoa, que podemos caçar e destruir.

Mas a pilha ainda é muito grande. Como vou conseguir esconder tudo isso? Na minha bolsa é muito perigoso. Basta um guarda me parar e remexer nela. Não cheguei até aqui para ser flagrada saindo escondida com material confidencial. O meu olhar se desvia dos papéis para a foto de Yury, espetada na divisória da minha baia. A corrente. Aquilo estava no corpo dele, o tempo todo, exatamente como disse Dmitri, o Oferecido. *No corpo dele.*

Eu me levanto, pego a pilha de papéis e me dirijo à mesa de impressoras, no fundo do corredor. Ali encontro um envelope e um rolo grosso de fita adesiva. Boto os papéis no envelope. Levanto o casaco, grudo-o na minha lombar e começo a enrolar fita ao redor do meu corpo.

Se alguém me pegar assim, já era. Tudo isso vai ser em vão. Mas também é a única forma em que consigo pensar para tentar descobrir quem é a ameaça. O Bureau jamais mostraria uma porção de fotos confidenciais para Luke. Então o risco vale a pena, não vale? É claro que sim. E, além disso, eles não estão procurando pessoas saindo com papéis às escondidas. Eles estão procurando mídia eletrônica. A chance de acharem isto em mim é muito pequena, não?

Puxo o casaco para baixo. Isso pode funcionar. Eu realmente acredito que sim. Ando de volta à minha mesa para pegar a bolsa e a penduro no ombro. Estou pronta para sair quando presto atenção nos desenhos. No de Luke, eu estou vestindo uma capa e tem um "S" desenhado no meu peito. Lentamente, afundo na cadeira e olho fixamente para ele. Supermamãe. É como Luke me vê, certo? Com todos os meus defeitos como mãe, ele ainda me vê como uma super-heroína, alguém que pode resolver qualquer problema e cuidar dele.

Penso no homem que o visitou na escola, que o ameaçou. O quanto o meu menininho deve estar assustado. O quanto ele deve estar querendo um super-herói neste momento, alguém que possa protegê-lo, lutar contra os caras maus.

— Estou tentando, amigão — sussurro.

E então meu olhar muda para o desenho de Ella, o da nossa família. Seis rostos felizes. Esse é todo o motivo pelo qual estou nessa confusão, não é? Para tentar manter esses rostos felizes, todos nós. Será que ainda posso conseguir isso? A minha cabeça continua a mil tentando descobrir como tudo isso pode acabar, como vou conseguir, ao mesmo tempo, manter meus filhos seguros e minha família unida.

E então tenho uma ideia.

Eu me inclino até as gavetas embaixo da minha mesa, as pesadas, de metal, aparafusadas ao chão. Giro o disco, primeiro para uma direção, depois para a outra. Encontro os números certos. Destravo e puxo uma gaveta. Procuro entre os arquivos suspensos até encontrar o que procuro. Lá dentro, um relatório, com capa vermelha, com uma comprida série de classificação no alto. E depois outro, igualzinho, mais à frente.

Eu os abro, primeiro um, depois o outro. Verifico com atenção até encontrar o que procuro. Uma série longa de números e letras, e depois outra. Eu as copio num Post-it, dobro e coloco no bolso. Então me dirijo à saída.

★

É a mesma segurança que está lá. Ela está à mesa, perto das catracas, com uma pequena televisão na frente dela, um dos canais de notícia vinte e quatro horas. Ela olha para cima quando me aproximo.

— Já vai embora? — O rosto dela está sério.

— Sim, senhora.

Dou um sorriso para ela. Tento lembrar de onde a conheço. Acho que a vi numa manhã qualquer.

— Só uma rápida visita no meio da noite?

— Eu não conseguia dormir.

— Algumas pessoas ligam a televisão.

Agora o meu coração está batendo forte.

— Eu sei. Analista *nerd* aqui.

Levanto as mãos num gesto brincalhão de rendição.

Ela não ri, não sorri.

— Vou ter que dar uma olhada na sua bolsa.

— Claro.

Ela vem até mim, e tenho certeza de que vai conseguir escutar meu coração batendo, ver minhas mãos tremendo. Luto para manter o rosto impassível e segurar a bolsa para ela, aberta. Ela dá uma olhada dentro, então enfia a mão, tira algumas coisas da frente para olhar melhor. Vislumbro uma chupeta e uma embalagem de comida para bebê.

Em seguida ela tira um detector do cinto, começa a passar pela minha bolsa.

— Agora você trabalha à noite? — digo, tentando desviar a atenção dela da revista para mim. Tentando parecer menos suspeita.

Ela tira o detector da bolsa, segura-o perto da minha cabeça, passa pela frente do meu corpo, tão perto que chega a me tocar. Começo a entrar em pânico. Aquele embrulho de papéis nas minhas costas é grosso. Muito grosso.

— O salário é melhor — responde ela. — O meu mais velho vai para a faculdade ano que vem.

Ela vai com o detector para o outro lado, começa a subir com ele pelas minhas panturrilhas. Prendo a respiração, com um arrepio correndo pelo meu corpo. Ela vai subindo cada vez mais. Agora está quase na minha lombar, muito perto dos papéis. Logo antes de ela tocar neles eu dou um passinho e me viro para encará-la.

— Você gosta, de trabalhar à noite? — pergunto, com meu melhor olhar de puxar conversa, torcendo para que pareça natural porque, no momento, estou absolutamente apavorada.

Eu espero que ela peça para que eu me vire novamente. O detector ainda está na sua mão, mas ela não fez nenhum movimento na minha direção.

— A gente faz o que é preciso pelos filhos, né? — comenta ela, franzindo a testa.

Prendo a respiração e espero que ela não se lembre de que não terminou o que começou, ou que não se importe em terminar. Ela prende o detector de volta no cinto e o alívio me deixa tonta.

Meu corpo ficou fraco e os papéis grudados nas minhas costas de repente parecem muito pesados.

— Com certeza fazemos.

Pego minha bolsa e me dirijo à saída, sem olhar para trás.

★

Luke está sentado na beira da cama, entre Matt e eu. Estamos mais perto do que precisamos estar, quase como se estivéssemos tentando dar força a ele, tentando mostrar para ele que está seguro, que não está sozinho.

Ele está com o pijama de beisebol que ficou meio curto nas pernas: ele espichou de novo. Seu cabelo está amassado na nuca, do mesmo jeito que o do Matt fica quando acorda. Ele ainda está grogue de sono, com os olhos pesados.

— Preciso que você dê uma olhada em algumas fotos — digo, de maneira meiga.

Ele esfrega um dos olhos, pisca com a luz, me espia confuso, como se não tivesse certeza se está acordado ou sonhando.

Esfrego as mãos nas costas dele, fazendo pequenos círculos.

— Eu sei que isso é estranho, amigão, mas estou tentando descobrir quem falou com você na escola. Queremos achá-lo e fazer com que ele pare de te atormentar.

Uma sombra passa pelo seu rosto, como se Luke tivesse se dado conta de que está acordado, de que isso é real, mas é a realidade que ele gostaria que não existisse. Eu também gostaria.

— Tá — concorda ele.

Pego os papéis ao meu lado e os empilho no colo. No alto, uma fotografia do rosto de um homem com uma expressão séria. Observo Luke enquanto ele olha para ela. Continuo esfregando as costas dele, desejando que não tivesse que fazer isso com o meu filho. Detesto fazê-lo sentar-se aqui e reviver o medo de ser confrontado por um estranho.

Ele nega com a cabeça, não faz nenhum som. Passo a página e a deixo virada de cabeça para baixo na cama. Uma nova foto toma o lugar dela. Sou atingida por uma onda de culpa, mostrando a ele esses rostos que provavelmente vão assombrá-lo, do mesmo jeito que me assombram.

De novo, ele olha para a foto em silêncio. Vislumbro os olhos de Matt por cima da cabeça dele, vejo a culpa refletida em seu rosto também, com a mesma pergunta que está rondando a minha mente: *Como chegamos a este ponto?*

Luke nega com a cabeça de novo e passo para a seguinte. Eu observo a sua expressão. Ele parece tão sério, tão mais velho que a sua idade, e sou tomada por uma sensação esmagadora de tristeza.

Viro página depois de página. Ele olha para cada uma das fotos de forma cuidadosa, metódica, por alguns segundos antes de balançar a cabeça negativamente. Logo caímos num ritmo. *Um segundo, dois segundos, três segundos, negativa com a cabeça, página virada.*

Estamos nos aproximando do fim da pilha e o desespero está começando a tomar conta. Se isso não funcionar, o que fazemos em seguida? Como vou achar o homem que o está ameaçando?

Um segundo, dois segundos, três segundos, negativa com a cabeça, página virada. Um segundo, dois segundos, três segundos...

Nada. Sem negativa com a cabeça.

Fico imóvel. Luke está olhando fixamente para a foto. Tenho medo até de respirar.

— É ele — confirma Luke, tão baixinho que quase não consigo ouvi-lo. Em seguida olha para mim, com aqueles olhos arregalados. — É esse homem.

— Tem certeza? — pergunto, mesmo que saiba que ele tem. Posso ver a confiança, a determinação no rosto dele. O medo.

— Tenho certeza.

24

Estou parada na cozinha, apoiada na bancada, com uma caneca de café pelando em uma das mãos e a foto na outra. Anatoly Vashchenko. Eu o encaro, o rosto comprido, a calvície proeminente. Estou olhando para a cara do líder. O homem que é uma ameaça à vida de Luke e de todos os meus filhos.

Viro a foto e olho de novo para o texto no verso da página. Os dados biográficos, tudo que fui capaz de encontrar sobre Vashchenko que poderíamos usar para localizá-lo. É pouca coisa, uma das pessoas com menos informação em toda a pilha. Meus olhos focam em uma linha em particular. Viagens aos Estados Unidos: nenhuma conhecida.

Nenhuma conhecida.

Pisco para as palavras desejando que elas mudem. Mas elas não se alteram, é claro. Elas me encaram de volta como se estivessem me insultando. É óbvio que ele viajou para os Estados Unidos, ele está bem aqui neste momento. E se não temos um registro dele aqui, ele está usando uma identidade falsa.

O que significa que não temos uma forma de rastreá-lo.

Luke está dormindo e tudo está em silêncio, a não ser pelos barulhos ocasionais do teclado de Matt. Ele está concentrado em frente ao computador, trabalhando na descriptografia. Digitação, depois uma pausa longa. Mais digitação, mais silêncio.

Tomo um gole de café, sinto o amargor na língua. Sinto como se estivesse me esvaziando por dentro. Achei o líder. Eu realmente consegui encontrá-lo, mas o que importa? Não tenho o suficiente para rastreá-lo, para fazer *nada* a respeito, certamente não a tempo. *Luke morre amanhã*. Não consigo tirar essas palavras da cabeça. Ele está por aí, ameaçando Luke, e não tenho o poder de deter isso.

Não tenho o poder de deter isso *sozinha*.

O pensamento está tomando a frente na minha cabeça. Estou tentando empurrá-lo lá para o fundo, afastá-lo, impedi-lo de se instalar na minha mente. Mas não consigo. É o único jeito.

Deixo a foto na bancada e vou até a sala com a caneca entre as duas mãos, tentando esquentá-las. Matt está no sofá, inclinado para a frente, com o notebook aberto na mesinha de café na frente dele. Com um pendrive anexado, uma luzinha laranja acesa. Ele dá uma olhada para cima quando entro, com o rosto fechado, tenso. Eu me sento ao lado dele, olho para a tela e vejo a confusão de texto, indecifrável para mim. Observo os caracteres que ele está digitando, uma sequência deles.

— Algum progresso? — pergunto.

Ele suspira, nega com a cabeça.

— Meu código de descriptografia não é o suficiente. Isso tem multicamadas, é um negócio bem complexo.

— Você acha que consegue driblá-lo?

Ele olha para a tela, depois de novo para mim, com arrependimento e frustração no rosto.

— Acho que não.

Assinto. Isso não me surpreende, nem um pouco. Os russos são bons. Eles planejaram isso de forma que ninguém conseguisse penetrar. Não sem os outros códigos de descriptografia.

— O que a gente faz agora?

Eu examino o rosto dele. Preciso ver exatamente como ele vai reagir a tudo isso. Porque acho que confio nele. Acho que há uma explicação para tudo, mas preciso ter certeza.

— A gente recorre às autoridades.

Os olhos dele se arregalam, mas só um pouquinho. Consigo identificar surpresa, não muito mais que isso.

— Quê?

— É o único jeito de manter Luke seguro.

— Mas a gente sabe quem ele é...

— E isso é tudo que a gente sabe. Não temos absolutamente nada que possa nos ajudar a encontrá-lo. Nada. Mas as autoridades, eles teriam.

Os olhos dele não se desgrudaram dos meus. Vejo desesperança, desespero.

— Tem que ter algum outro jeito...

Nego com a cabeça.

— A gente tem um nome russo. Nada a respeito do nome que ele usa aqui. Nada a respeito do paradeiro dele. Talvez se a gente tivesse mais tempo...

Eu o observo processar a informação da forma que eu fui forçada a fazer. É o único jeito. Não temos como localizá-lo por conta própria. Não a tempo.

— *Luke morre amanhã* — digo baixinho. — E se ele vier atrás do Luke e não conseguirmos detê-lo?

A ruga na testa dele se aprofunda. Ele ainda está pensando, posso perceber.

— Você está certa — concorda ele. — A gente precisa de ajuda.

Eu espero a pergunta seguinte, a que sei que está a caminho. E é a reação à resposta que vou dar a ele que me interessa.

— E o que a gente vai contar a eles? — indaga Matt, enfim.

E escuto a parte não dita da pergunta, que também vem passando pela minha cabeça. *Como a gente consegue a ajuda deles sem que a gente se entregue?*

Olho para ele, memorizo a expressão e fico atenta para ver como ela vai mudar.

— A verdade.

— Quê?

Ele olha para mim totalmente confuso. Eu o observo com atenção.

— A gente conta tudo pra eles.

Algo lampeja nos olhos dele. Descrença, acho.

— A gente vai pra cadeia, Viv. Nós dois.

Posso sentir a emoção subindo no meu peito, uma pressão intensa. Estar na prisão significaria o fim da vida como a conheço. Eu não estaria presente na vida das crianças. Perderia a infância delas. A vida delas. E elas certamente me odiariam por abandoná-las, por transformá-las num espetáculo de mídia.

Ele pisca para mim e a incredulidade se converte em frustração.

— Você está simplesmente desistindo? Agora que estamos tão perto?

— Não estou desistindo.

Não estou, isso eu sei com certeza. Só estou, enfim, me posicionando, fazendo o que é certo, o que deveria ter feito há muito tempo.

— Depois de tudo isso...

— Tudo isso foi pelas crianças — interrompo. — E isso *ainda* é pelas crianças.

— Tem que haver outro jeito. Alguma história...

Nego com a cabeça. Preciso me manter firme. Porque ele está certo. Provavelmente há outro jeito. Outra mentira que poderíamos contar. Eu poderia me sentar com Omar, inventar uma mentirada em que ele poderia acreditar e isso seria suficiente para nos livrar da prisão e manter Luke e as outras crianças seguras.

— Não quero mais histórias.

Não quero algo que vai nos enterrar ainda mais, nos levar ainda mais fundo nessa espiral de falsidade. Não quero passar o resto da vida olhando por cima do ombro, esperando pelo inevitável, apavorada por ter tomado a decisão errada, com medo de que meus filhos ainda estejam em perigo. Quero que eles entrem no programa de proteção à testemunha. Quero que eles estejam totalmente seguros.

— Eu não quero correr nenhum risco. Eles não vão entender o quanto as crianças estão em perigo, a ameaça que Vashchenko representa, ou mesmo por que ele está ameaçando as crianças se a gente não contar toda a verdade — afirmo. — Preciso que elas fiquem protegidas. É o melhor que podemos oferecer a elas.

— Os dois pais na prisão? É isso o que é melhor para elas?

Uma nuvem de dúvida está se formando sobre mim. Eu, sinceramente, não sei. Mas meu instinto me diz que isso é o certo a fazer. É a única maneira de garantir a segurança deles. E, além disso, como posso ser a mãe que preciso ser se deixar o resto da minha vida ser baseado numa mentira? Como posso ensinar o certo e o errado às crianças? Penso em todas as vezes que as coloquei de castigo por mentirem, todas as vezes que disse a elas para fazerem o que era certo. E então penso nas palavras de Peter. "Eu confio que você vai tomar a decisão certa, Vivian, seja ela qual for."

— Talvez seja — declaro. Ainda estou me agarrando a um pouquinho de esperança de que isso não vá acontecer, nós dois na cadeia, mas não posso contar isso a ele, ainda não.

E sei, lá no fundo, que provavelmente vamos acabar atrás das grades. Mas, talvez, o melhor para as crianças, no fim das contas, não seja nós todos juntos. Talvez o melhor para elas seja a certeza absoluta de que estão em segurança. Assim, estaremos lhes ensinando a fazer o que é certo, independentemente das consequências. Quem sabe, um dia, elas olhem para tudo que fiz, para tudo que Matt fez, e consigam compreender. Mas se continuarmos assim, vivendo essa mentira por mais dez, vinte anos, ou até que as autoridades enfim nos peguem, como vamos poder encará-las de novo?

Pego meu telefone, coloco-o com cuidado na mesinha de centro à nossa frente. Vejo Matt olhá-lo.

Respiro fundo.

— Eu acredito em você. Espero que consiga enxergar isso agora. Mas você ainda pode ir embora. Se preferir, eu prometo que não vou ligar para ninguém até você estar num avião indo para fora do país.

Ele olha para o telefone por mais um instante, depois seu olhar vira para mim.

— Nunca — sussurra ele. — Eu nunca abandonaria você. — Ele me dá a mão. Sinto seus dedos envolverem os meus, quentes e tão familiares. — Se você acha que é isso o que a gente precisa fazer, então vamos lá.

Esse é Matt, o meu marido, o homem que eu conheço, o homem que eu amo. Eu estava errada em duvidar dele. Muito, muito errada.

Eu solto a mão dele, boto a mão no bolso e tiro o pedacinho de papel. Desdobro-o, coloco-o sobre a mesinha, as duas longas sequências de caracteres visíveis para nós dois.

— Tem mais uma coisa que eu quero que você faça.

★

Está amanhecendo quando Omar chega em nossa casa, sozinho, exatamente como pedi. Eu o cumprimento na porta e o apresso para dentro. Ele entra com cautela, um passo cuidadoso à frente, depois outro, os olhos verificando ao redor da sala, absorvendo tudo. Ele não fala nada.

Fecho a porta e então ficamos parados constrangedoramente no hall. Sinto um vislumbre de arrependimento por tê-lo chamado aqui, um anseio de voltar atrás. Ainda há tempo para desistir de tudo. Então, levanto o queixo. É o certo a fazer. É o único jeito de manter meus filhos seguros.

— Vamos nos sentar — sugiro, fazendo um gesto com a cabeça em direção à cozinha. Como Omar não se mexe, tomo a frente. Escuto seus passos atrás de mim.

Matt já está sentado à mesa da cozinha. Omar o vê e para, olha para ele, depois o cumprimenta com a cabeça. Ainda não diz uma palavra. Tiro o cadeirão de Chase do caminho e arrasto a cadeira de Luke para o fim da mesa, faço um gesto para Omar se sentar. Ele vacila e então se senta, abaixando-se até a cadeira. Eu me sento no meu lugar de sempre, de frente para Matt. Olho para ele e, de repente, minha mente viaja até o dia em que soube da notícia que mudaria a minha vida, a vida de todos nós.

Há uma pasta sobre a mesa, bem à minha frente. O papel que preciso que seja guardado em segurança está lá dentro. Vejo os olhos de Omar se voltarem para ela e depois para o meu rosto.

— O que está acontecendo, Vivian? — pergunta ele.

Minha voz, meu corpo, de repente tudo parece paralisado. Será que isso é mesmo o melhor para as crianças?

— Vivian? — pergunta ele de novo.

Sim. Isso vai proteger as crianças. Não posso fazer isso sozinha. Não posso garantir a segurança delas.

Escorrego a pasta na direção de Omar com as mãos tremendo. Ele coloca uma das mãos nela, com os olhos em mim, curioso. Ele hesita e, então, a abre devagar. Vejo a foto do rosto que Luke identificou.

— Anatoly Vashchenko — informo baixinho. — O contato de Yury. O líder.

Ele está encarando a foto. Em seguida olha para mim, com um ponto de interrogação no rosto.

— Ele precisa ser preso imediatamente — continuo. — E eu preciso de proteção para todos os meus filhos até que isso aconteça.

Os olhos dele vão de mim para Matt, e depois voltam para mim. Ele ainda não disse uma palavra.

— Ele ameaçou matar o Luke — declaro com a voz falhando. — Ele é uma ameaça aos meus filhos.

Ele expira com suavidade, seus olhos continuam grudados em mim, e balança a cabeça.

— O que diabos está acontecendo, Vivian?

Preciso desabafar, contar tudo.

— Ele vai estar usando uma corrente. Um pingente. Uma cruz, acho. Deve haver um minúsculo pendrive lá dentro que contém o nome dos cinco contatos dele.

Omar pisca. Ele parece atordoado.

— Matt pode ajudar você no processo de descriptografia — acrescento suavemente. — Juntamos o código dele ao nosso de Moscou, o que Dmitri nos ofereceu.

Dou uma olhada para Matt, que consente de forma austera. Quando passei as outras chaves de descriptografia para ele, não levou muito tempo para que encontrasse as cinco fotos. As mesmas cinco que vi aquele dia no trabalho, uma vida inteira atrás, mas com texto desta vez: endereços, ocupações e acesso, instruções para sinalizar encontros.

Na verdade, eu não esperava ver os mesmos rostos, os outros quatro. Quando percebi que as fotos foram plantadas, tive certeza de que as outras também eram falsas. Mas talvez eu não devesse ter ficado surpresa. Talvez isso fosse prova da arrogância deles, da confiança de que sabiam exatamente como tudo iria se desenrolar.

— Todos os outros contatos carregam isto com eles, com o nome de seus cinco agentes — digo. Coloco a corrente de Yury na mesa, a pesada cruz de ouro. O pendrive está lá dentro, os parafusos apertados. — O quinto nome está aqui.

Os olhos de Omar se arregalam. O maxilar dele ficou frouxo, a boca aberta, tamanha a perplexidade. Ele fita Matt e meu marido assente.

— A Viv não sabia — explica ele. A voz dele falha e meu coração se parte ao ouvir isso. — Eu escondi isso dela.

Omar se vira de novo para mim.

Sinto que devo algum tipo de explicação a ele, mas não sei o que dizer.

— Eles geralmente vão no ponto mais fraco, exploram a vulnerabilidade das pessoas — declaro, enfim. — Conosco, foi a nossa família.

Os olhos dele não acreditam.

— Ele teria entrado em operação — digo suavemente. — Anos atrás.

Omar olha para longe. Algo muda em seu rosto.

— Exatamente o tipo de pessoa que achei que poderíamos encontrar.

Ele não fez nenhum movimento em direção à corrente de Yury. Coloco o indicador no pingente, deslizo-o para mais perto dele. O que vai acontecer em seguida? Aquele pouquinho de esperança ainda está presente, mas muito fraco, muito, muito fraco.

De qualquer forma, fizemos o que era certo. A única maneira de manter as crianças fora de perigo.

O mais provável é que ele chame reforços. Que nos dê voz de prisão. Os meus pais devem voltar logo, mas agora desejo que tivesse insistido para que passassem a noite. E as crianças, pobres crianças. E se já tivermos ido quando elas acordarem?

Ele ainda está olhando fixo para a corrente. Uma sensação estranha está começando a me dominar, aquele vislumbre de esperança está se intensificando. Talvez isso funcione. Talvez seja o bastante.

Finalmente, ele coloca o próprio indicador na corrente, mas, em vez de puxá-la para si, empurra-a de volta para mim.

— Então vocês vão precisar do programa de proteção à testemunha — declara ele.

Uma sensação de formigamento corre pelo meu corpo como eletricidade. Será que isso deu mesmo certo? Olho para baixo, para a corrente que está de volta à minha frente. Ele não a quer. Ele não vai pegá-la para ver o quinto nome. O nome de Matt.

Estou tentando me dar conta de suas palavras, tentando entender se isso está mesmo acontecendo. Olho para Matt e vejo a confusão em seu rosto. Não falamos sobre isso. Parecia tão improvável, e, se houvesse mesmo uma chance de funcionar, eu não queria pôr mau agouro nessa possibilidade.

— Programa de proteção à testemunha? — comento, porque não sei mais o que dizer.

Omar leva um minuto para responder.

— Você acabou de me dar informação o suficiente para arruinar a célula inteira. Com certeza os russos não iam pegar leve com isso. E se eles já estão ameaçando Luke...

Olho para o pendrive. Não devo alimentar grandes esperanças. Pelo menos, não ainda. Talvez ele não tenha entendido que Matt é o quinto agente adormecido e que eu sabia a respeito. Ele ainda não percebeu que o lugar de nós dois é na cadeia.

— Eu fiz algumas coisas erradas. Mas vou contar tudo a você...

— Tudo que vínhamos investigando — diz Omar, com uma das mãos levantadas como se para me deter —, tudo que atribuíamos a um infiltrado, ou a um agente russo com acesso ao CCI, Peter confessou. — Ele abaixa a mão, olha de Matt para mim, depois de volta para ele. — E estou confiante de que o quinto agente adormecido não fez nada para prejudicar a segurança nacional.

Ah, meu Deus. Isso está mesmo acontecendo. Omar vai nos deixar livres. Eu tinha um fiozinho de esperança e isso se concretizou. Dar a eles o suficiente, no meu entendimento, era tudo o que podia nos deixar fora da cadeira e manter nossa família unida. Trocamos informação por liberdade.

Mas tudo isso só faz sentido se as crianças estiverem realmente seguras.

— As crianças...

— Elas serão protegidas.

— É a única coisa com que a gente se importa.

— Eu sei.

Fico calada por um instante, ainda tentando processar tudo.

— Como isso vai funcionar? — pergunto, enfim.

— Eu vou direto para o escritório do diretor com informações suficientes para destruirmos a célula inteira. E, então, ele vai me dar o que eu quiser.

— Mas...

— Vou dizer que Matt admitiu ser um agente adormecido. Que ele me deu o nome do líder, me deu o código de criptografia dele e me contou sobre as correntes. E que, em troca, vamos oferecer proteção a ele e à família dele.

— Mas e se alguém descobrir...

— Vamos manter isso em canais compartimentados. Com a maior classificação de confidencialidade.

— Você pode... — começo e, de novo, ele me interrompe.

— É a Rússia. Tudo é compartimentado.

Escuto as palavras que eu mesma já falei tantas vezes, que sei que são verdade. Que significam que talvez, apenas talvez, isso possa funcionar.

— Será que o diretor vai concordar? — indago com a voz quase num sussurro. Mesmo que Omar queira fazer isso, não há garantia de que ele consiga, certo?

Ele assente.

— Eu sei como o Bureau funciona. Estou confiante.

A esperança está irradiando em mim. Esperança de que, no fim das contas, fiquemos livres, em segurança e juntos. Olho para Matt e vejo as mesmas emoções espelhadas em seu rosto.

— E agora? — pergunto, enfim.

Omar sorri para mim.

— Façam as malas.

25

UM ANO DEPOIS

Estou sentada na areia da pequena praia em forma de meia-lua e observo as crianças. Chase está correndo na beira da água com suas perninhas robustas. Uma gaivota segue pulando à sua frente. Caleb está parado atrás do irmão, com seus cachinhos loiros brilhando no sol. Observando, gritando de alegria quando a gaivota levanta voo. Ella está mais para cima da praia, enchendo de areia baldinhos em forma de torre, com o rosto concentrado. Há um elaborado castelo de areia na frente dela. E lá no mar está Luke, de barriga numa prancha de *bodyboard*, esperando pela próxima onda. O sol bate direto em suas costas e pernas, que parecem crescer a cada dia, bronzeadas do sol e das incontáveis horas passadas no mar.

Sopra uma brisa quente, balançando a folhagem das palmeiras que marcam nossa pequena praia. Fecho os olhos e apenas escuto por um instante. O suave quebrar das ondas, o farfalhar das palmeiras, os sons dos meus filhos, satisfeitos e felizes. A sinfonia mais linda e hipnotizante que poderia existir.

Matt aparece atrás de mim e se senta na areia ao meu lado, com a sua perna encostando na minha. Dou uma olhada em nós mesmos, mais bronzeados do que jamais estivemos, quase morenos contra a fina areia branca. Ele sorri para mim, e eu para ele, e então me viro para observar as crianças, satisfeita por estar aqui sentada nesse clima agradável. Luke pega uma grande onda e consegue se manter nela até chegar à areia. Caleb dá um passo cambaleante, depois outro, e se abaixa, pega uma grande concha e a examina.

Vinte e quatro horas depois de conversamos com Omar na nossa cozinha, estávamos num avião particular, rumo ao Pacífico Sul. No início, quando Omar disse para fazermos as malas, a ideia foi apavorante. Tínhamos que empacotar nossa vida em algumas malas, sabendo que podíamos nunca mais ver qualquer coisa que deixássemos para trás. E então foquei nas coisas mais importantes para mim, tudo que era insubstituível: fotos, livros de bebê, esse tipo de coisa. E, no fim das contas, era tudo que eu realmente precisava. Todos os outros objetos na nossa casa – os armários cheios de roupas e sapatos, os eletrônicos, os móveis –, bem, ainda não sinto falta deles. Começamos tudo do zero por aqui, de forma simples. Compramos o essencial. Temos um ao outro, e nossas lembranças, e isso é tudo o que de fato precisamos.

Meus pais vieram com a gente. Omar ofereceu como uma opção, e então fui consultá-los, embora achasse que eles jamais aceitariam. Não achei que fossem querer ser arrancados de tudo que lhes era familiar. Mas quando souberam que não iam poder se comunicar com a gente por um ano, talvez mais, não houve hesitação. "É claro que a gente vai", disse minha mãe. "Você é nossa filha, você é tudo pra nós." E foi isso, decisão tomada. Uma decisão que eu entendia totalmente.

As coisas entre Matt e eu estão firmes de novo. "Eu te perdoo", ele disse, na primeira noite na casa nova, enquanto estávamos deitados numa cama que não era familiar. Se ele podia me perdoar por ter duvidado dele, por tê-lo feito sentir que era preciso matar para merecer minha confiança, eu também podia deixar o passado no passado. Eu me aninhei nos braços dele, o lugar ao qual eu sabia pertencer. "Eu também te perdoo."

Ouço um helicóptero a distância, o tímido rodopio das hélices. Eu o observo quando aparece no céu, ficando cada vez mais aparente, cada vez mais próximo, o suave rodopio se tornando um ritmado *tum-tum-tum*. Todas as crianças param o que estão fazendo para olhá-lo. Ele passa bem por cima de nós, fazendo tanto barulho que Ella e Luke tampam os ouvidos; Chase e Caleb só encaram maravilhados.

Helicópteros não são algo que vemos por aqui. Eles nos instalaram numa parte remota da ilha, duas casas localizadas num costão, com vista para o mar, acabando num pequeno pedaço de praia em forma de meia-lua. Olho para a casa dos meus pais e vejo minha mãe sair. Ela fecha a porta de vidro atrás dela e começa a descer para a praia, com a brisa levantando sua saia longa em volta das pernas. Eu me viro e vejo o helicóptero pairando atrás de nós, descendo devagar.

Matt e eu trocamos um olhar. Sem dizer nada, nós dois nos levantamos e limpamos a areia do corpo. Esperamos minha mãe nos alcançar.

— Podem ir — diz ela. — Eu fico de olho nas crianças.

O som das hélices diminui enquanto subimos o morro em direção à nossa casa, sobre dunas de areia branca que se movem a cada passo até chegarmos às escadas de madeira cheias de areia. Andamos um pouco mais até chegarmos ao alto, a grama irregular, a casa quadrada de dois andares, com o telhado bem inclinado, com terraços por todos os lados. Vejo Omar se aproximando da casa, vindo da direção do helicóptero, vestindo calça cargo cáqui e uma camisa havaiana florida. Ele abre um sorriso quando nos vê.

Chegamos à frente da casa ao mesmo tempo. Dou um abraço bem apertado nele e Matt aperta sua mão. Há algo estranhamente empolgante em vê-lo aqui. Ele é a primeira pessoa da nossa antiga vida que vemos em um ano. Ele nos avisou, nos falou que estaríamos por nossa conta por um ano, talvez mais, mas, ainda assim, não estávamos preparados para a sensação bizarra de sermos completamente separados de tudo, de todas as pessoas que conhecíamos, da nossa rotina, até de nossos e-mails e redes sociais. Ele nos deu um celular, mas com instruções expressas de utilizá-lo apenas em caso de emergência. Fora isso, só tínhamos que esperar. Esperar que ele fizesse contato. E agora, aqui está ele, um ano mais tarde.

— Venha, entre — digo a ele, abrindo a porta da frente e mostrando o caminho.

A casa é arejada e bem iluminada, toda na cor branca e azul. E nos sentimos mais em casa nela do que jamais nos sentimos na nossa casa em Washington. O lugar é todo enfeitado com conchas, que eu recolhi em caminhadas na nossa praia, e há fotos por todos os lados. Imagens em preto e branco dos nossos filhos, das palmeiras, de qualquer coisa que chame a atenção. É bom ter tempo para *hobbies* de novo. Mas, mais do que tudo, é bom ter tempo para os meus filhos.

Eu o levo até a sala e me sento no sofá, um de módulo azul já bem gasto, em que todos nos apertamos para as noites de filmes e jogos. Omar se senta no lado oposto. Matt entra um instante depois com uma jarra de limonada e dois copos nas mãos e os coloca na mesinha de centro. Ele me lança um sorriso.

— Vou dar um pouco de privacidade a vocês dois — diz ele. Eu não o detenho, nem Omar.

Depois que Matt sai da sala e escutamos uma porta no andar de cima se fechar, Omar chega mais para a frente.

— E então, como está a vida por aqui?

— Maravilhosa — respondo.

E estou sendo totalmente sincera. Estou mais feliz do que jamais estive. Não me sinto mais presa, emperrada em uma vida que está só acontecendo. Eu me sinto no controle da minha vida. E minha consciência está em paz. Finalmente, estou tendo a vida que quero.

Pego a jarra e sirvo limonada para nós dois, cubos de gelo batendo nas laterais dos copos.

— E a escola? Eu sei que você estava preocupada com isso.

Ofereço um copo a ele.

— Estamos dando aulas em casa para eles. Não é uma solução em longo prazo, mas tem funcionado. Na verdade, as crianças estão aprendendo à beça.

— E Caleb?

— Ele está indo muito bem. Andando, até falando algumas palavras. E ele está saudável. Você tinha razão, o cardiologista da ilha é fantástico.

— Fico feliz. Você não faz ideia do quanto eu penso em vocês. Do quanto eu quis vir ver se estava tudo bem.

— Eu também. Tem tanta coisa que eu quero saber. — Faço uma pausa. — Como você está?

— Ótimo, na verdade. — Ele toma um gole. — Sou o novo vice-diretor, acredita?

Ele está tentando, sem conseguir, conter um sorriso.

— Que incrível. — O sorriso dele se liberta. — E você merece. Demais.

— Bom, o caso de vocês fez muito por mim. Não vou mentir.

Espero que Omar fale mais, mas ele fica em silêncio, e o seu sorriso vai desaparecendo. Minha cabeça vagueia pensando em Peter e eu me pergunto se a dele também. Finalmente, eu falo:

— Você pode me contar algo sobre a célula?

É uma pergunta que martela a minha cabeça há um ano. Estou desesperada para escutar o que ele tem a dizer.

Ele concorda com a cabeça.

— Você tinha razão sobre o Vashchenko. Ele era o líder. Nós o rastreamos até que bem rápido. Encontramos o pendrive no pingente, exatamente como você falou, e o descriptografamos com a chave que você nos deu.

Aperto as mãos com força no colo e aguardo que ele continue.

— Depois dele, prendemos os outros quatro contatos. Três dias depois, fizemos uma grande operação e prendemos todos os vinte e quatro membros da célula.

— Nós ouvimos falar — digo.

O caso esteve em todos os noticiários, mesmo aqui. Apesar de ele dizer vinte e quatro, tudo o que eu li sobre a operação dizia vinte e cinco agentes presos. Alexander Lenkov foi identificado como um dos presos, embora os detalhes a respeito dele fossem escassos e a única fotografia liberada estivesse pixelada o bastante para ser indistinta. Felizmente, acho que ninguém o reconheceria como meu marido.

— O que vai acontecer com todos eles?

Ele dá de ombros.

— Prisão, troca de prisioneiros, quem sabe. — Ele me encara por um momento. — Tenho certeza de que você leu que a maioria está afirmando que armaram para cima deles, não é? Que na verdade são dissidentes políticos, inimigos do Estado, esse tipo de coisa?

Assinto e sorrio.

— Pelo menos eles são consistentes.

Ele dá um sorriso e então fica sério de novo.

— O Bureau enfim aprovou que a operação siga em frente. Até agora, conseguimos dois recrutas. Estamos trabalhando para usá-los a fim de destruir outra célula. E estamos utilizando o seu algoritmo para tentar localizar outros contatos. Há uma grande quantidade de recursos dedicados a isso, do FBI e da CIA.

Fico calada por um instante, deixando tudo ser absorvido. Eles desmancharam uma célula inteira, e estão fazendo progresso para encontrar outras. Balanço a cabeça com admiração e então faço a outra pergunta que está na minha cabeça, a que me pressiona e me assusta muito mais.

— E quanto a Matt? Eles suspeitam dele?

Ele nega com a cabeça.

— Não há indícios de que os russos saibam que ele ainda está solto ou de que teve qualquer envolvimento com isso.

Meus olhos se fecham, agitados. Um peso é retirado dos meus ombros, me libertando. Era exatamente o que eu esperava ouvir. As notícias pareciam creditar a ruptura a Peter, descrito como um antigo analista da CIA que virou vítima por causa da doença de sua esposa e que depois foi cruelmente chantageado. E a um agente do Bureau identificado simplesmente como "O".

— E, quanto a você — continua ele —, para eles você está tirando uma licença temporária. É bem sabido no CCI e no Bureau que seu afastamento tem algo a ver com esse caso, e existe um boato de que os russos te chantagearam e você resistiu. Mas ninguém da equipe sabe dos detalhes.

— Quem sabe a verdade?

— Eu e os diretores do FBI e da CIA. Só.

Sinto minha tensão se dissipando. Essa conversa não podia estar correndo melhor, nem que eu mesma a tivesse escrito. Mas, ao mesmo tempo, o que isso significa para nós? Sinto uma onda de tristeza, como se tudo ao meu redor fosse fugaz e pudesse ser tirado de mim num piscar de olhos. Quase tenho medo de fazer a pergunta seguinte.

— Mas e agora?

— Bem, tudo indica que vocês já podem voltar em segurança. Podemos levar você de volta para a sua casa e para o seu emprego...

Minha mente vagueia, ainda que eu não queira. As crianças na creche o dia inteiro. Vê-las apenas por breves períodos de manhã e à noite, se eu tiver sorte. Tento afastar esse pensamento.

— Vamos resolver todos os detalhes nas próximas semanas. Vamos arrumar novos documentos para Matt, certidão de nascimento, passaporte etc. Algo que passe por qualquer exame minucioso.

Ele faz uma pausa, olha para mim com expectativa, então lhe ofereço um fraco sorriso.

— Vamos fazer a transição de volta o mais suave possível, Vivian. Não há nada com que se preocupar. E vamos realizar um trabalho incrível juntos, você e eu. Vamos desmanchar mais células...

Ele recua, olha para mim com uma expressão estranha no rosto.

— É isso o que você quer, não é? — pergunta, enfim.

Não respondo imediatamente. É estranho estar neste momento. Porque, pela primeira vez, a escolha é minha. Não estou presa a um trabalho que já não tenho certeza de que quero. Ninguém está me manipulando e me pressionando a fazer nada. Posso fazer o que quiser. Posso escolher.

— Vivian? — pressiona ele. — Você vai voltar?

Pisco para ele, e, então, respondo.

★

Matt e eu celebramos nosso aniversário de dez anos de casamento na praia, exatamente como tínhamos desejado. Sentamos na areia da praia e assistimos às crianças brincarem, brindamos em copos de plástico com vinho espumante barato enquanto o sol se punha no horizonte, colorindo o céu de vermelho e rosa.

— Estamos aqui, no fim das contas — comentou ele.

— Juntos. Todos nós.

Escutei as ondas quebrando, os gritinhos e as risadinhas das crianças, e me lembrei da última vez que havíamos falado sobre isso, os planos para o nosso aniversário de uma década, uma viagem para uma praia exótica. Foi na manhã em que eu achei a foto de Matt, logo antes de tudo desmoronar. Fui transportada de volta à minha baia, às divisórias altas e cinzas, ao sentimento sempre presente de estar me debatendo, de estar fracassando, de viver espremida entre duas coisas tão importantes para mim, cada uma demandando mais tempo do que eu conseguia dar. Minha garganta se apertou só de pensar a respeito.

Enterrei os dedos ainda mais fundo na areia e contemplei o horizonte, o sol descendo cada vez mais. E falei a única coisa que estava na minha cabeça naquele momento:

— Não quero voltar ao trabalho. — Na verdade, aquilo saiu do nada, porque não tínhamos mais conversado sobre trabalho, pelo menos não desde que havíamos deixado os Estados Unidos. — Quer dizer, se eu tiver essa opção.

Eu me senti bem em expressar o que queria. De fazer uma escolha. De estar no controle.

— Tudo bem — respondeu Matt. Só isso. *Tudo bem*.

— Quero vender a casa — falei, provocando um pouco mais.

— Tudo bem.

Eu me virei para encará-lo.

— Sério? Eu sei que você ama aquela casa...

Ele gargalhou e negou com a cabeça.

— Eu não amo aquela casa. Eu a odiava no início. Odiava ter sido obrigado a convencer você a comprá-la só para garantir que continuasse no seu emprego.

As palavras pareciam um soco, um golpe que eu deveria ter previsto. Encurvei os dedos mais fundo na areia e olhei de volta para o mar.

— Eu amo as lembranças que construímos lá — acrescentou ele. — Mas a casa em si, não...

Tentei processar a ideia, a percepção, mais uma vez, de que tanta coisa na qual eu acreditava ser verdade, no fim das contas, era mentira.

— Eu te amo, Viv. E quero que você seja feliz. Muito feliz, de verdade, como você era quando nos conhecemos.

— Eu estou feliz — respondi, mas as palavras soaram falsas. Será que eu estava? Estar com as crianças, com Matt, eu estava feliz. Mas havia tanto a respeito da minha vida que *não* me deixava feliz.

— Não do jeito que você merece ser — disse ele de forma meiga. — Eu não tenho sido o marido que quero ser.

Eu deveria ter dito algo, deveria ter argumentado. Mas não o fiz. As palavras não saíram. Acho que talvez eu quisesse ouvir o que ele ainda tinha para falar.

— Quando você voltou ao trabalho depois que Luke nasceu... Naquele dia você voltou pra casa e falou que não conseguia fazer aquilo, que não conseguia deixá-lo. Não havia nada que eu quisesse mais do que dizer "Então, não faça". Queria dizer que a gente venderia a casa, que eu arrumaria um segundo emprego, o que fosse. Falar pra você aguentar firme, aquilo me matava. Eu sabia o quanto aquilo te deixava infeliz. Eu sabia. E aquilo me matava.

Senti as lágrimas surgindo nos meus olhos ao lembrar daquele dia, um dos piores da minha vida. Olhei para as crianças com a vista embaçada. Elas estavam brincando de pega-pega, Luke correndo muito rápido e Ella o acompanhando. Chase com seus passinhos de criança pequena atrás, se esforçando para alcançar os irmãos. E Caleb, o doce Caleb, de pé, dando alguns passos vacilantes e gargalhando.

— Eu nem sei quantas vezes eu decepcionei você. Quando eu insisti para que você trabalhasse com a Rússia. Quando descobrimos que eram gêmeos. Eu estava tão focado em manter nossa família unida, com tanto medo de que eles me mandassem ir embora. Coloquei isso acima de qualquer outra coisa, acima de todo o apoio que eu precisava oferecer a você. Eu sinto muito por tudo, Viv. Do fundo do meu coração.

Assisti ao sol escorregar abaixo do horizonte, a bola de fogo desaparecendo. Os raios avermelhados tinham dado lugar a um céu cor-de-rosa.

— Eu odeio a pessoa que fui. Mas quero me redimir. Quero recomeçar, ser o marido que sei que posso ser e que você merece.

As crianças ainda estavam correndo na areia, sem ligar para o pôr do sol, para a nossa conversa, para as escolhas que tínhamos que fazer. Os gritinhos delas sumiam misturados ao som das ondas.

— O que você quer, Viv? — perguntou Matt.

Olho para ele, suas feições agora na sombra do crepúsculo.

— Um novo começo.

Ele assentiu e esperou que eu continuasse.

— Quero ter tempo para ficar com as crianças.

— E eu quero que você tenha isso. Vamos dar um jeito.

— E não quero mais mentiras.

Ele balançou a cabeça.

— Nem eu.

Passei um dedo pela areia e desenhei uma linha ondulada.

— Tem mais alguma coisa que eu deveria saber? Algo que você ainda esteja escondendo?

Ele balançou a cabeça de novo, de forma mais dura dessa vez.

— Todas as cartas estão na mesa. Você sabe de tudo.

Ficamos em silêncio por alguns instantes, então ele abriu a boca para dizer algo, mas hesitou.

— O que foi? — eu insisti.

— É só que...

— O quê?

— Bom, quanto ao seu trabalho. Você deu muito duro pra chegar aonde chegou, e está fazendo um trabalho tão importante... — Ele balançou a cabeça rapidamente. — Agora não é a hora de falar nisso. Só quero que você faça a escolha certa, a que for fazer você feliz.

Logo Matt virou-se para me encarar. Ele pegou as minhas mãos, levantou-se e me puxou para ficar de pé também. As palavras dele estavam ecoando na minha cabeça, a ambivalência que eu havia sentido todos esses anos estavam voltando à minha consciência. Então ele me puxou para perto, de forma gentil, com as mãos na minha cintura. E percebi que ele estava certo sobre uma coisa, pelo menos, essa não era a hora de falar sobre isso, definitivamente. Eu teria um ano pela frente para pensar sobre o assunto. Eu o envolvi num abraço.

— Você se lembra da nossa primeira dança? — perguntou ele com doçura.

— Lembro — respondi.

E, naquele momento, fui transportada. Nós dois, na pista de dança, balançando com a música enquanto as mãos dele estavam ao redor da minha cintura. Sentindo-me viva, feliz e muito, muito apaixonada. Cercada de mesas cheias de pessoas, rostos tão pretensamente familiares.

— Olhe em volta — eu tinha dito a ele. Recuei um pouco para que eu pudesse olhar para o seu rosto. — Não é incrível? Todo mundo que a gente ama está aqui. A minha família, a sua família. Os nossos amigos. Quando isso vai acontecer de novo?

Ele não olhou. Ele me encarou, de forma intensa.

— Olhe em volta — sugeri de novo.

Ele não olhou.

— Você e eu — disse ele. — É tudo que eu vejo. É tudo que importa. Você e eu.

Eu o encarei, confusa pela intensidade, pela urgência em sua voz. Ele me puxou mais para perto e descansei a cabeça em seu peito, ansiosa por escapar daquele olhar.

— Os meus votos no nosso casamento, cada palavra foi verdadeira — disse ele. — Não importa o que aconteça no futuro, nunca se esqueça disso. Se as coisas ficarem... difíceis... apenas lembre-se disso. Tudo é pela gente. Tudo o que eu fizer, pelo resto da vida, será pela gente.

— Não vou me esquecer — murmurei, certa de que nunca iria, e, ao mesmo tempo, me perguntando se aquelas palavras algum dia fariam sentido.

Enquanto balançava na praia com a música das ondas, coloquei a cabeça no peito dele de novo, exatamente como fiz todos aqueles anos atrás. Senti seu calor, escutei as batidas do seu coração.

— Eu não me esqueci — sussurrei.

— Tudo o que eu fiz, eu fiz pela gente — afirmou ele. — Pela nossa família.

Virei a cabeça para o lado para que pudesse ver as crianças, agora pouco mais do que sombras contra o céu escurecendo.

— Eu também. — Puxei-o mais para perto. — Eu também.

★

— Eu vou voltar — declaro a Omar.

As palavras soam corretas. A decisão soa correta.

O fato é que senti falta. Senti falta da emoção de abrir novos relatórios da inteligência, da expectativa, do sentimento de que uma grande chance podia estar próxima. De que, a qualquer minuto, eu podia juntar uma peça do quebra-cabeça que ajudaria o meu país.

Eu *realmente* dei duro para chegar onde estou. E meu trabalho é parte da minha identidade, parte do que faz de mim *eu mesma*.

— Por um minuto você me deixou preocupado — comenta Omar. Vejo o alívio em seu rosto. — Eles vão dar a você ainda mais acesso, sabe? Vamos conseguir realizar muita coisa juntos. Começar nosso próprio canal de apoio, compartilhar informação entre as agências, todos aqueles dados que são desnecessariamente restritos. Podemos mesmo fazer a diferença se trabalharmos juntos.

É o que quero, não? Sempre foi, desde que entrei para a Agência. Mas não sinto a euforia que achei que sentiria. A empolgação. Não sinto nada.

— Posso ser vice-diretor, mas meu coração sempre vai estar na contrainteligência russa.

Concordo com a cabeça. Uma sensação de desconforto está me dominando. Será que tomei a decisão certa? Não seria tarde demais para mudar de ideia.

— Além do mais, você me deve uma.

O modo como ele fala isso, o sorriso que não chega exatamente aos olhos, não tenho certeza absoluta de que ele esteja brincando. Mas a verdade é que realmente devo muito a ele. Todas aquelas vezes em que ele me protegeu, ele chegou até mesmo a quebrar regras por mim, dividindo informações que não deveria. Eu estaria na cadeia se não fosse por ele. Aliás, Matt e eu estaríamos.

Ficamos sentados em silêncio por alguns instantes constrangedores, então ele inclina a cabeça e me dá uma longa olhada.

— Tem certeza de que é isso que você quer, Vivian?

Minha mente se volta para as crianças, ainda que eu queira evitar que isso aconteça. Mas meus bebês não são mais bebês. Tive um ano em casa com eles, aquele tempo que eu sempre quis. Tento afastá-los do meu pensamento.

Um ano atrás, eu teria dito não. Mas, quanto mais o tempo passou, mais certa me tornei. Todos os motivos estão lá. É a decisão correta.

— Tenho certeza.

★

Fecho a porta depois de Omar sair e fico parada por um instante no silêncio. Uma tristeza está se instalando em mim, uma vaga sensação de arrependimento. E não faz muito sentido, porque eu tive bastante tempo para tomar essa decisão.

Escuto Matt chegar na sala e não me viro para ele. Ele vem por trás de mim e me abraça na cintura.

— E então? — pergunta ele. — Você tomou uma decisão?

Faço que sim com a cabeça. Ainda tenho uma pontinha de incerteza, uma sensação de que talvez eu tenha escolhido errado, mas ele me avisou que eu podia me sentir assim na última vez em que conversamos a respeito.

— Eu vou voltar.

Ele abaixa a cabeça no espaço entre o meu pescoço e meu ombro, o lugar que sempre me causa um arrepio, e posso sentir seu sorriso.

— Acho que você tomou a decisão certa.

EPÍLOGO

Omar está caminhando em direção ao helicóptero, que está pousado em uma faixa de grama irregular. Ele tira um celular do bolso, aperta um botão e o segura contra a orelha.

— *Zdravstvuj* — cumprimenta.

E então escuta.

— *Da* — diz, enquanto anda. Outra pausa, e então ele troca para inglês. — Ela vai voltar. Vou tomar as providências necessárias. — Ele escuta a resposta. — Alguns meses, talvez. Mas a espera vai valer a pena.

Ele dá uma olhada para trás, uma rápida olhada, apenas para se certificar de que ainda não há ninguém ali.

— Vou ver o que posso fazer — comenta ele, e então, um instante depois, continua: — Um jogo longo, é verdade. — Aparece um sorriso nos cantos de sua boca. — *Dosvedanya*.

Ele tira o celular da orelha e aperta um botão. Agora ele está próximo ao helicóptero, e o piloto já deu partida nas hélices. Elas começam a girar, devagar no início, e depois mais rápido, até que haja um *tum-tum-tum* quase ensurdecedor.

Sem alterar o passo, Omar joga o telefone na imensidão do mar, onde ele cai rapidamente na direção das pedras recortadas. Ele dá uma corridinha até chegar ao helicóptero e se joga lá dentro. Em seguida decola, voando alto no ar.

Ele olha para baixo quando o helicóptero faz a curva na direção do mar. Vê a praia, Vivian e as quatro crianças. Ela está com um dos gêmeos no colo, inclinando a cabeça para perto da dele, e apontando para o helicóptero. Os outros três a rodeiam, com a brincadeira temporariamente suspensa enquanto observam o céu.

Omar olha para a casa deles, a caixinha quadrada com o telhado anguloso. Matt, no terraço dos fundos, observa a aeronave se aproximar, com os antebraços apoiados no corrimão e a camisa se agitando na brisa.

No terraço, os olhos de Matt permanecem grudados no helicóptero conforme ele se aproxima, com o barulho das hélices ficando cada vez mais alto. Ele observa cuidadosamente enquanto a aeronave passa na frente da casa, com um rugido quase ensurdecedor, e no instante em que está bem à sua frente, Matt poderia jurar que vê Omar, que os dois fazem contato visual, apenas por um momento.

Seus olhos não se desgrudam do helicóptero enquanto ele segue seu caminho costa abaixo, o ruído vai desaparecendo gradualmente até que ele possa ouvir as ondas quebrando de novo na praia. Um sorriso surge em seus lábios, não o sorriso afável e aberto que a família sempre viu, uma coisa totalmente diferente disso. Uma expressão que o faria parecer um estranho, se alguém visse.

Ele observa o helicóptero sumir a distância e uma única palavra escapa de seus lábios, sussurrada quase como um segredo.

— *Dosvedanya*.

AGRADECIMENTOS

Nada disso teria sido possível sem David Gernert, que ajudou a moldar o manuscrito inicial do livro, e toda a equipe da The Gernert Company, especialmente Anna Worrall, Ellen Coughtrey, Rebecca Gardner, Will Roberts, Libby McGuire e Jack Gernert.

Meus sinceros agradecimentos à magnífica e incrivelmente gentil Kate Miciak e a todos da Ballantine, incluindo Kelly Chian e Julia Maguire, que melhoraram tremendamente este livro. Tenho a sorte de trabalhar com Kim Hovey, Susan Corcoran e Michelle Jasmine, e estou mais do que grata a Gina Centrello e Kara Welsh por tornarem meus sonhos realidade.

Minha gratidão sincera também a Sylvie Rabineau, por seu trabalho nos direitos audiovisuais, e a todos os editores e *publishers* estrangeiros, particularmente Sarah Adams, da Transworld, por suas primeiras ideias criteriosas.

Um enorme agradecimento a toda a minha família, especialmente a minha mãe, por acreditar em mim, a Kristin, por seus conselhos e ideias, a Dave, pelo apoio, e a meu pai, pelo entusiasmo.

Mais do que tudo, agradeço a meus meninos: eu amo vocês demais.

E a meu marido: a melhor decisão que tomei foi dizer sim.

Este livro foi composto em Fairfield LH e impresso pela RR Donnelley
para a Editora Planeta do Brasil em fevereiro de 2018.